凝煉知識品味閱讀

凝煉知識品味閱讀

張愛玲與《傳奇》

嚴紀華、鍾正道——合著

五南圖書出版公司 印行

序——不可不識張愛玲

研究張愛玲（一九二〇—一九九五）多年，一些朋友曾向我感嘆：張愛玲啊，晚年好淒涼，獨居在美國，家徒四壁的，沒錢也沒後代，也沒什麼朋友。夏志清（一九二一—二〇一三）也曾用「超人才華，絕世淒涼」概括張愛玲的一生。

超人才華沒問題，但眞是「絕世淒涼」嗎？我倒不覺得。那樣的生活對張愛玲而言，應該不是淒涼，而是自在吧？

獨居三十年，想必滿自在的，一個人讀書，一個人寫作，一個人吃飯，一個人看報，一個人看電視聽市聲，一個人生活自有一個人的自足喜悅；更何況她從小就畏懼人與人交際的場合，獨居便是她再理想不過的人生，物欲降到最低最低，一切簡單爲宜。

後來才知道，張愛玲在銀行帳戶留下的錢其實為數不少。小有資產卻把自己的人生搞成「這樣」，恐怕不是常人能夠理解。愛人、親友、讀者都拋得遠遠的，不牽不招，天涯海角只有自己。

這是她的選擇，她的喜歡。一如張愛玲在《續集》序文中表示，她是電影明星葛麗泰・嘉寶（Greta Garbo, 1905-1990）的信徒，嘉寶幾十年來在紐約隱居，利用化妝與演技，很少遭人識破，「因為一生信奉『我要單獨生活』的原則」[1]。

越讀張愛玲，便越覺得張愛玲的可貴之處，在於她提供了一種「天才」的樣子，世俗難以規範難以理解。那天才的樣子，早在十九歲的〈天才夢〉便刻畫完成了，它更彰顯在天才的創作中——文字魔魅，機巧世故，華麗蒼涼，妙句迭出，她欣賞的美不是飛揚而是下沉，不是光明而是幽暗，她認為掙扎與慌亂才是人生的「眞實」，她建立了一套觀看與表現世界的「張腔」，其姿態，像一個居高臨下的女神，只是偶然向凡間的窗口瞥了一瞥，留下了一記眼神，便又姍然遠去。

因此在這惘惘的世界，生而爲人，不可不識張愛玲。既要認識，便需要一本張愛玲入門——《張愛玲與《傳奇》》。

因爲，張愛玲太繁多了。從少年時期，張愛玲即開始創作，二十三歲正式登上文壇，一直寫到了七十四歲，品類繁盛各種版本十幾二十冊，小說、散文、電影劇本、廣播劇、翻譯、改寫、考據論文體裁殊異，青年、中年、晚年風格各不相同，再加上中文、英文版本不斷迴旋衍生，常讓初識者手足無措。

因爲，張愛玲太深厚了。早年有批評者認爲其作過於褊狹，不出閨閣；殊不知竟遭後來的學者一一打臉，精神分析、形式主義、女性主義、電影理論、社會學、版本學、後現代、後殖民、互文研究各種觀點前仆後繼，那「狹隘」的張愛玲文本均能一一駕馭而且完勝，任

1 張愛玲：〈《續集》序〉，《惘然記——散文集二（一九五〇—八〇年代）》（臺北：皇冠文化出版，二〇一〇年四月），頁二一三。

由持續蓋高挖深，儼然形成一座「張愛玲學」的高塔，讓一般讀者望之卻步。

因爲，張愛玲的背景太龐雜了。有滿清遺族的落寞，有亂世的悲涼，有《紅樓夢》、《金瓶梅》的舊風，有一九三〇、一九四〇年代的新潮，有新感覺派小說的市民習氣，有小報、電影、精神分析的時代氛圍，有西方後印象派繪畫與通俗小說的養分挹注，還有上海與香港殖民的艷異色彩，更有著傳奇般的人生際遇。

沒人能一句話說得清，到底哪一樁才是張愛玲？

其實這些都是張愛玲，也都不是張愛玲。對於大多數的讀者而言，能否先把附加與衍生擺在一邊，而讓我們看見比較原始的張愛玲，帶有一種初初認識的驚嘆與甜美，是一件重要的事。

一個風和日麗的午後，嚴紀華老師、黃文瓊主編、鍾正道老師三人，在臺北市的某一家咖啡館裡構想著這樣的一本張愛玲書。顯然，《傳奇》是我們一致的選擇。《傳奇》是張愛玲的第一本小說集，是她橫空出世的成名作，是她創作生命的高峰，是張愛玲之所以成爲張愛玲的最大原因，是想認識張愛玲的讀者最應該首先入手的目標。

因而我們有了一個「張愛玲與《傳奇》」的概念，這是一本讀完張愛玲短篇小說之後，最想讀的一本書。

《傳奇》在一九四〇年代有三個版本。初版出於一九四四年八月，上海「《雜誌》社」印行，收錄了張愛玲十篇中短篇小說，順序是〈金鎖記〉、〈傾城之戀〉、〈茉莉香片〉、〈沉香屑：第一爐香〉、〈沉香屑：第二爐香〉、〈琉璃瓦〉、〈心經〉、〈年青的時候〉、〈花凋〉、〈封鎖〉，封面簡潔明瞭，藍綠色爲底（選用張愛玲的母親最喜歡的顏色），僅書黑色「傳奇」兩個大字與「張愛玲著」四個小字，沒有其他圖樣。

初版銷量大好，四日售罄。再版換了封面重新上市，淺紅色浪潮洶湧於深藍綠色的襯底之上，頗有呼應「蔥綠配桃紅」創作理念的味道。此版本增加一篇〈《傳奇》再版的話〉，其中有張愛玲的名句：「個人即使等得及，時代是倉促的，已經在破壞中，還有更大的破壞要來。有一天我們的文明，不論是昇華還是浮華，都要成為過去。如果我最常用的字是『荒涼』，那是因為思想背景裡有這惘惘的威脅。」荒涼二字，是張愛玲的美學觀，是這十篇小說的主題。

第三版則是一九四六年的「《傳奇》增訂版」，上海山河圖書公司出版，增加了一篇序文〈有幾句話同讀者說〉，序文後又新增後來發表的五篇小說，依序是〈留情〉、〈鴻禧〉、〈紅玫瑰與白玫瑰〉、〈等〉、〈桂花蒸　阿小悲秋〉，又在壓卷之作〈封鎖〉之後再加一篇〈中國的日夜〉作為跋語。封面由好友炎櫻設計，底圖借用一張現成的晚清時裝仕女圖，一名少婦坐在桌旁幽幽的玩骨牌，左側的奶媽抱著一個小男孩，顯然一幅家常畫作；而右邊欄杆外，卻有一個突兀而比例過大的現代人形，失去五官，鬼魂似的孜孜往裡窺視。張愛玲在序文中表示，如果這畫面令人感到不安，那正是她所希望營造的氣氛。

第四版是一九五四年出版的《張愛玲短篇小說集》，香港天風出版社出版，大致為《傳奇》增訂版的翻版，刪除了〈有幾句話同讀者說〉，恢復了〈《傳奇》再版的話〉，又新寫了〈《張愛玲短篇小說集》自序〉。

一九六八年後交由臺灣皇冠出版社出版《張愛玲短篇小說集》，後改稱爲《張愛玲小說集》。一九九一年拆成兩本《回顧展Ⅰ——張愛玲短篇小說集之一》、《回顧展Ⅱ——張愛玲短篇小說集之二》，同年復見《傾城之戀——張愛玲短篇小說集之一》、《第一爐香——張愛玲短篇小說集之二》。之後幾經再版。比較特別的是，二〇一四年六月曾出現過「出版七十週年紀念版」，內僅十篇，是一九四四年第一版的紀念。

本書《張愛玲與《傳奇》》引文採用的是二〇一〇年版。此版本以編年方式將張愛玲中短篇小說重新排序，分爲三冊：《傾城之戀——短篇小說集一（一九四三年）》、《紅玫瑰與白玫瑰——短篇小說集二（一九四四—四五年）》、《色，戒——短篇小說集三（一九四七年以後）》。第二冊某些篇章已不是《傳奇》範圍，第三冊更不是了。

《張愛玲與《傳奇》》爲讀者精選分析《傳奇》必讀的七篇小說，外加上近年討論熱絡的〈色，戒〉（一九七七），一共八篇。〈色，戒〉雖然並非《傳奇》的篇章，但自從李安導演（一九五四—）將之改編成電影且榮獲二〇〇七年義大利威尼斯影展金獅獎後，這篇小說瞬間獲得各界矚目，變成另一章「傳奇」，儼然也是「張愛玲學」敲門篇章了，因此也放入本書一談。

這八篇小說的析論，再加上生平與創作特色的簡述，希望讀者得以一窺張愛玲的文學世界，享受這「文壇最美的收穫」。

目次

張愛玲與《傳奇》

張愛玲與《傳奇》

張愛玲與《傳奇》

張愛玲
與《傳奇》

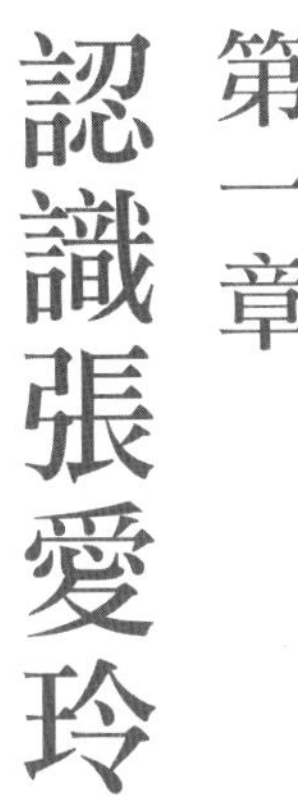

第一章 認識張愛玲

張愛玲，河北豐潤人，一九二〇年生於上海。二歲隨父親工作搬到天津，八歲復搬回上海。十九歲到香港讀大學（一九三九），二十二歲回到上海，二十三歲正式在上海發表小說（一九四三），三十二歲再赴香港（一九五二），三十五歲至美國發展（一九五五），七十五歲卒於美國（一九九五）。

若要用兩個字概括張愛玲，「傳奇」二字無疑是最準確的——

其一，張愛玲具有顯赫的家世，外曾祖父是清朝大臣李鴻章（一八二三—一九〇一），祖父張佩綸（一八四八—一九〇三）也官至左副都御史，背景非比尋常；

其二，張愛玲的創作高峰是一九四三到一九四五年，即抗戰結束之前的兩年多，一本中短篇小說集《傳奇》，一本散文集《流言》，大受讀者歡迎，於是「張愛玲」遂如一顆橫空出世的流星，閃耀在上海淪陷區文壇，一九四五年卻又旋即消失；

其三，有人認爲，張愛玲的小說格局褊狹，灰暗無望，一如毒藥不可多讀；卻也有人認爲，〈金鎖記〉是「文壇最美的收穫」（迅雨〈論張愛玲的小說〉），甚至是「中國從古以來最偉大的中篇小說」（夏志清《中國現代小說史》）；有人認爲，張愛玲不過是三流寫手，只擅長家庭通俗故事；卻也有人認爲，如果張愛玲還在世，應該最有資格首先代表華人獲得諾貝爾文學獎；

其四，張愛玲奇裝異服，喜好訂做清朝風格的寬袍大袖，鮮艷奪目，引人側目；

其五，張愛玲於一九四四年嫁給親日派胡蘭成（一九〇六－一九八一），抗戰後張愛玲遂成為「漢奸夫人」，無法再發表小說，甚至被編入「女漢奸臉譜」、「落水作家」的行列，遭人撻伐；

其六，張愛玲只在一九六一年停留臺灣數日，卻在一九六〇年代末掀起臺灣文壇的「張愛玲熱」，張腔延燒，年輕創作者自覺或不自覺的模之仿之，隱然蔚為一「張派作家」群，被尊奉為「祖師奶奶」，甚至走進了臺灣文學史（如陳芳明《台灣新文學史》）；

其七，張愛玲在美國生活四十年，最後近三十年獨居，僅與少數的友人連絡，大隱於市，極其神祕，許多讀者想要接近而不可得。

張愛玲的小說集叫《傳奇》，她把自己的生命也活成了傳奇。

第一節　童年時期（一九二〇－一九三〇）

張愛玲原名張煐。外曾祖父李鴻章是晚清大官，祖父張佩綸也是名臣，家世背景顯赫；然而，張愛玲卻沒有享受到貴族生活的優渥，反倒是從小就看到家道的衰落與不堪。

父親張志沂（張廷重，一八九六－一九五三）出生於晚清，少年時，朝代轉為民國，認爲清朝復辟、科舉舉才指日可待，因此常常在書房一邊踱步一邊背誦四書五經，熟極而流；但他卻不是完全的守舊者，他精通英文，訂購時尙洋車的雜誌，曾短暫在津浦鐵路局擔任英文祕書，無奈後來坐吃山空，吸鴉片、嫖妓、養姨太太，一派紈袴遺少作風。

母親黃逸梵（黃素瓊，一八九三—一九五七）是長江七省水師提督黃翼升的女兒，受五四思潮的影響，崇尙西式生活，尤其喜愛西洋油畫，雖然也纏過小腳，但完全是個時代新女性。不受丈夫疼愛，也無法改變丈夫花天酒地的生活，黃逸梵深知與其如傳統女性坐在閨房中哭泣，不如勇敢選擇想要的生活，因此毅然決然於一九二四年（張愛玲四歲）出國留學。黃逸梵與丈夫話不投機，但卻與小姑張茂淵（張志沂的妹妹，即張愛玲的姑姑，一九〇一—一九九一）情如姊妹，兩名女子一同出國四年，在當時成爲大家議論的話題。

前清家族的繁華過去了，加上父母不和，使得張家氣氛沉重陰鬱。張煐四歲到八歲，無法感受到母愛的溫暖，因此母親總是「遼遠而神秘」[1]的；父親也不太管教張煐與弟弟張子靜（一九二一—一九九七），這對姊弟於是成天與下人相處，慣聽大人間的是與非、愛與恨、利益與欲望的糾葛，也因此過早認識了這世界的千瘡百孔。這些聽人說來的人情世故，無疑成爲張愛玲日後創作的資產。

張煐八歲時，母親與姑姑回國了，帶來一段短暫的愉快時光。母親要求張煐成爲一名西式淑女，舉止優雅端莊，品味卓絕，音樂、文學、繪畫、電影、高跟鞋、愛司頭、孔雀藍、琳瑯滿目的服裝排山倒海而來，母親生活中的種種選擇，無不帶給女兒「緊緊的硃紅的快樂」[2]。

不過好景不常，張煐十歲時父母離婚，後母立刻搬進了家。張愛玲後來回憶，哪天若發現後母獨自站在洋台上，「我必定把她從洋台上推下去，一了百了」[3]。

第二節　成長時期（一九三〇—一九三九）

家中經濟早已拮据，母親黃逸梵依然堅持女兒必須就讀貴族小學——黃氏小學，接受西式教育。張愛玲十歲入學時，母親要填報名表，急忙間竟從張煐的英文名Eileen胡亂找了音

1 張愛玲：〈童言無忌〉，《華麗緣——散文集一（一九四〇年代）》（臺北：皇冠文化出版，二〇一〇年四月），頁一二四。

2 張愛玲：〈私語〉，《華麗緣——散文集一（一九四〇年代）》，頁一四八。

3 張愛玲：〈私語〉，《華麗緣——散文集一（一九四〇年代）》，頁一五一。

近的漢字「愛玲」填上，她萬萬沒想到，這個隨便擷取的「惡俗不堪」[4]的名字，日後會進入中國現代文學史，帶給後世巨大的影響。

張愛玲後來就讀的聖瑪利亞女中，也是一所貴族學校，需要寄宿。中學之前，生活總有下人照應打理，因此張愛玲在入學寄宿後，便顯出驚人的愚笨，完全缺乏自理生活的能力。物品亂擺，忘性大發，皮鞋也曾遭修女公開示衆，但張愛玲不以爲意，因爲寄宿可以暫時擺脫父親與後母的統治，更可以完全發展對讀小說、寫小說、畫圖畫、看電影的喜愛。

張愛玲從小閱讀《紅樓夢》、《金瓶梅》、《海上花列傳》等章回名著，以及張恨水（一八九五－一九六七）、老舍（一八九九－一九六六）、穆時英（一九一二－一九四〇）等現代文學創作，文字能力大大超前同學。國文老師汪宏聲曾經在班上朗誦張愛玲的作文〈看雲〉，極度讚賞其才氣，也因此，張愛玲的文采全校皆知。

其實張愛玲早在小學時即有創作的衝動。〈理想中的理想村〉原想寫一個三角戀愛的悲劇，雖然終未完篇，但「銀白的月踽踽地在空空洞洞的天上徘徊，她彷彿在垂淚，她恨自己的孤獨」，文筆的流暢生動，很難相信是出於一個十歲小童之手。

十四歲時，她相當有野心的想完成一部長篇鴛鴦蝴蝶派小說，取名《摩登紅樓夢》，企圖將《紅樓夢》的場景搬到廿世紀的上海：賈元春主持新生活時裝表演、寶玉與黛玉要出洋、賈璉當上鐵道局長等。構思大膽新奇，父親大發雅興，代擬前六回的回目，如第一回

「滄桑變幻寶黛住層樓，維犬升仙賈璉應景命」。共同創作，是這對父女少有的彼此欣賞的時刻。

在校刊《鳳藻》與《國光》中，經常能看見張愛玲的創作。〈不幸的她〉、〈遲暮〉、〈秋雨〉、〈牛〉、〈霸王別姬〉等文，均帶有濃重的新文藝腔，張愛玲自覺是受到當時流行文風的負面影響；評論文字〈論卡通畫的前途〉、〈〈若馨〉評〉，展現了張愛玲在文藝觀點上的早慧，尤其是預見了卡通動畫的光明前途，認爲它決不僅僅是取悅兒童的無意識的娛樂，而是能夠「反映眞實的人生，發揚天才的思想，介紹偉大的探險新聞，灌輸有趣味的學識」的藝術；它屬於「廣大的熱情的群衆」，「價值決不在電影之下」[5]。回顧卡通動畫在二十世紀日新月異的發展，確是眞知灼見。

張愛玲愛電影如痴。當時訂閱的《*Movie Star*》、《*Screen Play*》等電影雜誌，永遠橫

4 張愛玲說：「我自己有一個惡俗不堪的名字，明知其俗而不打算換一個，可是我對於人名實在是非常感到興趣的。」張愛玲：〈必也正名乎〉，《華麗緣——散文集一（一九四〇年代）》，頁四十七。

5 張愛玲：〈論卡通畫之前途〉，來鳳儀編：《張愛玲散文全編》（浙江：浙江文藝出版社，一九九二年七月），頁五〇〇—五〇一。

七豎八堆滿床頭：美國好萊塢電影明星，基本都愛，尤其欣賞克拉克・蓋博（Clark Gable, 1901-1960）、加利・古柏（Gary Cooper, 1901-1961）、瓊・克勞馥（Joan Crawford, 1904-1977）、葛麗泰・嘉寶（Greta Garbo, 1905-1990）、蓓蒂・戴維斯（Bette Davis, 1908-1989）、費雯・麗（Vivian Leigh, 1913-1967）、秀蘭・鄧波兒（Shirley Temple, 1928-2014）；中國明星如阮玲玉（一九一〇—一九三五）、石揮（一九一五—一九五七）、藍馬（一九一五—一九七六）、趙丹（一九一五—一九八〇）、談瑛（一九一五—二〇〇一）、陳燕燕（一九一六—一九九九）、顧蘭君（一九一七—一九八九）、蔣天流（一九二一—二〇一二）、上官雲珠（一九二二—一九六八）等的新片上映，也都不會錯過。

據弟弟張子靜回憶，有一次去杭州玩，住在後母娘家，張愛玲在報紙上發現上海電影院剛上映談瑛主演的新片《風》（一九三三），便立刻要衝回上海看，親戚攔也攔不住，弟弟只好陪姊姊直奔上海，連看兩場。張子靜說：「迷電影迷到這樣的程度，可說是很少見的。但這也說明我姊姊與常人不同的特殊性格。對於天才夢的追尋，她一向就是這樣執著的。」[6]這些過眼的影像，貯存在張愛玲的記憶中，當要執筆敘事，便會汨汨流洩，使小說擁有豐富的電影感。

讀寄宿學校，假日才能回家，張愛玲更珍惜與弟弟相處的時光。有一回在家吃飯，弟弟不知何故遭父親責怪，弟弟哭，姊姊也跟著哭，後母對著張愛玲罵：「你爸又沒罵你，你哭什麼？」張愛玲生氣的衝回房間，痛恨後母的尖酸刻薄。才一陣子，發現弟弟似乎忘了此事，已經在庭院中笑嘻嘻的踢皮球了，張愛玲對著鏡子告訴自己：「有一天我要報仇。」[7]

高中畢業紀念冊上，每一位同學用一些文字自我介紹，張愛玲這樣標註自己：最愛吃叉燒炒飯、最喜歡愛德華八世、最怕死、最恨一個有天才的女子突然結婚、常常掛在嘴上的是「我又忘啦」，拿手好戲是繪畫。

愛德華八世（Edward VIII, 1894-1972）是英國國王，接任王位後不久，想娶一位美國籍且離過婚的女性辛普森夫人作爲王后，遭到英國皇室極力反對。要江山還是美人？愛德華八世最後選擇了辛普森夫人，而將王位讓給了弟弟。爲了愛犧牲一切，張愛玲表示最欣賞，可見在小說中質疑愛情價值的張愛玲，中學時期還是相當憧憬愛情的。

後母爲了省錢，常將自己淘汰的衣服給張愛玲穿，張愛玲沒辦法，只好將這些破舊的衣

6 張子靜口述，季季執筆：《我的姊姊張愛玲》（臺北：時報文化出版，一九九六年一月），頁一一七—一一八。

7 張愛玲：〈童言無忌〉，《華麗緣——散文集一（一九四〇年代）》，頁一三二。

服穿到學校去，因而嚴重自卑：「有一個時期在繼母治下生活著，揀她穿剩的衣服穿，永遠不能忘記一件黯紅的薄棉袍，碎牛肉的顏色，穿不完地穿著，就像渾身都生了凍瘡；冬天已經過去了，還留著凍瘡的疤——是那樣的憎惡與羞恥。一大半是因爲自慚形穢，中學生活是不愉快的，也很少交朋友。」[8]這種自卑心理，在張愛玲一九四三年寫作維生之後，轉而成爲一種「衣服狂」（clothes - crazy），屢屢訂做前清款式的服裝，顏色鮮亮，眩人眼目，以彌補之前的匱乏。

念大學之前，張愛玲與父親的關係壞到谷底，遭父親囚禁半年——訪母兩個禮拜後，張愛玲回到父親的家，才一進門，後母就賞了張愛玲一巴掌，認爲離家甚久居然沒有事先告知後母，實在太不尊重。張愛玲莫名挨了打，甚是委屈，本能的舉手作勢回擊，後母便大聲嚷嚷女兒打人，使得父親衝下樓來以拖鞋揍、以花瓶砸，甚至揚言要以手槍打死這不肖的女兒。後母與女兒的爭執，父親居然站在後母那方，這讓張愛玲傷透了心；而更令人痛心的是，張愛玲在囚禁期間患了嚴重的痢疾，父親不讓醫治，後來背著妻子給女兒打了抗生素，病情才不致惡化。

逃出張家，張愛玲只能去投靠母親。母親明說了，跟了父親自然是有錢的，「跟了我，可是一個錢也沒有」，且投靠不能太久，母親這時與男友同居，不太方便。幾日後，弟弟張子靜也拎著球鞋來投靠母親，母親狠下心，不開門，弟弟發狂的拍門哭泣，張愛玲也在門的另一側流淚，弟弟終是被勸了回去。

張愛玲將逃家的經驗寫成了文章「*What a life! What a girl's life!*」，以英文發表在《大美晚報》上，父親看了勃然大怒。父女之情，在文章刊出之後，幾近斷絕。

母親這時的經濟狀況，大有問題。沒有工作收入，只能從娘家拿取一些古董變賣，手頭拮据。張愛玲三天兩天伸手向母親要錢，成為考驗母女情感的「嚴格的試煉」：「在她的窘境中三天兩天伸手問她拿錢，為她的脾氣磨難著，為自己的忘恩負義磨難著，那些瑣屑的難堪，一點點的毀了我的愛。」[9]母親何嘗不積極尋找第二春，以解除經濟的困窘，無奈所覓非人，女兒跟在身邊也成了拖油瓶。母親屢屢更換身邊的男人，看在女兒眼裡，便是華美衣袍上的蝨子，[10]骯髒汙穢，不能寫卻又不能不寫，壓抑而成一個深藏的情結。張愛玲直到一九七〇年代中期的自傳小說《小團圓》，才勇敢的寫下母親與諸多男人的性關係。

一九三九年，此時張愛玲正準備留學英國倫敦大學的考試，母親請了一名猶太人來家裡

8 張愛玲：〈童言無忌〉，《華麗緣——散文集一（一九四〇年代）》，頁一二六。
9 張愛玲：〈童言無忌〉，《華麗緣——散文集一（一九四〇年代）》，頁一二四—一二五。
10 張愛玲：〈天才夢〉，《華麗緣——散文集一（一九四〇年代）》，頁十。

補習數學。英國，那是母親曾經去過的地方，飽含「紅的藍的」[11]的想像，值得全心奔赴。果然不負期待，張愛玲考上了遠東區的第一名，夢想近在咫尺，無奈英國這時是第二次世界大戰參戰國，倫敦成了戰場，張愛玲只好退而選擇英國殖民地香港，就讀香港大學。

離開了母親的家，十九歲的張愛玲自此無家。亂世的人，得過且過，沒有眞的家，即使還有，母親的家再也不復柔和。張愛玲說：「仰臉向著當頭的烈日，我覺得我是赤裸裸的站在天底下了，被裁判著像一切的惶惑的未成年的人，困於過度的自誇與自鄙。」[12]貴族的背景，到這裡可說告終，張愛玲從此無依無靠，赤裸裸一個人。面對顯赫的家世，張愛玲說，他們只「靜靜地躺在我的血液裡，等我死的時候再死一次」，無從抹煞。這位在現實上是「廢物」[13]的少女，如何能安然度過四年的大學生活？

第三節　大學時期（一九三九—一九四二）

張愛玲大學的成績十分優異，一方面爲了未來有可能去英國牛津大學繼續學業，一方面有獎學金，可以還母親錢，減緩母親的經濟壓力。

大一的某一天，發現上海《西風》雜誌辦徵文，題目是「我的……」，字數限五百以內，第一名有五百元獎金。張愛玲興致高昂，寫了一篇〈我的天才夢〉投稿，希望得到首獎獎金，字數數了又數刪了再刪，非壓在五百以下不可。據張愛玲回憶，雜誌社寄來一張通知，說是第一名，猶記得旁邊同學興奮的傳閱信件；後來，雜誌社又寄了一封完整的得獎名單，張愛玲被排在第十三名。令人氣憤的是，沒拿到那筆獎金之外，得到第一名的〈我的妻〉，字數三千，遠遠超過徵文啓事的規定。這件事張愛玲牢記一輩子，於一九九四年獲得《中國時報》終身成就獎時，還不忘提及那次得獎的壞經驗。

不過，依據陳子善的考證，整件事情似乎是張愛玲記憶的失誤。14 一九三九年九月出版的《西風》月刊（總三十七期），刊登了這次紀念月刊三周年的百元徵文啓事。該則懸賞徵

11 張愛玲：「因爲英格蘭三個字使我想起藍天下的小紅房子，而法蘭西是微雨的青色。」張愛玲：〈私語〉，《華麗緣——散文集一（一九四〇年代）》，頁一四八—一四九。

12 張愛玲：〈私語〉，《華麗緣——散文集一（一九四〇年代）》，頁一五五。

13 張愛玲說：「在現實的社會裡，我等於一個廢物。」張愛玲：〈天才夢〉，《華麗緣——散文集一（一九四〇年代）》，頁九。

14 陳子善：〈〈天才夢〉獲獎考〉，《說不盡的張愛玲》（臺北：遠景出版，二〇〇一年七月），頁一四三—一五一。

文啓事的重點爲：一、題目：「我的……」，舉凡個人值得紀念的事，都可選作題目發表，「內容要實在，題材要充實動人」；二、字數：五千字以內；三、徵文日期：民國二十八年九月一日起至民國二十九年一月十五日止；四、獎金：第一名現金五十元、第二名現金三十元、第三名現金二十元，第四到十名可領稿費以及《西風》或《西風副刊》一年份，其餘得獎者僅領稿費；五、得獎作品：名單公告於民國廿九年四月號《西風》月刊（總四十四期），作品分別刊登於《西風》月刊與《西風副刊》，或另行刊印文集。

徵文字數明明白白，是「五千字」而不是「五百字」；第一名的獎金，是「五十元」而不是「五百元」；〈天才夢〉全文加標點符號是一千三百多字，也不是五百字，張愛玲顯然在許多地方都記錯了，果眞如〈天才夢〉中那位一直迷路的少女，無所謂，不經心。張愛玲逕自以一篇極度壓縮的短文獲獎，在衆家數千字篇幅的文章裡其實才是「破格錄取」的那一篇，眞可算是才華洋溢了。

張愛玲本來記性就不好，無論是委屈了抑或記錯了，文壇至少收穫了一篇天才少女的精采創作。「生命是一襲華美的袍，爬滿了蝨子」作爲結句，精警鏗鏘，美醜並置，人生多麼禁不起細看，這是張愛玲人生觀的定調，其日後創作便是依循這條華麗而蒼涼的路線，一路鋪成錦繡。

大學期間，張愛玲名列前茅，曾一人獨得文科二年級的兩項獎學金，授課老師表示從來沒有給過這麼高的分數；校內徵文比賽，屢屢有所斬獲；為了練好英文，她幾乎不用漢字，連寫給母親與姑姑的信件都用英文，務必讓自己出類拔萃；她結識了一位來自錫蘭（斯里蘭卡）的姊妹淘，名叫炎櫻（一九二〇—一九九七）。炎櫻性格熱烈，矮小豐滿，皮膚黝黑，與張愛玲的瘦白安靜明顯互補，兩人常一起畫畫、聊天、逛街、看電影。炎櫻嫌張愛玲這名字拗口，總叫她「張愛」。有一陣子張愛玲畫了許多畫，由炎櫻著色，有一幅炎櫻全用不同的藍綠色，張愛玲喜歡至極，聯想到晚唐李商隱（八一三—八五八）〈錦瑟〉的句子「滄海月明珠有淚，藍田日暖玉生煙」。

一九四一年十二月，日軍進攻香港，香港大學遭炸毀，張愛玲沒有完成大學學業。散文〈燼餘錄〉，記錄了戰爭的眾生相，張愛玲當然不是轟轟烈烈抗戰文學的寫手，她在意的是一些「不相干的事」。煩惱著該穿什麼以搭配戰爭的女同學、跨過路屍購買小黃餅、沒良心的看護、瘋狂的性愛、隨意的結婚……，食與性，原來才是戰爭的記憶，人生最重要的內容。這個幽默而殘酷的觀點，與忠勇愛國、壯烈犧牲的宏大敘述（Grand Narrative）參差對照，這正是張愛玲的文學觀，揭示人生孤獨的底子：「我們只顧忙著在一瞥即逝的店鋪的櫥窗裡找尋我們自己的影子——我們只看見自己的臉，蒼白，渺小；我們的自私與空虛，我們恬不知恥的愚蠢——誰都像我們一樣，然而我們每人都是孤獨的。」15

一九四二年回到上海，與姑姑同住，原來想讀聖約翰大學拿大學文憑，讀了兩個月便放棄了，張愛玲想盡快以寫作維生。

先是以英文給上海的《泰晤士報》寫影評，又在德國人辦的《二十世紀》雜誌上發表英文散文，談中國人的服裝、宗教、電影，以獨特的視角向外國人介紹中國。影評所評論的，多是上海「中聯」與「華影」兩家公司出產的國片。當時上海已經淪陷，由汪精衛政府執政，在宣揚日僞政府、禁映英美電影、鼓吹日本影片、拍出教育意味的「國策」威脅下，兩家公司大多選擇風花雪月的素材，以「戀愛與家庭糾葛」的電影高達三分之二，完全避開敏感的政治議題。評論對象雖然受限，但張愛玲的影評卻能有所跳脫，去揭示其中更深刻的問題。

如一九四三年五月評論電影《梅娘曲》與《桃李爭春》，張愛玲就將重心放在「婦德」上，揶揄普通人觀念中的爲妻之道，只著眼於「怎樣在一個多妻主義的丈夫之前，愉快地遵行一夫一妻主義」16，婦女在婚姻中喪失了主體性，還以爲寬容忍耐是天經地義的婦德，由於《桃李爭春》放過了「旁敲側擊地分析人生許多重大的問題」的機會，《梅娘曲》「只顧駕輕車，就熟路，馳入我們百看不厭的被遺棄的女人的悲劇」，兩部影片一概忽略婦女在新舊思想交流中的錯綜心理，因此張愛玲認爲兩片失之淺薄。張愛玲的影評，強調人物在劇情結構上的意義與價值，體現了對現實的思考。

這些原發表在外文刊物的影評與述及中國文化的散文，張愛玲後來自己改譯為中文，〈借銀燈〉、〈更衣記〉、〈洋人看京戲及其他〉、〈銀宮就學記〉等篇，均收錄在散文集《流言》中，固然向外國人展示出一個精采的中國，觀點獨出，但介紹成分依然居多；張愛玲更希望創造一個藝術世界，成為一個小說家。

第四節　上海橫空出世（一九四三—一九四五）

十九歲時，當張愛玲寫下「我是一個古怪的女孩，從小被目為天才，除了發展我的天才外別無生存的目標」[17]，便知道自己只能寫作，或者只剩下寫作了。古怪的女孩在一九四三年的某一天，換上了鮮亮的鵝黃色緞袍，手挽著一個布包，裝著剛剛完成的小說〈沉香屑：

15 張愛玲：〈燼餘錄〉，《華麗緣——散文集一（一九四〇年代）》，頁七十六。

16 張愛玲：〈借銀燈〉，《華麗緣——散文集一（一九四〇年代）》，頁五十六。

17 張愛玲：〈天才夢〉，《華麗緣——散文集一（一九四〇年代）》，頁八。

第一爐香〉，來到了周瘦鵑（一八九五－一九六八）的門口。

周瘦鵑，著名的鴛鴦蝴蝶派作家，其言情小說曾列在張愛玲父親張志沂的書房裡，也曾讓母親黃逸梵掩卷落淚。周瘦鵑也編輯刊物，當時正在籌畫《紫羅蘭》雜誌的創刊號，看了張愛玲這篇初試啼聲之作，大爲讚賞，便在創刊號上鄭重發表了〈沉香屑：第一爐香〉。

〈沉香屑：第一爐香〉描述的是少女葛薇龍自甘墮落爲交際花的故事，描繪了當時香港上等社會的驕奢生活，凸顯了人性與時代的下沉與荒涼。一樣是從上海到香港的記憶，一樣是未竟的大學學業，一樣是姑姑與姪女的相處，一樣是金錢的糾纏、欲望的探索，張愛玲顯然在其中移植了自己的生命經驗。

《紫羅蘭》是一本通俗刊物，讀者衆多，〈沉香屑：第一爐香〉發表之後，張愛玲立刻受到讀者矚目，小說賣座所帶來的經濟效應，當然就是張愛玲鍾情於通俗刊物的目的了。之後，張愛玲打鐵趁熱，幾乎每一個月都有小說問世，〈沉香屑：第二爐香〉、〈茉莉香片〉、〈金鎖記〉、〈傾城之戀〉、〈封鎖〉等，篇篇精彩絕倫；散文同時開弓，〈童言無忌〉、〈私語〉、〈燼餘錄〉等書寫了獨家記憶，〈公寓生活記趣〉揭示了女作家的貼身生活，其文筆老練，想像豐富，體悟獨特，機巧的張腔警句處處生花，受到廣大讀者喜愛。

橫空出世，必然遭人嫉妒，文壇也出現一些負面的議論。有人看不慣張愛玲的衣著搶眼、特立獨行；有人說張愛玲不屑出席公開場合，不善與人交際，行止高傲；也有人指出，張愛玲投稿的刊物多是親日刊物。確實，《紫羅蘭》、《雜誌》、《古今》、《風雨談》、《天地》、《萬象》，其中不少刊登了許多漢奸的文章，被視爲親日刊物。

鄭振鐸（作家、學者，一八九八—一九五八）曾透過《萬象》主編柯靈（劇作家，一九〇九—二〇〇〇）勸阻張愛玲，不要在抗戰淪陷區的親日刊物裡發表作品，具體建議是：寫了文章，「可以交給開明書店保存，由開明付給稿費，等河清海晏再印行」。[18]但張愛玲決定「打鐵趁熱」，能發表就發表，解決經濟問題之外，成名太晚，畢竟「快樂也不那麼痛快」[19]。

其中一篇短篇小說〈封鎖〉，促成了張愛玲的婚姻。一九四四年春天，胡蘭成（一九〇六—一九八一）在《天地》雜誌第十一期讀到了〈封鎖〉，拍案驚奇，訝異此篇對人性刻畫之精深，便立刻透過編輯蘇青（一九一四—一九八二）要見張愛玲。蘇青是張愛玲的文友，曾將離婚經驗寫成《結婚十年》引起轟動，對張愛玲的文采十分佩服，曾說：「女作家的作品我從來不看，只看張愛玲的文章。」張愛玲不太見人的，蘇青遲疑之後，還是把張愛玲的

18 柯靈：〈遙寄張愛玲〉，鄭樹森編選：《張愛玲的世界》（臺北：允晨文化出版，一九九〇年十一月），頁六。

19 張愛玲說：「出名要趁早呀！來得太晚的話，快樂也不那麼痛快。」張愛玲：〈《傳奇》再版的話〉，《華麗緣——散文集一（一九四〇年代）》，頁一七六。

地址給了胡蘭成——靜安寺路赫德路口一九二號公寓六樓六十五室。

張愛玲的確不見人。她一直害怕人與人交際的場合，更何況是陌生人。尋門不遇，胡蘭成便將字條遞入門縫，寫明拜訪原由與聯絡方式後離開。之後，張愛玲來了回覆電話，表示願意見胡蘭成一面，兩人約在胡宅——大西路美麗園。胡蘭成曾任汪精衛政權的宣傳部次長、行政院法制局長，也曾任上海《中華日報》主筆，學歷雖然只有中學，但頗有學養，兩人才一見面就聊了五個小時，文學、戲劇、音樂話題不斷，相見恨晚。

從此兩人經常見面，儘管這時胡蘭成有婚姻在身。胡蘭成擅長說話，張愛玲多半靜靜的聽，偶爾插入自己的看法。一日，胡蘭成向張愛玲索求刊登在《天地》第十二期上的張愛玲相片。張愛玲從房間找了來，在相片背後寫著：「見了他，她變得很低很低，低到塵埃裡。但她心裡是歡喜的，從塵埃裡開出花來。」[20]矜貴的女人仰望著胡蘭成，姿態卑微，她多麼企盼從土壤中吸取到愛的養分，而愛，是張愛玲不曾感受過的東西。從胡蘭成身上，張愛玲終於體會了愛，一九四四年四月，她發表了這段文字：「於千萬人之中遇見你所要遇見的人，於千萬年之中，時間的無涯的荒野裡，沒有早一步，也沒有晚一步，剛巧趕上了，那也沒有別的話可說，唯有輕輕地問一聲：『噢？你也在這裡嗎？』」[21]終於明白，愛不是禁錮一輩子的婚姻，愛是一剎那的靈犀觸動，一朵塵埃中開出的花。

熱戀當中，固然有些流言蜚語，張愛玲是不管的，胡蘭成偶爾在張愛玲處過夜，姑姑張茂淵也識相，不聞不問。終於，在炎櫻的見證下，兩人結了婚，結婚證書上寫著「願使歲月靜好，現世安穩」[22]，只希望像一般夫妻，平凡安穩的生活著；然而這世界何其殘酷，竟無法滿足這對夫妻如此簡單的祈願，一年多之後，這段婚姻便宣告結束。

一九四四年九月，小說集《傳奇》出版，收錄了中短篇小說十篇：〈金鎖記〉、〈傾城之戀〉、〈茉莉香片〉、〈沉香屑：第一爐香〉、〈沉香屑：第二爐香〉、〈琉璃瓦〉、〈心經〉、〈年青的時候〉、〈花凋〉、〈封鎖〉，張愛玲曾這樣描述出書的快樂：「以前我一直這樣想著：等我的書出版了，我要走到每一個報攤上去看看，我要我最喜歡的藍綠的封面給報攤子上開一扇夜藍的小窗戶，人們可以在窗口看月亮，看熱鬧。我要問報販，裝出不相干的樣子：『銷路還好嗎？——太貴了，這麼貴，眞還有人買嗎？』」[23]《傳奇》初版的銷路大好，不到四天，即已售罄。封面由張愛玲設計，只印上「傳

20 胡蘭成：〈民國女子——張愛玲記〉，《今生今世》（臺北：遠景出版，二〇〇四年十月），頁二七六。
21 張愛玲：〈愛〉，《華麗緣——散文集一（一九四〇年代）》，頁一〇六。
22 胡蘭成：〈民國女子——張愛玲記〉，《今生今世》，頁二八六。
23 張愛玲：〈《傳奇》再版的話〉，《華麗緣——散文集一（一九四〇年代）》，頁一七六。

奇」兩個黑色大字與「張愛玲著」四個小字，整面藍綠色為底而沒有任何圖案。藍綠色（孔雀藍）之所以深獲張愛玲喜愛，來自母親「神秘飄忽」[24]的遺傳，據說母親的衣著與繪畫也都是這個顏色。《傳奇》很快的再版了，封面換由炎櫻設計，深藍綠色的底圖上濺起了淺紅色的浪花，頗接近「蔥綠配桃紅」的創作態度。[25]張愛玲特別寫了一則〈《傳奇》再版的話〉，感謝讀者，也點明自己「荒涼」的美學觀。

一九四四年十二月，散文集《流言》出版。書名取自一句英文詩「written on water」（水上寫的字），「是說它不持久，而又希望它像謠言傳得一樣快」[26]。相較於小說，散文的張愛玲談吃、談穿、談女人、談公寓生活、談戰爭記憶、談繪畫音樂電影、談日子裡任意拾掇的小趣味，更加的貼近讀者，她願意「從柴米油鹽、肥皂、水與太陽之中去找尋實際的人生」[27]。《流言》同樣熱賣，大受讀者歡迎。

張愛玲在淪陷區的上海迅速竄紅，也隨著一九四五年的抗戰勝利，迅速消失。「漢奸夫人」無法再發表作品，胡蘭成逃至溫州，張愛玲面臨到生命中的一大轉折。

第五節　抗戰結束（一九四五－一九五二）

一九四五年抗戰結束，中國結束了長達八年的苦難，胡蘭成逃到浙江溫州，若狀況緊張，便可登船到日本。

24 張愛玲回憶：「我第一本書出版，自己設計的封面就是整個一色的孔雀藍，沒有圖案，只印上黑字，不留半點空白，濃稠得令人窒息。以後才聽見我姑姑說我母親從前也喜歡這顏色，衣服全是或深或淺的藍綠色。……遺傳就是這樣神秘飄忽——我就是這些不相干的地方像她，她的長處一點都沒有，氣死人。」張愛玲：《對照記》，《對照記——散文集三（一九九〇年代）》（臺北：皇冠文化出版，二〇一〇年四月），頁八。

25 張愛玲曾描述過再版的封面：「書再版的時候換了炎櫻畫的封面，像古綢緞上盤了深色雲頭，又像黑壓壓湧起了一個潮頭，輕輕落下許多嘈切嘁嚓的浪花。細看卻是小的玉連環，有的三三兩兩勾搭住了，解不開；有的單獨像月亮，自歸自圓了；有的兩個在一起，只淡淡地挨著一點，卻已經事過境遷——用來代表書中人相互間的關係，也沒有什麼不可以。」張愛玲：〈《傳奇》再版的話〉，來鳳儀編：《張愛玲散文全編》，頁一八八。此段文字在臺灣皇冠版遭刪除。

26 張愛玲：〈《紅樓夢魘》自序〉，《紅樓夢魘》（臺北：皇冠文化出版，二〇一〇年八月），頁四。

27 張愛玲：〈必也正名乎〉，《華麗緣——散文集一（一九四〇年代）》，頁五十一。

一九四六年二月，張愛玲千里尋夫抵達溫州（後來將這段路程寫成了小說〈異鄉記〉，未完稿）。找到胡蘭成，胡蘭成有驚無喜，他早已和一名農婦范秀美琴瑟和鳴，看見張愛玲非但毫無慚愧，反而生氣，氣張愛玲應該超凡脫俗，怎麼做一般人的尋夫之事？胡蘭成拈花成習，其實早在一九四四年底，胡蘭成又曾與一名十七歲的見習護士周訓德結婚。

一日，張愛玲幫范秀美素描人像，發現范秀美的眉眼嘴唇與胡蘭成的好像，一時震動，竟然無法完成繪畫。此時張愛玲才發現，自己介入了別人的婚姻。范秀美是文盲，比胡蘭成還大兩歲，無法與胡蘭成談文說藝，卻能給胡蘭成「現世安穩」的生活。胡蘭成說：「愛玲並不懷疑秀美與我，因為都是好人的世界，自然會有一種糊塗。」張愛玲回信道：「你是到底不肯。我想過，我倘使不得不離開你，亦不致尋短見，亦不能夠再愛別人，我將只是萎謝了。」[28]

尋夫之行二十多天，最後一天胡蘭成送船，下著雨。幾日後，張愛玲寄給胡蘭成一筆錢，信上寫著：「那天船將開時，你回岸上去了，我一人雨中撐傘在船舷邊，對著滔滔黃浪，佇立涕泣久之。」[29]張愛玲此時愛情、事業兩失意，均拜胡蘭成之賜。

之後兩人偶有通信。一九四七年十一月，胡蘭成悄悄回到上海，是夜兩人分房而居。隔天清晨，胡蘭成走近張愛玲的床前，俯身親吻，張愛玲緊抱住胡蘭成，淚如雨下，這是兩人最後一次見面。幾個月後，張愛玲寫信訣別：「我已經不喜歡你了，你是早已經不喜歡我了的。這次的決心，我是經過一年半的長時間考慮的。……你不要來尋我，即或寫信來，我亦是不看了。」[30]隨信附上三十萬元錢，那是張愛玲寫電影劇本的稿費。

早在一九四六年，張愛玲便接了一份新工作——電影編劇。之前《傳奇》的成功，加上曾將自己的小說〈傾城之戀〉改編成話劇《傾城之戀》（一九四四年十二月），於上海新光大戲院連演八十場，因此文華影業公司導演桑弧（一九一六—二〇〇四）便邀請張愛玲來創作電影劇本。相較於文壇，戰後的電影圈更能兼容在戰時不同立場的聲音，許多親日者在戰後銷聲匿跡一陣子，之後都紛紛回到電影圈，毫無損傷。一九四七到一九四九年，張愛玲完成了四部電影劇本。

《不了情》（一九四七）改編自英國文學名著《簡愛》（*Jane Eyre*），是張愛玲電影劇本的處女作，也是文華影業的首部作品。桑弧導演，陳燕燕、劉瓊主演，黃金陣容，一炮

28 胡蘭成：〈天涯道路——鵲橋相會〉，《今生今世》，頁四二九、四三一。
29 胡蘭成：〈天涯道路——鵲橋相會〉，《今生今世》，頁四三三。
30 胡蘭成：〈永嘉佳日——如生如死〉，《今生今世》，頁四六九。

打響，被譽爲「勝利以後國產電影最最適合觀衆理想之巨片」[31]，之後張愛玲也將此電影改寫成小說〈多少恨〉，發表於一九四七年《大家》月刊第二、三期。《不了情》大成功，桑弧導演乘勝追擊，繼續向張愛玲邀請劇本。

《太太萬歲》（一九四七）原是桑弧的腹稿，說給張愛玲聽，張愛玲融合自己的幽默機智，寫成了一個喜劇劇本。描述一位現代小家庭中的太太陳思珍（蔣天流飾），秉持賢慧與度量，八面玲瓏，惹人喜愛，不惜說謊以成全事情，卻又備受委屈。如此典型的太太形象，本是張愛玲的拿手好戲，因此寫來得心應手。一九四七年十二月上映時，上海大雪紛飛，但四大電影院卻是人滿爲患，爆滿了兩個星期。

《哀樂中年》（一九四九）片頭掛的編劇是桑弧，但根據林以亮（宋淇，一九一九—一九九六）的說法，其實張愛玲也居功厥偉。[32]《金鎖記》（一九四九）劇本寫完卻未開拍，國共內戰，劇本亡佚，若是此劇本有幸重見天日，便可詳見張愛玲是如何將小說文字轉譯成鏡頭想像。

四部電影皆與桑弧合作，當時有人起疑，桑弧是否與張愛玲談戀愛？文華影業的宣傳主任龔之方（一九一一—二〇〇〇）曾撰文否認：「我可以在此作證，所有關於張愛玲與桑弧談戀愛的事，都是沒有事實根據的。」[33]但在《小團圓》中，「燕山」此一人物極可能對應於桑弧，與九莉有性關係，後來娶了別的女人。

電影劇本之外，張愛玲仍然希望小說事業東山再起。一九四六年十一月，由龔之方協助，《傳奇》增訂本於上海山河圖書公司（龔之方獨資）出版，又增補了〈留情〉、〈鴻鸞禧〉、〈紅玫瑰與白玫瑰〉、〈等〉、〈桂花蒸　阿小悲秋〉五篇小說，以及序言〈有幾句話同讀者說〉與跋文〈中國的日夜〉兩篇文字。封面由炎櫻設計，借用了點石齋石印的一張晚清時裝仕女圖，一名婦女坐在桌旁玩骨牌（中心偏下方），左側奶媽抱著小孩，一幅家庭日常畫作；欄杆外，有一個比例過大的現代人形（右上方）失去五官，孜孜往裡窺視，如同

31 電影廣告文案。見上海《申報》，一九四七年四月六日。

32 鄭樹森〈張愛玲與《哀樂中年》〉一文指出：「一九四九年上片的《哀樂中年》，也是文華出品，但編劇和導演都由桑弧掛名。一九八三年筆者任教香港中文大學時，翻譯中心主任、文壇前輩林以亮先生在一次長談中透露，《哀樂中年》的劇本雖是桑弧的構思，卻由張愛玲執筆。」見陳子善編：《私語張愛玲》（浙江：浙江文藝出版社，一九九五年十一月），頁二二〇。但張愛玲在一封回覆蘇偉貞的信件（寫於一九九〇年十一月六日）中表示：「我對它特別印象模糊，就也歸之於故事題材來自導演桑弧，而且始終是我的成分最少的一部片子。……我雖然參與寫作過程，不過是顧問，拿了些劇本費，不具名。」見臺北《聯合報》副刊，一九九五年九月十日。

33 龔之方：〈離滬之前〉，收入季季、關鴻編：《永遠的張愛玲——弟弟、丈夫、親友筆下的傳奇》（上海：學林出版社，一九九六年一月），頁一九〇。

鬼魅。張愛玲在序中表示：「如果這畫面有使人感到不安的地方，那也正是我希望造成的氣氛。」[34]

《傳奇》增訂本之後，張愛玲的文風轉爲平淡，長篇小說《十八春》（一九五一）是這時期的標誌之作。《十八春》即後來《半生緣》的前身，敘述顧曼楨從少女到中年的人生糾葛，一共十八年的辛酸與無奈。題材雖然還是張愛玲最熟悉的愛情、婚姻、家庭，但相較於《傳奇》，華麗的描繪平實了，繁複的意象減少了，而更多的展示了人物的日常言行與心理，也更凸顯了時代背景（八年抗戰、國共內戰、解放區等）與人物命運的牽連。《十八春》共二十多萬字，在上海小報《亦報》上連載，從一九五〇年一月連載到一九五一年十一月，張愛玲堅持用「梁京」這個筆名，而不用「張愛玲」，原因之一是邊寫邊登，無法修改，恐怕重蹈〈連環套〉的覆轍；之二是讀者尚未忘記「張愛玲」這個名字所夾帶的「漢奸夫人」負面印象，還是低調些穩妥。

一九四九年，中華人民共和國成立。據張子靜回憶，一九五一年底，張子靜曾問姊姊日後有什麼打算，只見姊姊看著弟弟，又望著白色的牆壁，默不作聲，「她的眼光不是淡漠，而是深沉的。我覺得她似乎看向一個很遙遠的地方」[35]。也許是張愛玲感應到了時代「已經在破壞中，還有更大的破壞要來」[36]，幾個月後，張子靜來到姊姊與姑姑同住的卡爾登公寓，姑姑只說了一句「你姊姊已經走了」，便把門關上了。張子靜明白姊姊從此不會回來了，下了樓忍不住哭了起來。

爲了離開中共的統治，張愛玲以尚未完成大學學業爲藉口，向中共申請赴香港大學繼續學業，竟然獲准。爲了不連累姑姑，便和姑姑說好不再連繫了。

第六節　再見香港（一九五二—一九五五）

張愛玲再次來到香港，也確實註冊入學，但經濟問題實在逼人，只好輟學。很快的，她找到了美國新聞處（United States Information Agency）的翻譯工作，先後翻譯了《老人與海》、《鹿苑長春》、《愛默生選集》等名著，認識了同事鄺文美（翻譯家，一九一九—二〇〇七），及其丈夫宋淇。宋淇，筆名林以亮，爲知名文藝評論家與翻譯家，任職文化界與電影界，夫婦兩人早在一九四〇年代便久仰張愛玲的盛名，也都是《傳奇》與《流言》的讀

34 張愛玲：〈有幾句話同讀者說〉，《華麗緣——散文集一（一九四〇年代）》，頁二九五。
35 張子靜口述，季季執筆：《我的姊姊張愛玲》，頁二三三。
36 張愛玲：〈《傳奇》再版的話〉，《華麗緣——散文集一（一九四〇年代）》，頁一七六。

者。三人此番相識，成就了一生的情誼。

翻譯之餘，張愛玲開始以英文寫小說，實踐「我要比林語堂還出風頭」[37]的願望。這本英文小說叫做《*The Rice Sprout Song*》，描寫中共建國初期土改運動下的農民生活：村幹部在過年時間橫徵錢財，導致農民貸款過年，忍無可忍，放火燒了糧倉；而事件平息之後，村民依然扭著秧歌，備齊禮物，歡慶新年。本書由紐約查理斯克利普納（Charles Scribner's）公司出版，是張愛玲第一次的英文寫作，市場反應不錯，《紐約時報》與《時代》周刊書評都給予佳評，但總不算暢銷書。後來張愛玲自己翻譯爲中文，取名爲《秧歌》，在香港《今日世界》雜誌連載。《秧歌》諷刺共產黨意味濃厚，因而被視爲反共小說。

第二部英文長篇小說，取名爲《*Naked Earth*》，中文譯作《赤地之戀》。本書加入了更多的社會背景：土改、三反、抗美援朝等，描述一群來自北京高校的畢業生，赴農村參加土改運動，原來對共產黨滿懷期待，後來卻灰心失望，甚至蒙不白之冤。《赤地之戀》由美國新聞處委任張愛玲創作，大綱備齊，不是原創，政治、社會題材本不是張愛玲所擅長，因而藝術價值不高。張愛玲也承認：「我發現遷就的事情往往就是這樣。」[38]可見得其寫作動機，還是爲了生計。《赤地之戀》在香港出了中文與英文本，卻引不起美國出版商的興趣。

一九五三年，美國公告一項難民法令，歡迎學有專精的人士到美國永久居留，之後可以申請爲美國公民。

一九五四年秋天，張愛玲將中文版的《秧歌》寄給在美國的胡適（一八九一－一九六二），信上表示，胡適曾為晚清韓邦慶（一八五六－一八九四）《海上花列傳》（一八九二）作序，認為具有「平淡而近自然」的風格，而張愛玲自己對此書同樣愛不釋手，《秧歌》便是有意接近這種「平淡而近自然」之美，請胡適批評指正。這封信被黏貼在胡適一九五五年一月二十三號的日記裡。之後，胡適給張愛玲回了信，表示將《秧歌》仔細看了兩次，認為從頭到尾寫的是「飢餓」，真有「平淡而近自然」的工夫。

一九五五年，張愛玲向宋淇夫婦揮手告別，搭乘著克里夫蘭總統號（President Cleveland）輪船，孑然一身，航向夢想的美國。

37 張愛玲：〈私語〉，《華麗緣——散文集一（一九四〇年代）》，頁一五一。

38 張愛玲：〈憶胡適之〉，《惘然記——散文集二（一九五〇－八〇年代）》（臺北：皇冠文化出版，二〇一〇年四月），頁十六。

第七節　美國時期（一九五五—一九九五）

船行月餘，終抵美國。張愛玲接著搭火車到紐約，去找炎櫻與胡適。張愛玲住在哈德遜河岸的救世軍（Salvation Army）女子宿舍，是個救濟難民的處所，環境不甚理想，但也只能將就。張愛玲邀炎櫻一起去拜訪胡適，她們來到大使級住宅區東城八十一街一〇四號門口，發現竟是港式的公寓風格。胡適此時六十四歲，身著長袍迎接。

張愛玲依然為生計問題所困擾。一九五六年三月，張愛玲申請到麥克道威爾文藝營（Edward MacDowuell Colony）寫作，此文藝營坐落於新罕布夏州（State of New Hampshire）的山區，占地寬闊，風景優美，有四十多間房舍，包括二十八所大小不一的獨立工作室，一九〇七年由著名作曲家愛德華・麥克道威爾的遺孀創辦，讓才華洋溢的藝術家免費居留，以完成藝術創作。張愛玲預計在文藝營中完成英文小說《粉淚》（*Pink Tears*），即中篇小說〈金鎖記〉的開展本，再攻美國文壇。

一九五六年三月十三日，張愛玲認識了一位文藝營中的德國裔作家——斐迪南・賴雅（Ferdinand Reyher, 1891-1967）。賴雅出生於美國費城，天資聰穎，才華洋溢，好寫戲劇，哈佛大學碩士畢業，曾任教於麻省理工學院，後來辭職成為自由撰稿人，也為好萊塢寫電影劇本。源源不絕的高收入，加上個性豪爽，熱愛自由，導致賴雅花錢海派，晚年竟無積蓄，也因此才來到文藝營棲身。

張愛玲與賴雅，見了面總有聊不完的話，從文學聊到政治，從早晚餐的團體活動聊到互訪彼此的工作室，感情日增。很快的，張愛玲懷了賴雅的孩子，兩人便結了婚，此時張愛玲三十六歲，賴雅六十五歲。張愛玲當然是不要孩子的，早在散文〈造人〉中便有小孩是「不幸的種子，仇恨的種子」[39]的句子，何況根本沒有錢養孩子，因此這對夫妻選擇了人工流產。

雖然小說不能拿來還原作者實際的生活經驗，但《小團圓》這段對九莉墮胎的描述，卻極有參照價值：「夜間她在浴室燈下看見抽水馬桶裡的男胎，在她驚恐的眼睛裡足有十吋長，畢直的欹立在白磁壁上與水中，肌肉抹上一層淡淡的血水，成爲新刨的木頭的淡橙色。凹處凝聚的鮮血勾劃出它的輪廓來，線條分明，一雙環眼大得不合比例，雙睛突出，抿著翅膀，是從前站在門頭上的木彫的鳥。恐怖到極點的一剎那間，她扳動機鈕。以爲沖不下去，

39 張愛玲：〈造人〉，《華麗緣——散文集一（一九四〇年代）》，頁一三八。

竟在波濤洶湧中消失了。」[40]九莉作為一個狠心的母親，想到了自己的狠心的母親，「木彫的鳥」連繫到第一次與邵之雍歡愛的自我警惕，她害怕重蹈母親的覆轍，擔憂那「繡在屏風上的鳥」[41]，又多了一隻。

之後，兩人周旋在衆多文藝營之間，一九五九年，他們決定移居舊金山。一九六〇年張愛玲生日那天，張愛玲要賴雅陪她去看脫衣舞表演，他們進了一家破舊的舞廳，張愛玲看得津津有味。對俗人俗世從不排斥，也方能探索普通人性裡的深刻。

一九六一年十月初，張愛玲飛到了臺灣，想寫一個美國讀者可能感興趣的題材——少帥，特地來臺灣訪問張學良與蒐集資料，行程由理查・麥卡錫（Richard McCarthy）接待。麥卡錫原是張愛玲在香港美國新聞署工作的新聞處處長，後來來臺灣擔任美國駐臺北領事館的文化專員，張愛玲此番來臺，便是住在麥卡錫在臺北陽明山上的別墅。

十月十四日中午，麥卡錫夫婦為張愛玲接風，同桌陪客有吳魯芹（一九一八—一九八三）等文化界人士，還有臺大外文系的一些學生，包括白先勇（一九三七—）、陳若曦（一九三八—）、歐陽子（一九三九—）、王文興（一九三九—）、王禎和（一九四〇—一九九〇）等，每一位都熟讀張愛玲的作品，傾慕張愛玲的文采。張愛玲出現之前，他們都紛紛猜測四十一歲的張愛玲該是什麼樣子。據陳若曦回憶：

她真是瘦，乍一看，像一副架子，由細長的垂直線條構成，上面披了一層雪白的皮膚，那膚色的潔白細緻很少見，襯得她越發瘦得透明。紫紅的唇膏不經意的抹過菱形的嘴唇，整個人，這是唯一令我有豐滿的感覺的地方。頭髮沒有燙，剪短了，稀稀疏疏的披在腦後，看起來清爽俐落，配上瘦削的長臉蛋，頗有立體畫的感覺。一對杏眼外觀滯重，閉合遲緩，照射出來的眼光卻是專注、銳利；她淺淺一笑時，帶著羞怯，好像一個小女孩。嗯，配著那身素淨的旗袍，她顯得非常年輕，像個民國二十年左右學堂裡的女學生。[42]

張愛玲看來瘦削年輕，煥發民國初年女學生的神采。張愛玲在美國讀過王禎和的〈鬼・北風・人〉，對花蓮十分嚮往，第二天，王禎和便帶著張愛玲到故鄉花蓮走訪。張愛玲一到王家，許多鄰居竟以爲王禎和帶女朋友回來了。

40 張愛玲：《小團圓》（臺北：皇冠文化出版，二〇〇九年三月），頁一八〇。

41 張愛玲：〈茉莉香片〉，《傾城之戀——短篇小說集一（一九四三年）》（臺北：皇冠文化出版，二〇一〇年六月），頁一一〇。

42 陳若曦：〈張愛玲一瞥〉，收入陳子善編：《私語張愛玲》（浙江：浙江文藝出版社，一九九五年十一月），頁七十。

他們去街上逛，看到妓女在跳舞，張愛玲十分有興趣；後來又去上等妓院「大觀園」，看妓女坐在嫖客的大腿上；他們去看寺廟，張愛玲是大近視眼，用極近的距離觀察著廟宇的刻花；他們去看阿美族的豐年祭，張愛玲極愛這種原汁原味的歌唱舞蹈。張愛玲喜歡戴大耳環，吃木瓜要用小湯勺，晚上臨睡前在臉上不停拍打，照相前需要一個鐘頭化妝，這些行爲都讓鄉下人引以爲奇。王禎和曾問張愛玲後來的小說要不要以臺灣爲背景，張愛玲說，因爲語言的隔閡，寫不出來，臺灣對她是「Silent Movie」（默片）。

走完花蓮，張愛玲預計前往臺東，再到屏東看矮人祭，經高雄上臺北。在臺東時，張愛玲接到麥卡錫的電話，說賴雅中風了，目前由賴雅的女兒霏絲照顧，而尷尬的是，張愛玲買的是單程機票，她實在付不出昂貴的回程機票。臺灣當局也未批准訪問張學良的申請，因此張愛玲決定先到香港去寫電影劇本。

張愛玲來到香港寫電影劇本掙錢，夜以繼日，每天早上十點開始一直寫到深夜二點，兩腳腫脹，眼睛潰瘍出血，趕出了多部劇本——《紅樓夢》（上下）、《情場如戰場》、《人財兩得》、《桃花運》、《南北一家親》、《小兒女》、《一曲難忘》、《魂歸離恨天》等，其中作品多受好萊塢「神經喜劇」（Screwball Comedy）影響，對白詼諧機智，唇槍舌劍，表現男女主角在性別、文化、經濟階層上的差異。其中《紅樓夢》、《魂歸離恨天》並沒有開拍。

遠在美國的賴雅，等張愛玲回家等得心焦，明明告訴賴雅抵達華盛頓（霏絲住所）是三月十八日，可賴雅十七日就進機場等待，由此可見鶼鰈情深。賴雅中風之後，大病小病不斷，張愛玲自己的眼睛、牙齒、足部也都長期不舒服，夫妻此時僅靠賴雅每月五十二元的社會福利金度日，外加兩人爲數不多的版稅。

經濟壓力之大，使他們不得不搬到較便宜的黑人區肯塔基院（Kentucky Court）。此時麥卡錫被美國政府調回美國之音廣播電臺工作，剛好在華盛頓，於是便介紹張愛玲編寫廣播劇。張愛玲編寫了陳紀瀅（一九〇八—一九九七）《荻村傳》、索忍尼辛（一九一八—二〇〇八）《伊凡生命中的一天》（*One Day in the Life of Ivan Denisovich*）等作，勉強增加了一些收入。

後來賴雅全身癱瘓，大小便失禁，全由張愛玲負責照料，心力交瘁。一九六六年九月，張愛玲申請到俄亥俄州邁阿密大學駐校作家，也把賴雅帶了去，那是沒有薪水的職務，僅提供住宿與微薄的車馬費，張愛玲一次也沒參與校內的活動。一九六七年四月，夏志清推薦張愛玲前往麻州劍橋的賴得克利夫大學（Radcliffe University），以「獨立研究」的名義，在研究所專心翻譯《海上花列傳》。

一九六七年十月賴雅去世。一九六八年臺港掀起了「張愛玲熱」。早在一九五〇年代的香港，盜版的《傳奇》、《流言》時有所見，甚至還有冒名的劣作——《秋戀》與《笑聲淚痕》，署名都是張愛玲。見此劣行，張愛玲於是自己編了一本《張愛玲短篇小說集》，一九五四年七月由香港天風出版社印行，這本集子即是一九四六年的《傳奇》增訂本，不過是換了書名與封面。一九六八年，臺灣的皇冠出版社也同樣推出了《張愛玲短篇小說集》，後又出版《流言》、《秧歌》、《半生緣》、《怨女》等，引發一波張愛玲閱讀熱潮。

文學市場的推波助瀾在後，其實之前還有學術界的肯定，才讓「張愛玲熱」正式確立。一九六一年，夏志清的《中國現代小說史》（一九六一）英文版問世，首次將張愛玲納入文學史中，不但專章論析，且篇幅多於魯迅（一八八一—一九三六）近一倍。書中明言「張愛玲該是今日中國最優秀最重要的作家」、〈金鎖記〉是「中國從古以來最偉大的中篇小說」[43]，成爲張愛玲經典化的重要指標。

一九六七年開始，張愛玲開始考證《紅樓夢》。七、八歲的時候，張愛玲就讀了《紅樓夢》，隱約覺得，怎麼八十回後就不好看了？怎麼一個個人物都語言無味、面目可憎了起來？猶記得十四歲時《摩登紅樓夢》的戲作，還被父親稱讚了一番。一九五四年，張愛玲在香港發現了根據脂批研究後八十回後事的書，頓感「石破天驚，驚喜交集」，從此不斷注意《紅樓夢》的研究專書。

一九六九年七月，張愛玲轉到加州大學柏克萊分校中國研究中心（Center for Chinese Studies）工作，研究中共術語，中心的主任是陳世驤（一九一二—一九七一）教授。這工作又是夏志清的推薦，上一位擔任此工作的莊信正（一九三五—）即將去洛杉磯教書。上班時間是自訂的，張愛玲總是在其他人下班之後，才幽幽進入辦公室與月亮共進退，同事對她都不甚熟悉。

在哈佛燕京圖書館與加州大學柏克萊分校，張愛玲看到了許多《紅樓夢》的版本與研究資料，她常常站著看完胡適、俞平伯（一九〇〇—一九九〇）、吳世昌（一九〇八—一九八六）、周汝昌（一九一八—二〇一二）、馮其庸（一九二四—二〇一七）等人的紅學論著，認爲研究紅學的唯一資格就是「熟讀《紅樓夢》」。張愛玲將自己的考證大綱寄給香港的宋淇看，因角度奇特，宋淇便戲稱爲「Nightmare in the Red Chamber」，於是這七篇論文，就命名爲《紅樓夢魘》。此書於一九七六年交由皇冠出版社集結出版，書後跋言，張愛玲總結道：「十年的工夫就這樣摜了下去，不能不說是豪舉。正是：十年一覺迷考據，贏得紅樓夢魘名。」[44]

43 夏志清著，劉紹銘編譯：《中國現代小說史》（臺北：傳記文學出版，一九九一年十一月），頁三九七、四〇六。

44 張愛玲：〈《紅樓夢魘》自序〉，《紅樓夢魘》，頁七—八。

一九七〇年代，張愛玲持續寫作，但產量不多，主要是《紅樓夢魘》的考證，以及延續了《海上花列傳》國語本的翻譯。《海上花列傳》是晚清韓邦慶的吳語小說，長達四十萬字，揭露妓院的醜陋與上海洋場人性的黑暗。胡適《海上花列傳考證》稱許這本小說是「一個第一流的作者用他的全力來描寫上海妓女家生活」的佳作；張愛玲也認爲，此書寫得淡，「是最好的寫實作品」，是所有看過的書裡「最有日常生活的況味」[45]的一部。早在一九五〇年代，張愛玲便想將這本吳語小說轉譯爲國語，一九六〇年代末期在麻州劍橋曾譯出一些篇章，一九八二年四月開始於《皇冠》雜誌連載，一直連載到一九八三年十一月，同月出版單行本《海上花》，一九九一年更名爲《海上花開》、《海上花落》。

一九七六年，臺灣學者唐文標（一九三六——一九八五）出版了《張愛玲研究》、《張愛玲雜碎》，批評張愛玲的小說世界「又濕又熱」，是個「死世界」；後來又陸續出版《張愛玲資料大全集》、《張愛玲卷》，蒐羅張愛玲之前的舊作品，未經授權，公然販售，遠在美國的張愛玲非常不高興。

面對早期作品遭盜印，一九七六年，張愛玲自己蒐羅早期作品而出了新書，取名爲《張看》。她解釋：「『張看』就是張的見解或管窺——往裡面張望——最淺薄的雙關語。」[46]這本書收錄了新作，包括散文〈憶胡適之〉、〈談看書〉、〈談看書後記〉，也收錄了一九四〇年代末選進《流言》與《傳奇》的文章，包括散文〈姑姑語錄〉、〈談寫作〉、〈天才夢〉，以及當時尚未完成的連載小說〈連環套〉、〈創世紀〉兩篇。張愛玲自嘲〈連環套〉是一篇「通篇胡扯，不禁駭笑」的破爛之作，「聽見說盜印在即，不得已還是自己出書，至少可以寫篇序說明這兩篇小說未完，是怎麼回事」[47]。

一九七六年，張愛玲完成了中文長篇自傳小說《小團圓》。張愛玲將《小團圓》寄給香港的宋淇夫婦看，希望能在香港連載。宋淇夫婦讀完之後，深覺內容過於驚人，建議修改之後再發表，張愛玲採納了，便告知宋淇夫婦請銷毀他們手上那個版本，也告訴臺灣讀者她「不會食言」，有一本長篇即將與讀者見面。然而，讀者盼啊盼，始終等不到這部作品問世。

一九八三年，張愛玲再次出版舊作選集，名爲《惘然記》。《惘然記》的文體依舊多元，包括小說〈色，戒〉、〈相見歡〉、〈浮花浪蕊〉、〈多少恨〉、〈殷寶灩送花樓

45 張愛玲：〈憶胡適之〉，《惘然記——散文集二（一九五〇—八〇年代）》，頁十六、二十四。

46 張愛玲：〈《紅樓夢魘》自序〉，《紅樓夢魘》，頁三—四。

47 張愛玲：〈《張看》自序〉，《惘然記——散文集二（一九五〇—八〇年代）》，頁一一六—一一七。

會〉、〈五四遺事〉以及電影劇本《情場如戰場》。尤其是前三篇作品，張愛玲特別提到：「這三個小故事都曾經使我震動，因而甘心一遍遍改寫這麼些年，甚至於想起來只想到最初獲得材料的驚喜，與改寫的歷程，一點都不覺得這其間三十年的時間過去了。愛就是不問值得不值得。這也就是『此情可待成追憶，只是當時已惘然』了。」[48]書名所以稱為《惘然記》。其中〈色，戒〉一篇，根據宋以朗的說法，是父親宋淇告訴張愛玲抗日期間一名女大學生意圖殺害漢奸而遭槍決的新聞，並非一般認為是女間諜鄭蘋如與漢奸丁默邨的故事；[49]無論如何，張愛玲將小說一改再改近三十年，多被評論者視為這其中影射了張愛玲與胡蘭成的愛戀關係，因而備受矚目。導演李安將小說改編為電影《色｜戒》，榮獲二〇〇七年義大利威尼斯影展金獅獎，也算是完成了張愛玲揚威國際的夢想。

自從賴雅去世，張愛玲便開始獨居生活，健康狀況不佳，也鮮少與友人往來。一九八四年八月到一九八八年三月間，張愛玲不斷在洛杉磯的廉價汽車旅館間搬遷，平均一星期搬遷一次，她認為只要在一個地方居住超過一星期，便有蚤患，南美種的跳蚤異常頑強，無法消滅，皮膚會搔癢難耐。有人相信眞是蚤患，有人認為那只是皮膚敏感，有人猜測是精神問題，也有人指出也許是美國西岸空氣乾燥的緣故，莫衷一是。張愛玲眞沒料到，十九歲的「生命是一襲華美的袍，爬滿了蝨子」一語成讖，著實成為晚年的困擾。

張愛玲在一九八〇年代中期飽受蚤患之苦，而在海洋的另一邊，又再一次掀起了「張愛玲熱」。首先是臺灣，「張派作家」隱然成形，年輕讀者過往閱讀張愛玲的經驗，均轉化爲寫作的養分，再現華麗與荒涼，勇奪文學大獎，祖師奶奶幽魂不散；其次是在遺忘了張愛玲的四十年後的中國大陸學術界，北京大學錢理群等著的《中國現代文學三十年》（一九八五），搶先讓張愛玲翻身進入現代文學史，占據第三個十年（一九三七—一九四九）小說與散文章節不少的篇幅，肯定了張愛玲的文學地位。

張愛玲熱延燒，盜版更加猖獗，有人甚至挖出張愛玲一九五〇年代的舊作〈小艾〉，逕自印刷單行本。一九八七年張愛玲出版《餘韻》，一九八八年出版《續集》，兩書持續整理之前未發表的小說、散文、電影劇本。一九八〇年代末期，張愛玲也恢復了以書信和上海的親人連繫。

張愛玲的住屋問題都交給林式同。林式同是莊信正的好友，是一位建築師，不太清楚張愛玲文學地位之高，只憑一股熱忱，爲朋友兩肋插刀。他爲張愛玲保密、找房子、做保證

48 張愛玲：〈惘然記〉，《惘然記——散文集二（一九五〇—八〇年代）》，頁二〇五。

49 宋以朗：〈爲什麼〈色，戒〉的王佳芝不可能是鄭蘋如？〉，《宋淇傳奇——從宋春舫到張愛玲》（香港：牛津大學出版社，二〇一四年），頁二五七。

人、處理文件、弄保險、辦老人福利卡、圖書館閱覽證等生活瑣事，也偶爾打電話關心張愛玲的健康，面對張愛玲獨特的性格，從無抱怨，更不期待什麼報答。事情繁雜多有周折，理應常常會面，但林式同卻只見過張愛玲兩次。一九九一年，張愛玲請林式同幫忙尋找這樣的新居——「一間小房間（大點也行）。浴室。有冰箱（沒有也行）。沒爐灶。沒傢俱（有也行）。房子相當新，沒蟲。地點：市區。郊區也行。（除了海邊——多蟲蟻）只要附近要有公車。不怕吵，如嘈音、車聲、飛機聲。月租不超過九百。」[50]從這份要求可以讀出張愛玲晚年生活的概況：一切從簡，大隱於市，物質生活減到最低最低。

一九九〇年代初期，張愛玲應允於一九九四年二月皇冠出版社四十周年紀念時推出長篇自傳小說《小團圓》，附上一本照相集《對照記——看老照相簿》。不過因為身體狀況不佳，張愛玲於一九九三年七月三十日寫信給皇冠出版社的編輯，表示《對照記》加《小團圓》書太厚，書價太高，《小團圓》恐怕年內寫不完，還是先出《對照記》。《對照記》於是在一九九四年先出了單行本，照片五十餘幀，青少年時代的照片居多，中老年時期的少；與母親、姑姑、炎櫻的照片多，而完全沒有胡蘭成與賴雅。

一九九四年秋天，《中國時報》第十七屆「時報文學獎」頒予張愛玲「特別成就獎」。張愛玲雖然欣然接受，寫下了得獎感言〈憶《西風》〉，但其實心下茫然，一句話都想不出來，主要是對一九三九年投稿《西風》雜誌徵文從一開始第一名到後來只是掛車尾入選一事，依然耿耿於懷。張愛玲說，《西風》的事，使「得獎這件事成了一隻神經死了的蛀牙」[51]，因此沒有任何感覺了。

爲了受獎，張愛玲特別在美國拍了一張照片，傳回臺灣。照片中，張愛玲身著黑色毛衣，銀髮捲曲，面容清瘦沉靜，手裡拿著捲成筒狀的報紙，報紙上印著豎排大字的標題「主席金日成昨猝逝」。這張令讀者不安的照片，一如《傳奇》增訂本的封面，本是張愛玲一貫希望的風格。張愛玲表示，時事入鏡，「跟大家一起看同一條新聞，有『天涯共此時』的即刻感」[52]，張愛玲巧扮死神，也許更是暗示讀者，大限將至，隨時會遭時間撕票。

一九九五年九月八日中午，林式同接到一通電話，來自張愛玲房東的女兒，表達張愛玲已經去世。叮玲玲玲玲，每一個「玲」都是一小點，彷彿切斷了時間與空間。在所有張愛玲的親友中，林式同是唯一見到張愛玲遺容的人：

50 張愛玲給林式同的書信，一九九一年四月二十二日。林式同：〈有緣得識張愛玲〉，蔡鳳儀編：《華麗與蒼涼：張愛玲紀念文集》（臺北：皇冠文學出版，一九九六年三月），頁三十八。

51 張愛玲：〈憶《西風》——第十七屆時報文學獎特別成就獎得獎感言〉，《對照記——散文集三（一九九〇年代）》，頁九十七—九十八。

52 張愛玲：〈《對照記》後記〉，《對照記——散文集三（一九九〇年代）》，頁八十。

張愛玲是躺在房裡唯一的一張靠牆的行軍床上去世的，身下墊著一床藍灰色的毯子，沒有蓋任何東西，頭朝著房門，臉向外，眼和嘴都閉著，頭髮很短，手和腿都很自然地平放著。她的遺容很安詳，只是出奇的瘦，保暖的日光燈在房東發現時還亮著。53

張愛玲已整理好各類文件證件，放進手提包，以方便林式同處理後事，連去世都不願意麻煩人太多。

家具不多，地上都是紙袋，方便搬遷；有張愛玲自己的著作、臺港的書報雜誌、《紅樓夢》以及賴雅的簽名書；電視機在床前的地上，想必是能在床上看電視，鄰居反應這位中國老婦人電視機成天開得很大聲；地上堆著紙盒，旁邊舊信封、收據、報紙邊緣全是張愛玲密麻的字跡，那紙盒便是寫字檯，張愛玲是坐在地上就著紙盒寫字的；浴室處處是用過的紙巾，張愛玲也許虛弱到連擰乾毛巾的力氣都沒有了；廉價的塑膠拖鞋用髒即丟，還有幾大包新的還沒開用。

張愛玲還在附近租了一個小倉庫，租用者的名字是張愛玲與林式同兩人，以免林式同無法打開倉庫整理遺物。倉庫裡盡是手提袋，裡面裝著英文著作與其他或打字或手寫的文稿。

死訊一傳出，立刻震驚華人世界，時值中秋時分，臺港大陸的報導與紀念文字鋪天蓋地，紛紛哀悼，隱約呼應著〈金鎖記〉裡夜晚浮升的月亮，宛如朵雲軒信箋上的一滴淚珠；美國的《紐約時報》與《洛杉磯時報》也登載了訃聞，感嘆一代傑出作家撒手告別。

其實張愛玲早在一九九二年二月就已經擬好遺囑，寄給了林式同，主要內容是：死後馬上火葬，不要人看到遺體。不舉行任何葬禮儀式。骨灰撒向空曠無人處。遺物全部寄給宋淇先生。

按照美國法令，骨灰不可以撒在曠野，因此在一九九五年九月三十日張愛玲七十五歲生日的當天，遺囑執行人將骨灰撒向了太平洋。張愛玲的傳奇遂如流言，寫在水上，永在世間流傳。

張愛玲去世後，新文集卻一本一本的出版。果眞是記憶力不佳，「我又忘啦」使然，讓許多作品都在《張愛玲全集》之外，重新浮出地表。小說〈鬱金香〉、〈同學少年都不賤〉等，都是許多學者在浩如煙海的文獻資料中，沒有早一步，沒有晚一步，所產生的「噢，你也在這裡」的美麗相遇。

而最震撼的，還是長篇小說《小團圓》。早在一九七六年三月，張愛玲已將《小團

53 林式同：〈有緣得識張愛玲〉，蔡鳳儀編：《華麗與蒼涼：張愛玲紀念文集》，頁五十八。

圓》稿件寄給宋淇，「看看有沒有機會港臺同時連載」[54]，宋淇夫婦讀罷其中令人「震動」[55]的內容，建議改寫，張愛玲也同意；然而終其一身，張愛玲並沒有修改完成，甚至在一九九二年致宋淇信中明言，「《小團圓》小說要銷毀」[56]。一九九六年十二月宋淇去世後，宋鄺文美一直未能決定《小團圓》的命運，出版抑或銷毀，確實兩難——出版，違反張愛玲一九九二年的決定；銷毀，辜負了讀者的企盼，毀滅了張愛玲的心血結晶，勢必成為歷史罪人。二〇〇七年十一月，宋鄺文美去世，處理這難題的責任，便落在繼承者宋以朗身上。宋以朗經過慎重考慮，在張愛玲去世後的十四年後，讓《小團圓》重見天日。

張愛玲永遠在製造傳奇，她的文字，她的人，無一不是。

54 張愛玲致宋淇信件，一九七五年九月十八日。而十月十六日致宋淇信件中，再次提及「最好還是能港臺同時連載」。宋以朗：〈《小團圓》前言〉，張愛玲：《小團圓》，頁五。

55 鄺文美致張愛玲信件，一九七六年三月二十五日。宋以朗：〈《小團圓》前言〉，張愛玲：《小團圓》，頁七。

56 張愛玲致宋淇信件，並附遺囑正本，一九九二年三月十二日。宋以朗：〈《小團圓》前言〉，張愛玲：《小團圓》，頁三。

第二章

張愛玲的文學成就

張愛玲的作品可分為小說、散文、電影劇本、影評、翻譯、廣播劇本幾類，其中以中短篇小說成就最高。小說從一九四三年第一篇正式發表的〈第一爐香〉算起，到一九八三年的《惘然記》結束，累積了長達四十年的創作，成績可觀。

散文從第一篇正式發表的〈天才夢〉（一九四〇），到一九九四年《對照記——看老照相簿》問世，創作歷程較小說更長。加上目前可見的中學少作，共計百餘篇。重要作品集中在散文集《流言》（一九四四）中，之後的散文散見各書。

電影劇本集中在兩段期間，第一段是一九四七到一九四九年，共四部；第二段是一九五七到一九六四年，共十一部；張愛玲共計完成了十五部電影劇本。影評多是一九四三年專力寫小說、散文之前的作品，多為英文，其中兩篇自己改寫成中文，收錄在《流言》中。以下僅介紹張愛玲最主要的創作型態——小說、散文、電影劇本三種。

第一節　文學創作

一、小說

許多人以「華麗與蒼涼」來統攝張愛玲的小說特色，指其文字與意象精緻豐美，想像奇特，而小說人物與主題卻是傾向人生「沒有光的所在」，刻畫人生的負面與晦暗。

(一)蒼涼美學：一級一級上去，走進沒有光的所在

張愛玲以「蒼涼」爲美，認爲殘破相較於完美，更顯眞實。這樣的美學觀，正對照著張愛玲的生命體驗——從小沒有感受過家庭的溫暖與雙親的呵護，父母的離異，使其質疑婚姻與家庭的價值，總是牢記童年不愉快的回憶；身上的貴族血液，並沒有讓她享受到優渥的生活，而是目睹了輝煌家族的日漸凋零，世事衰頹、人生無常的體認，便成爲其認識世界的基調；親歷戰爭，面對國變，催化了個體生命在亂世中的渺小無助感；吸收傳統中國與西方新式教育的養分，在新舊文化互相傾軋的時代，她預見文明崩壞而逐漸下沉的悲劇——正是這些因素的撞擊，讓本就纖細易感的張愛玲，更向著人世的破碎與悲涼靠近。

張愛玲曾這樣闡述自己的文學觀：「個人即使等得及，時代是倉促的，已經在破壞中，還有更大的破壞要來。有一天我們的文明，不論是昇華還是浮華，都要成爲過去。如果我最常用的字是『荒涼』，那是因爲思想背景裡有這惘惘的威脅。」[1]不論是常用「荒涼」抑或「蒼涼」，張愛玲均指出原因在於思想背景裡的「惘惘的威脅」，一種大破壞將至的沉沒感，一種繁華已然逝去的失落感，一如夢魘，使人的生存彷彿鬼魅，飄然無著，時而疑心，卻依然在世間汲汲營營掙扎求生，最後才發現生命的盡處是一片黑暗。驚覺之時，生命早已被嚙蛀腐蝕，「人覺得自己是被拋棄了」。〈金鎖記〉中「一級一級上去，走進沒有光的所在」一句，因此可作爲張愛玲所有小說人物的概括，更是張愛玲眼中的眞實。

㈡不相干的事

張愛玲刻意排拒歷史、國家、民族、戰爭、革命、道德等「大敘述」，認爲那是「飛揚」的、「英雄」的、「鬥爭」的、「力」的，實在無趣；而人生的趣味，全在那些「不相干的事」——柴米油鹽、水、太陽等生活的細節何其安穩和諧，是「美」的、「素樸」的、「實際」的，是屬於普通人的，因而更具有深長的回味，更接近「永恆」。

隨意蔓延，尤其注意枝微末節，便是張愛玲自覺的寫作姿態。張愛玲說：「清堅決絕的宇宙觀，不論是政治上的還是哲學上的，總未免使人嫌煩。人生的所謂『生趣』全在那些不相干的事。」[2]因此戰亂之中，張愛玲極樂於以家庭、普通人爲題材，去細細描述衣著、吃食、家中擺飾，那些與歷史無甚相關的平凡人，那些與忠孝節義背道而馳的小奸小壞。周旋瑣碎細節，對抗宏偉敘事，是張愛玲小說的選擇。

㈢蔥綠配桃紅

在張愛玲的小說世界裡，讀者不容易辨認人物的善惡，因而被誤認爲「主題欠分明」，其實這正是源自於其小說美學——「參差對照」。參差對照，以顏色來比方，就是「蔥綠配桃紅」，蔥綠不是正綠，桃紅也不是正紅，將兩個非正色交相比對配置，就是張愛玲以爲的人生眞相，一種追求「眞實」的寫作動機，她在〈自己的文章〉中說：「我不喜歡壯烈，我是喜歡悲壯，更喜歡蒼涼。壯烈只有力，沒有美，似乎缺少人性。悲壯則如大紅大綠的配色，是一種強烈的對照。但它的刺激性還是大於啓發性。蒼涼之所以有更深長的回

1 張愛玲：〈《傳奇》再版的話〉，《華麗緣——散文集一（一九四〇年代）》（臺北：皇冠文化出版，二〇一〇年四月），頁一七六。

2 張愛玲：〈燼餘錄〉，《華麗緣——散文集一（一九四〇年代）》，頁六十四。

味，就因爲它像蔥綠配桃紅，是一種參差的對照。我喜歡參差對照的寫法，因爲它是較近事實的。」[3]張愛玲說這樣的寫作方法叫做「椒鹽式」，人生就是混雜一些黑色的椒與白色的鹽而成，也不一定是灰色，好的文藝中，是非黑白不是沒有，而是包含在整個的效果內，不可分的。[4]德行高潔之士，心中不免也有些壞念頭；罪大惡極之徒，有時舉止也能充滿人性的光輝，因爲「『人』是最拿不準的東西」[5]。

〈金鎖記〉中，曹七巧用黃金的枷，劈殺了自己的兒女，不允許兒女獲得幸福，因爲母親不曾有過，兒女憑什麼擁有？更何況，接近他們家的人，無一不是覬覦他們家的財產。讀者也許讀得毛骨悚然，認爲曹七巧是一個絕對的壞人，但在張愛玲看來，這樣的人是值得理解與同情的，否則在篇首不會安排一位瞎了眼的趙嬤嬤，在小雙與鳳簫譏笑曹七巧的出身之時，指責說「你們懂得什麼」；也不會在曹七巧遭姜季澤拒絕之時，要讀者去凝視風涼針上小鑽石裡倒映著的粉紅絲線；也不會在曹七巧揭發姜季澤騙錢之時，去看見那躲在絲絨窗簾後面的哭泣。

張愛玲認爲，將人生處理成大黑大白的，是小朋友看的童話故事；在複雜的成人世界裡，一切都有苦衷，都有無奈，從不同角度看，都能看到不同的風景，因而絕對沒有誰是好人、誰是壞人這種過於簡單的劃分。參差對照，正能凸顯這種人性觀，這才是人生的眞實。

㈣女性意識

張愛玲的小說以描寫女性人物為主，觀看方式看似冷漠疏離、略帶嘲笑，其實內裡卻包含著了解與同情。

身為一名女作家，張愛玲意識到傳統女性在陽性宗法制度下的內囿（immanence）處境，因此著眼於女性在面對環境壓抑時的遭遇與心理，她並沒有高舉著女權的大旗去反抗父權社會，而是冷靜而內審的去凝視女性「焦慮」的精神狀態。廿世紀的女性主義，要到一九六〇年代才漸漸開始從身體思考，力圖以女性自覺反撲父權體制；因此在一九四〇年代發表主要作品的張愛玲，其局限就在於只揭露了女性的困境，而未指點其出路。然而僅就「揭露」本身而言，就已經是一種關懷的姿態，富含了女性意識。

〈第一爐香〉的葛薇龍，身陷欲望的深淵，明知不可以卻一步步的自甘為交際花；〈鴻鸞禧〉的婁太太，時常對著鏡子自審，質疑結婚的意義；〈傾城之戀〉的白流蘇，固然

3 張愛玲：〈自己的文章〉，《華麗緣——散文集一（一九四〇年代）》，頁一一五。
4 張愛玲：〈談看書〉，《惘然記——散文集二（一九五〇—八〇年代）》，頁六十。
5 張愛玲：〈燼餘錄〉，《華麗緣——散文集一（一九四〇年代）》，頁七十四。

最後得到了一紙結婚證書，卻無法領悟婚姻的眞諦；〈色，戒〉裡的王佳芝，白白犧牲了童貞，又搞砸了救國的使命——「婚姻是長期的賣淫」，這些困惑於婚姻價值與懷疑自己幾近娼妓的女性，呈現了女性無法像男性一樣具有「超越」（transcendence）的身分，而永遠處於從屬地位；然而從另一個角度看，她們何嘗不是神性的典型，如同《大神勃朗》中的地母，以身體悅人，縱有千般不是，但她們「同情，慈悲，了解，安息」，自有其「自身的永生的目的」[6]。

張愛玲指出了女性的局限，同時也提點了女性該從何處翻轉自身的困境。

㈤電影感

張愛玲的小說如同紙上電影，吸收了電影語言的養分，因而充滿電影的錄製性——不是以肉眼而是以「攝影機眼睛」觀察世相，創造了一個「奇異、破碎、虛幻」[7]的視聽世界。

打開這雙攝影機眼睛，張愛玲首先建立了一個「視覺框框」，有選擇，有切割，有框內與框外的對話，有超越框外與介入框內的藝術格局；其次，有插入敘事線的特寫鏡頭，作爲出入幻覺與現實、表象與靈魂、剎那與永恆的閘門，進而創造了「另一次元的現實」[8]；有省略與延伸時空的蒙太奇魔術，精心切換主觀化或思維化的藝術空間，以影像化的文字串鏈取代情節敘述，形成了破碎的視覺想像；安排了畫外音，讓畫外音與畫面相互對照，直指人物內心的眞實；還布置了大量的鏡像，營造眞像與虛像的象徵結構，形成「框中之框」，開拓視覺空間……

迅雨最早指出張愛玲電影「蒙太奇」（montage）的書寫策略，〈金鎖記〉此段以鏡頭的銜接省略時空：「風從窗子裡進來，對面掛著的回文雕漆長鏡被吹得搖搖晃晃，磕托磕托敲著牆。七巧雙手按住了鏡子。鏡子裡反映著的翠竹簾子和一副金綠山水屛條依舊在風中來回盪漾著，望久了，便有一種暈船的感覺。再定睛看時，翠竹簾子已經褪了色，金綠山水換爲一張她丈夫的遺像，鏡子裡的人也老了十年。」[9]迅雨認爲：「這是電影的手法：空間與

6 張愛玲：〈談女人〉，《華麗緣——散文集一（一九四〇年代）》，頁八十六、八十七。

7 鍾正道：《張愛玲小說的電影閱讀》（臺北：東吳大學中國文學系博士論文，二〇〇三年六月），頁二二二。

8 〔德〕齊格弗里德・克拉考爾（Sigfrird Kracauer）著，邵牧君譯：《電影的本性——物質現實的復原》（*Nature of Film-The Redemption of Physical Reality*, 1961）（北京：中國電影出版社，一九八一年十月），頁六十一。

9 張愛玲：〈金鎖記〉，《傾城之戀——短篇小說集一（一九四〇年代）》，頁二五五。

時間，模模糊糊淡下去了，又隱隱約約浮上來了。巧妙的轉調技術。」[10]確實，張愛玲喜愛看電影，將電影本體觀念與語言轉化爲小說表現方法，上承上海一九三〇年代新感覺派的作風，而更加體現了電影藝術對經營小說意象與時空的深厚影響，以及二十世紀影視媒體的力量提供小說家創造世界的嶄新方式。

李歐梵在〈不了情——張愛玲和電影〉一文指出：「張愛玲的特長是：她把好萊塢的電影技巧吸收之後，變成了自己的文體，並且和中國傳統小說的敘事技巧結合得天衣無縫。」[11]鍾正道《張愛玲小說的電影閱讀》則以電影語言分析張愛玲的小說，認爲張愛玲吸納電影的本體意識與表現技巧，再加以大量欣賞電影的獲得與自己特殊的人生意識，遂使小說創作成爲恣縱電影化想像與創造力的樂土，一個可與現實生活「參差對照」的象徵架構。

二、散文

散文的張愛玲，較之小說，更貼近於讀者，更展現出張愛玲個人的特殊氣質與觀察世界的姿態。凡家世、成長歷程、世俗生活、都市文化意識、文明反思，張愛玲均原原本本的向讀者傾訴，期盼作品能像「寫在水上的字」，迅速流傳。

大處悲觀，小處樂觀，是張愛玲的人生態度，也是散文的基調。張愛玲一方面看清了思想背景裡的「惘惘的威脅」，一方面又能體會平凡的「人」的價值、俗世生活的樂趣，這種看似矛盾的複雜感覺，其實也源自於「參差對照」的美學。

〈私語〉與〈燼餘錄〉，是《流言》中最具分量的兩篇。〈私語〉向內梳理了自己的成長經驗，敘述為何對家庭絕望，為何青春結束於「仰臉向著當頭的烈日，我覺得我是赤裸裸的站在天底下了，被裁判著像一切的惶惑的未成年的人，困於過度的自誇與自鄙」[12]。〈私語〉細數了成長的傷痕，是認識張愛玲的入門篇章。

〈燼餘錄〉則是向外觀察戰亂的世局，通篇充斥虛無的色彩，描畫了認為戰爭開打是「千載難逢的盛事」的大學生，因免除考試而「活蹦亂跳」；蘿蔔煎餅攤子旁，正躺著青紫的窮人死屍；跟自己傷口發生情感的「創造性的愛」、沒良心的看護、因無聊而結婚的風潮、被自己人槍殺的佛朗士教授……。面對荒唐的人世，張愛玲感到孤獨與傷慘：「時代的

10 迅雨（傅雷）：〈論張愛玲的小說〉（原刊於上海《萬象》雜誌，一九四四年五月），附錄於唐文標：《張愛玲研究》（臺北：聯經出版，一九八四年二月），頁一一三。

11 李歐梵：〈不了情——張愛玲和電影〉，收入楊澤編：《閱讀張愛玲——張愛玲國際研討會論文集》（臺北：麥田出版，一九九九年十月），頁三六五。

12 張愛玲：〈私語〉，《華麗緣——散文集一（一九四〇年代）》，頁一五五。

車轟轟地往前開。我們坐在車上，經過的也許不過是幾條熟悉的街衢，可是在漫天的火光中也自驚心動魄。就可惜我們只顧忙著在一瞥即逝的店鋪的櫥窗裡找尋我們自己的影子——我們只看見自己的臉，蒼白，渺小；我們的自私與空虛，我們恬不知恥的愚蠢——誰都像我們一樣，然而我們每人都是孤獨的。」[13]這不僅是亂世中人的命運，更是人之所以爲人的普遍的悲涼之音了，張愛玲看透了這樣的人生底色。

事實上悲與喜是混和交融的，張愛玲迷戀一種犯沖的感受，一種「婉妙而複雜的調和」。在〈《太太萬歲》題記〉中，她描述著「彷彿忽然有了什麼重大的發現似的，於高興之外又有種淒然的感覺」；在〈中國的日夜〉裡，她認爲外國人畫的中國人總是「狡猾可愛的苦哈哈」，「那種愉快的空氣想起來眞叫人傷心」；在〈華麗緣〉中，敘說紹興戲在發源地紹興演出，「彷彿是一個破敗的大家庭裡，難得有一個發財衣錦榮歸的兒子，於歡喜中另有一種悽然」。張愛玲體認到眞實的人生是既華麗又殘敗、既歡愉又悲傷的。

生命即使如此鬱鬱蒼蒼，卻並不妨礙常人去領略生活的美好。唇膏、冰淇淋、臭豆腐乾、繽紛的花布、青冷的藍綠色塊、一縷充滿人味的電車聲、一個熱呼呼的小黃餅，都足以讓張愛玲與高采烈，帶來莫名的愉悅。

因此散文比之小說，讀者更容易看見張愛玲對現實的認同：「有一天晚上在落荒的馬路上走，聽見炒白菓的歌：『香又香來糯又糯，』是個十幾歲的孩子，唱來還有點生疏，未能朗朗上口。我忘不了那條黑沉沉的長街，那孩子守著鍋，蹲踞在地上，滿懷的火光。」[14]人生雖然黑暗下沉，但生活中總有一點亮色、一個美麗的手勢，和美暢快，引人入勝。張愛玲的理性勝於感性，樂觀存在於悲觀之中，在「大而破的夜晚」依然能尋得踏實的溫暖。

此外，張愛玲的散文還不吝於分享自己對文學、繪畫、音樂、電影的觀點，均流露出對平凡生活、世俗文化的迷戀。張愛玲愛讀《紅樓夢》、《金瓶梅》、《海上花列傳》，也同時喜歡英國小說家毛姆（一八七四—一九六五）、張恨水（一八九五—一九六七）、上海小報；看畫則愛塞尙（一八三九—一九〇六）、高更（一八四八—一九〇三）、梵谷（一八五三—一八九〇），也迷戀日本浮世繪；聽音樂，執著窗外傳來的喇叭聲，倒不愛完美的音樂廳演奏；看電影，喜好通俗愛情故事，也迷戀一些電影明星。通俗文化是張愛玲重要的創作資源，那是「此中有人，呼之欲出」的美學基底，塑造了雅俗共賞、化俗爲雅的藝術品格。

一九四四年八月，在上海《新中國報》舉辦的「《傳奇》集評茶會」上，班公如此評論

13 張愛玲：〈燼餘錄〉，《華麗緣——散文集一（一九四〇年代）》，頁七十六。

14 張愛玲：〈道路以目〉，《華麗緣——散文集一（一九四〇年代）》，頁四十六。

張愛玲的散文：「我以為她的散文，她的文體，在中國的文學演進史上，是有她一定的地位的了。」[15]當時《流言》還沒出版，張愛玲初現文壇，散文不過二十多篇，不過此語確實明察秋毫，提早為張愛玲的散文成就下了判斷。

三、電影劇本

張愛玲的電影劇本輕鬆而世故，詼諧而文雅，受到一九三〇年代好萊塢「諧鬧喜劇」（Screwball Comedy，又譯為「神經喜劇」）的影響，嘲弄中產或大富人家的人生態度與感情糾紛，與小說風格大異其趣，可分為兩個時期。

第一期是一九四七到一九四九年。抗戰勝利後，張愛玲背負著「漢奸夫人」的罪名，在上海失去了小說創作的舞臺，因而開始編寫電影劇本，計有四部。

《不了情》、《太太萬歲》兩部片，主要刻畫了女性在現代社會中的艱難處境，大受觀衆歡迎。此中鋪排了許多輕快而荒唐的生活細節，呈現了平凡人物在新舊文化劇變下的無所適從，表面風光，實則內心殘破。這些劇作寫的盡是日常的枝微末節，看似可有可無，其實卻默默鬆動著傳統價值，相較於一些強烈批判現實的作品，無疑是更超前的。

第二期是一九五七到一九六四年，在美國與香港兩地，張愛玲為香港電影懋業公司撰寫劇本。

第一批《情場如戰場》、《人財兩得》、《桃花運》、《六月新娘》等，是張愛玲移居美國後寄回香港的作品。承襲好萊塢浪漫愛情、倫理通俗類型片的公式，娛樂味重，以如夢似幻的感情遊戲，以脫離現實的有錢有閒的俊男美女，以美麗的場景與團圓的結局，彌補觀衆的生活匱乏，宣洩觀衆的精神壓力。人物鮮明，妙趣橫生，對白生動機智，轉場流暢自然，是相當專業的商業傑作，反映了當時港片的主流。

第二批是一九六一年後的作品，張愛玲於一九六一年十月再訪香港，近五個月完成了《紅樓夢》、《南北一家親》等劇本，一九六二年三月之後又陸續從美國寄作品。《南北一家親》、《南北喜相逢》兩齣喜鬧劇，以堆砌的笑料，探觸了香港地區南北文化的衝擊，描繪了各階層小人物的群像，尤其是貪財、勢利的嘴臉。如果「南北」系列是人生浮華的前景，那麼《小兒女》、《一曲難忘》、《魂歸離恨天》等悲劇就是人生沉落的背景，它們表現了張愛玲「浮世的悲歡」的人生思考，那些後母情結、歌女與富公子的差異，在在引人反思倫理人情。

15 〈《傳奇》集評茶會記〉，收入靜思編：《張愛玲與蘇青》（安徽：安徽文藝出版社，一九九四年六月），頁二十四。

〔表一〕張愛玲電影劇本一覽

【上海文華影業公司時期 1947-1949】				
片名	映期	導演	主演	備註
不了情	1947.04.10	桑弧	陳燕燕、劉瓊	
太太萬歲	1947.12.13	桑弧	蔣天流、石揮 上官雲珠	
（哀樂中年）	1949	桑弧	石揮、朱嘉琛 韓非、李浣青	鄭樹森引宋淇說法，爲桑弧構思，張愛玲執筆
金鎖記	╳	桑弧	張瑞芳	未開拍，劇本亡佚
【香港電影懋業有限公司時期 1957-1964】				
片名	映期	導演	主演	備註
情場如戰場	1957.05.29	岳楓	林黛、張揚	改編自〔美〕麥克斯·舒爾曼（Max Shulman, 1919-1988）舞臺劇《溫柔的陷阱》
人財兩得	1958.01.01	岳楓	李湄、丁皓 陳厚、劉恩甲	
桃花運	1959.04.09	岳楓	葉楓、陳厚	
六月新娘	1960.12.07	唐煌	葛蘭、張揚 喬宏、劉恩甲	
溫柔鄉	1960.11	易文	林黛、張揚	編劇掛名易文，但林以亮（宋淇）指出編劇是張愛玲[16]
紅樓夢	╳	╳	╳	未開拍

【香港電影懋業有限公司時期 1957-1964】				
片名	映期	導演	主演	備註
南北一家親	1962.10.11	王天林	丁皓、白露明梁醒波、雷震	影片掛名秦亦孚原著
小兒女	1963.10.02	王天林	尤敏、王引雷震	
一曲難忘	1964.07.24	鍾啓文	葉楓、張揚	故事取自美國電影《魂斷藍橋》（*Waterloo Bridge*, 1940）
南北喜相逢	1964.09.09	王天林	劉恩甲、白露明、梁醒波、鍾情	張愛玲1961年自香港回美國後完成，1962上半年自華盛頓寄到香港，原名《香園爭霸戰》，改編自英國舞臺劇與電影《眞假姑母》（*Charley's Aunt*, 1892）
魂歸離恨天	╳	╳	╳	未開拍，劇本改編自好萊塢同名電影《魂歸離恨天》（*Wuthering Heights*, 1939），即經典小說《咆哮山莊》（1847），作者是〔英〕愛蜜麗‧勃朗特（Emily Bront, 1818-1848）

16 林以亮：〈文學與電影中間的補白〉，《聯合文學》第三卷第六期（一九八七年四月），頁二二三。

張愛玲的小說蒼涼晦暗，電影劇本輕盈諧趣，之所以風格迥異，是因她深知小說與電影劇本在方法與對象上的差別，而採取不同的創作策略。張愛玲的電影劇本從不使用旁白，也不長久停駐在某個場景、道具、人物的描寫上，節奏明快，取材通俗，從容遊走悲喜劇之間，較之小說，更能發揮作者的日常感悟與幽默。雖然沿襲了好萊塢通俗電影的精神，但張愛玲卻揚棄了善與惡、靈與肉對立的斬釘截鐵的模式，而把重心擺在人際關係的複雜糾葛上，因此每個人物似乎都好壞參半，各有桎梏與無奈，從這一點上看，似乎還保留了小說「參差對照」的餘韻。

第二節　作品評論

先有文學批評家，才有文學家。經典的生成，有賴文學批評家在浩如煙海的作品中篩出時代之作，以卓越的品味與見識，點選帥將，完成論述，帶領後來的讀者與文學史去認同其觀點。張愛玲之所以成為「文學家」，經過了半世紀的「經典化」過程，即有賴這兩位人物的點撥造就：傅雷與夏志清。

傅雷（一九〇八—一九六六），著名翻譯家、評論家，一九四四年五月於《萬象》發表了〈論張愛玲的小說〉，是第一篇正式評論張愛玲小說的文章。傅雷文學修養雅博深厚，大量翻譯法語名著，如伏爾泰（一六九四—一七七八）、巴爾札克（一七九九—一八五〇）、羅曼羅蘭（一八六六—一九四四）的作品，極少評論作家，但當時他卻注意到了這位年輕的女作家張愛玲。

傅雷大致肯定張愛玲的創作，認爲新文學普遍太過重視題材，輕忽了藝術技巧的表現，而張愛玲的〈金鎖記〉，對技巧與主義之爭「是一個圓滿肯定的答覆」。在結構、節奏、色彩上，〈金鎖記〉有「最幸運的成就」，此外還有三個優點：一是心理分析：不採用冗長的獨白或枯索繁瑣的解剖，而是利用暗示，將動作、言語、心理三者打成一片；二是節略法（racconrci）：是電影的手法，巧妙的轉調技術；三是作者風格：收得住、潑得出，糅合新舊文字，交錯新舊意境，拿捏恰到好處，彷彿這俐落痛快的文字是天造地設。傅雷極力讚賞〈金鎖記〉，主張「至少該列爲我們文壇最美的收穫之一」[17]。

至於張愛玲的其他小說，傅雷則不甚滿意。認爲〈傾城之戀〉調情太多，范柳原與白流蘇的心理挖掘不夠深入，是「玩世不恭的享樂主義者的精神遊戲」，「華彩勝過了骨幹，兩

17 迅雨：〈論張愛玲的小說〉，附錄於唐文標：《張愛玲研究》，頁一二二—一二四。

個主角的缺陷，也就是作品本身的缺陷」[18]；而連載中的〈連環套〉，「主要弊病是內容的貧乏，已經刊布了四期，還沒有中心思想顯露。……錯失了最有意義的主題，丟開了作者最擅長的心理刻畫，單憑著豐富的想像，逞著一支流轉如踢踏舞似的筆，不知不覺走上了純粹趣味性的路」[19]。

寫作技巧雖好，但傅雷建議張愛玲不要沉迷於技巧，也不要陷溺在舊小說的筆調中，「寫作的目的和趣味，彷彿就在花花絮絮的方塊字的堆砌上，任何細胞過度的膨脹，都會變成癌」[20]。讚美的同時，傅雷的批評也是相當嚴厲的，根本原因在於傅雷認同的文學作品必須有強烈善惡的對比與對社會深刻的揭示，當張愛玲將灰撲撲的小市民日常生活表現得如此出色，傅雷一方面震驚其文采，一方面也依然要不留情面的抨擊。張愛玲後來以〈寫什麼〉、〈自己的文章〉回應，有辯駁有自省，說明了自己的寫作立場。一九四〇年代當時，張愛玲並不知道「迅雨」是誰，直到一九六〇年代中期，好友宋淇才透露是著名翻譯家傅雷。宋淇回憶：「她聽後的反應是驚訝，但也並沒有當作一回大事，因爲愛玲向來對自己的作品最有自知之明，別人的褒貶很難動搖她對自己的估價。」[21]

夏志清，中央研究院院士，著名教授，一九五七年在其兄夏濟安主編的《文學雜誌》上發表了〈張愛玲的短篇小說〉與〈評《秧歌》〉兩篇文章，後來納入於美國耶魯大學出版的《中國現代小說史》（一九六一）中，首度讓張愛玲進入了中國現代文學史。張愛玲在一九四〇年代的創作高峰期，作品多發表於通俗刊物（如《紫羅蘭》、《雜誌》等），小說取材及其筆法，與鴛鴦蝴蝶派有某種程度的連繫，因此很容易讓讀者誤以爲她只是一位通俗小說家，加上《傳奇》與《流言》廣受歡迎，更強化了「暢銷等於通俗」的既定印象。

然而可貴的是，夏志清在衆書中一把將《傳奇》撈起，在《中國現代小說史》裡讓「張愛玲」這個名字並置在魯迅、老舍（一八九九—一九六六）、沈從文（一九〇二—一九八八）、巴金（一九〇四—二〇〇五）等新文學大家的名單中，且自成一章，篇幅甚至超過魯迅一倍。夏志清這樣開天闢地的壯舉，具有相當的膽識，要是張愛玲眞不夠格，將扼殺了《中國現代小說史》整本書的價值。夏志清當然信心滿滿，洋洋灑灑，鄭重向讀者介紹張愛玲——「張愛玲該是今日中國最優秀最重要的作家」、〈金鎖記〉是「中國從古以來最偉大的中篇小說」。夏志清遂成爲讓張愛玲從文學史邊緣到中心的最重要人物，成爲日後

18 迅雨：〈論張愛玲的小說〉，附錄於唐文標：《張愛玲研究》，頁一二四、一二八。

19 迅雨：〈論張愛玲的小說〉，附錄於唐文標：《張愛玲研究》，頁一二九—一三〇。

20 迅雨：〈論張愛玲的小說〉，附錄於唐文標：《張愛玲研究》，頁一三三。

21 林以亮：〈私語張愛玲〉，收入陳子善編：《私語張愛玲》（浙江：浙江文藝出版社，一九九五年十一月），頁三十四。

「張愛玲學」的奠基人。之後，讀者開始重讀張愛玲，《傳奇》的藝術成就便有越來越多人認識。

水晶（一九三五—二〇一八）出版了《張愛玲的小說藝術》（一九七三）、《張愛玲未完》（一九九六）、《替張愛玲補妝》（二〇〇四）等書，從新批評、神話學、精神分析學探索張愛玲小說的價值。

李歐梵（一九四二—）從一九三〇、一九四〇年代上海的城市文化及其現代性來觀察張愛玲，也從好萊塢商業電影的視角檢視張愛玲電影劇本的特質，著作有《上海摩登——一種新都市文化在中國（一九三〇—一九四五）》（二〇〇一）、《蒼涼與世故：張愛玲的啟示》（二〇〇六）、《睇色，戒——文學．電影．歷史》（二〇〇八）等。李歐梵還創作小說《范柳原懺情錄》（一九九八），以「戲仿」的方式延續〈傾城之戀〉虛構人物范柳原的故事，向白流蘇懺情。

陳子善（一九四八—）在張愛玲散佚作品的發掘、整理、考訂上，成就斐然。編著有《私語張愛玲》（一九九五）、《作別張愛玲》（一九九六）、《說不盡的張愛玲》（二〇〇一）、《研讀張愛玲長短錄》（二〇一〇）、《沉香譚屑：張愛玲生平與創作考釋》（二〇一二）、《張愛玲叢考》（二〇一五）等書。

高全之（一九四九—）出版了《張愛玲學》（二〇〇三）、《張愛玲學續編》（二〇一四），非從學院派的文本解讀出發，而是從考證、鉤沉的角度，甚至是以「版本學」嚴謹的科學精神，重新論證張愛玲其人其作。

王德威（一九五四—）對張愛玲的評論散見各書，兼有文學史的宏觀與技巧的微觀，尤其對張愛玲作品的「鬼氣」傳承、「張派作家」的風格爬梳、張愛玲晚年「迴旋」的敘事策略等的論述，視野獨具。著有《落地的麥子不死——張愛玲與「張派」傳人》（二〇〇四）等書。

張愛玲在一九九〇年代後成爲顯學，研究者日眾，除了前文提到的領航評論人之外，尚有眾多撰有張愛玲研究專著的學者，臺灣如：張健、楊昌年、蔡登山、蘇偉貞、周芬伶、張小虹、張瑞芬、嚴紀華、許珮馨、鍾正道、莊宜文、高詩佳、趙家琦等；香港如：鄭樹森、劉紹銘、陳炳良、黃子平、許子東、宋以朗、林幸謙、何杏楓、馮晞乾、梁慕靈、吳邦謀等；中國大陸如：于青、金宏達、余斌、萬燕、劉鋒杰、邵迎建、劉川鄂、淳子等，都從不同觀點共同撰寫著豐富的張愛玲接受史。

然而，並不是所有讀者都能完全接受張愛玲。傅雷即指出，那是「惡夢中老是淫雨連綿的秋天，潮膩膩，灰暗，骯髒，窒息的腐爛的氣味，像是病人臨終的房間」；而〈傾城之戀〉則是「華彩勝過了骨幹」，兩個主角便是其缺陷。[22]其他抨擊者多以寫實主義批評觀點，認為其主題意識過於晦暗病態，如林柏燕（一九三六—二〇〇九）認為夏志清將張愛玲捧成五四以來「最重要」的作家，言之過早，「充其量張愛玲可以是『五四』以來，重要的作家之一，但絕非唯一的superlative」[23]；唐文標也認為，張愛玲所描述的僅是一個「死世界」，並沒有「與正常的世界連在一起」，而死世界要與正常的世界相連，「大可以用一些對照的寫法，寫一二個青年學生，寫他們有希望的一面，為什麼一定要寫得人那麼絕望，那麼困於小圈子，那麼卑劣的在終日盤算？生活下去原是有多方面的」[24]。許多學者對張愛玲被捧高到如此程度不以為然，想必是認為所謂偉大的文學作品應該要有豐厚的社會意涵、要能反映時代的共相所致；或者對張愛玲研究的枝繁葉茂嗤之以鼻，認為眾人過度消費了張愛玲，遂起「放過張愛玲」的呼聲——不過無論如何，張愛玲對後代文壇產生了巨大的影響，確是無庸置疑。

第三節　後代影響

一九六〇年代初，夏志清在學術上給了張愛玲進入文學史的門票；而一九六〇年代末，臺灣的皇冠出版社整理出版了張愛玲的作品，新舊著作重新面世，張愛玲的聲勢水漲船高，在臺灣形成了「張愛玲熱」。

書市大好，許多年輕讀者開始認識張愛玲。張愛玲經營的華美意象、機警精巧的錦句、惘惘的威脅、沉下去沉下去的空氣、新舊文明的傾軋、中國古典文學與西方現代主義的糅合，魔魅一樣的席捲臺灣文壇，成為新一代文化青年的精神養分，這些青年到了一九八〇年代一一成為文壇主將，攻占《聯合報》、《中國時報》文學獎與暢銷書排行榜，筆下竟紛紛流露張腔文采，蔚為臺灣文學史上一個奇觀——「張派作家」。後來在香港與上海，也出現了張派傳人，臺港滬三地的「張愛玲現象」從此延燒不輟。

「張派」一詞，原指京劇大師張君秋所成立的青衣流派，乃從梅蘭芳的唱腔中化出；水晶在一九七〇年代遂將「張派」二字挪用到同樣姓張的張愛玲身上，認為「張愛玲體」亦從

22 迅雨：〈論張愛玲的小說〉，附錄於唐文標：《張愛玲研究》，頁一二八。

23 林柏燕：〈從張愛玲的小說看作家地位的論定〉，一九七三年四月二日；收入金宏達主編：《回望張愛玲：華麗影沉》（北京：文化藝術出版社，二〇〇三年一月），頁一八七。

24 唐文標：〈一級一級走進沒有光的所在——張愛玲早期小說長論〉，《張愛玲研究》，頁六十。

《紅樓夢》中化出，卻又自成一腔，「是張腔，也是新腔」[25]。其實最早在一九四〇年代，學者魏紹昌便已指出，當時一些上海青年模仿張愛玲的文筆，因多出自中產階級，故稱之爲「少爺小姐派」[26]。

延續水晶的發想，後來正式提出張派系譜者是王德威。王德威撰寫〈女作家的現代「鬼」話——從張愛玲到蘇偉貞〉、〈張愛玲成了祖師奶奶〉等文，編列「張派作家」隊伍，如白先勇（一九三七—）、施叔青（一九四五—）、袁瓊瓊（一九五〇—）、蕭麗紅（一九五〇—）、蘇偉貞（一九五四—）、朱天文（一九五六—）、朱天心（一九五八—）、林俊穎（一九六〇—）、鍾曉陽（一九六二—）、郭強生（一九六四—）等，蔚爲「張腔」系譜；張愛玲逝世後，又發表〈落地的麥子不死——張愛玲的文學影響力與「張派」作家的超越之路〉一文，名單再加入中國大陸的王安憶（一九五四—）、葉兆言（一九五七—）、蘇童（一九六三—）、須蘭（一九六九—）等。[27]被點名的作家，有的不願意承認活在張愛玲的陰影之下，有的則坦言張愛玲對她意義重大，如施叔青：

> 在表現技巧上，我受她的影響很深，只是把人物、事件呈現，不直接做任何批判，更絕不主題先行，我很講求小說的藝術性，希望令讀者回味、深思，而不是大聲疾呼地正面批判，使小說成爲意念的傳聲筒。[28]

施叔青的小說觀，幾乎就是張愛玲〈自己的文章〉的主旨了；也有的作家，在認知張愛玲對自己創作的影響後，刻意的擺脫張愛玲的魔魅，以建立自己的風格。

在此議題上，莊宜文《張愛玲的文學投影——臺、港、滬三地張派小說研究》是最早研究「張派小說」的專著。莊宜文認爲，「張派小說」的共同特色是：「題材圍繞家庭婚戀、挖掘人性微妙陰暗面、關注女性處境但呈現不徹底的女性意識、社會現實意義淡薄、呈現如夢似幻的人生態度、在細節寫實與虛無間擺盪、表現清明姿態與通透腔調、風格華麗中見蒼涼、重視文字美感與修辭技巧等。」[29]此書將嚴歌苓（一九五八—）、李碧華

25 水晶：〈《張愛玲的小說藝術》跋〉，《張愛玲的小說藝術》（臺北：大地出版社，一九九三年七月），頁一九四。

26 魏紹昌：〈「似是而非」辨〉，《我看鴛鴦蝴蝶派》（臺北：臺灣商務印書館，一九九二年八月），頁三十一。

27 王德威：《落地的麥子不死——張愛玲與「張派」傳人》（山東：山東畫報出版社，二〇〇四年五月），代序頁二—三、頁四十一—四十七、五十四—六十。

28 施叔青：〈《情探》序：我寫「香港的故事」〉，《情探》（臺北：洪範書店，一九八六年二月），頁八。

29 莊宜文：《張愛玲的文學投影——臺、港、滬三地張派小說研究》（臺北：東吳大學中國文學系博士論文，二〇〇一年十月），頁十九。

（一九五九—）算進張派陣容，也將李歐梵（一九四二—）、張系國（一九四四—）、蕭麗紅（一九五〇—）、李昂（一九五二—）、蔣曉雲（一九五四—）、周芬伶（一九五五—）、陳文茜（一九五八—）、黃碧雲（一九六一—）、楊照（一九六三—）、蔡素芬（一九六三—）一起劃入討論範圍，有些雖然只是作家的某部分作品，但同時可見張愛玲的光暈，遍地普照。

其實張愛玲只於一九六一年停留臺灣數日而已，卻對臺灣文學史造成如此大的影響，甚而以臺灣為中心擴及香港與上海，實在也是一樁「傳奇」了。張愛玲的好友炎櫻曾說過：「每一個蝴蝶都是從前的一朵花的鬼魂，回來尋找它自己。」[30]這如詩的句子，預示了張愛玲其文其人的傳奇，張愛玲果真成為祖師奶奶，幻化為無數深深淺淺的蝶影，在衆家作品中翻飛蹁躚，回看前身。

30 張愛玲：〈炎櫻語錄〉，《華麗緣——散文集一（一九四〇年代）》，頁一五八。

第三章
我愛你，關你什麼事？——〈第一爐香〉

第一節　故事的發表、內容與命名

一、發表

〈第一爐香〉是張愛玲發表的第一篇短篇小說，刊登在一九四三年五月《紫羅蘭》第二期至第四期。[1]

那是一個春寒料峭的下午，張愛玲帶著「沉香屑二爐香」以及黃園主人岳淵老人的介紹信，前往紫羅蘭龕（上海西區愚園路六〇八弄九十四號公寓）拜訪雜誌的主編周瘦鵑（一八九五－一九六八）。當時在上海流行的刊物中，《紫羅蘭》是一份名稱繚繞著花香，內容通俗的鴛鴦蝴蝶派的雜誌。這篇原題為〈沉香屑——第一爐香〉的小說，以「沉香」點起，薰染出香味裊裊，淡雅持久的氛圍。[2]當時周瘦鵑一看便覺得這標題別緻。讀了之後，以為這兩篇小說的風格很像英國著名作家毛姆（Somerset Maugham, 1874-1965）的作品，而又受一些《紅樓夢》的影響，十分喜歡，因此再約張愛玲，徵得同意後，將這兩篇小說發表在《紫羅蘭》雜誌上。同時寫了序文高度評價：「請讀者共同來欣賞張女士一種特殊情調的作品，而對於當年香港所謂高等華人的那種驕奢淫逸的生活，也可得到一個深刻的印象。」[3]正是憑著這「特殊情調」——是延長著鴛鴦蝴蝶派的路線與結合現代的風度，融合了通俗言情小說的題材、傳奇的色彩，有關romance的浪漫風格以及城市人生悲劇的理解，在華麗分明中流溢著鬱鬱蒼蒼，使得這位青年作家鋒芒初露，在上海文壇秀出。正應了她自己的詩：「聲如羯鼓催花發、帶雨蓮開第一枝」[4]。後來，張愛玲將自己的小說集命名爲《傳奇》，〈第一爐香〉即爲第一篇。

1 本書版本採用《傾城之戀——短篇小說集一（一九四三年）》（臺北：皇冠文化出版，二〇一〇年六月），下文引用直標頁碼，不復作註。

2 陳子善：〈《沉香》簡說〉，《研讀張愛玲長短錄》（臺北：九歌出版，二〇一〇年八月），頁一〇二—一〇八。

3 〈沉香屑——第一爐香〉刊稿因緣，參見周瘦鵑：〈寫在《紫羅蘭》前頭〉，收入唐文標主編：《張愛玲資料大全集》（臺北：時報出版，一九八四年），頁三〇五—三〇七。

4 張愛玲：〈私語〉，《華麗緣——散文集一（一九四〇年代）》（臺北：皇冠文化出版，二〇一〇年四月），頁一五一。此爲張愛玲自作〈夏雨〉詩中二句。

二、內容

小說中描繪了一個年輕女性（葛薇龍）因家道中落，無力交學費念書，獨自投靠早已和家庭決裂的姑媽梁太太尋求資助；不料在命運的乖戾、梁姑媽的擺弄以及外在環境的誘惑下，成了聲色場中的玩物。她愛上了紈袴子弟喬琪喬；於是原本單純、對人生愛情充滿著美好憧憬的女學生被浮靡華奢、物欲橫流所吞噬，不由自主的成爲交際花。張愛玲在這篇「以上海人的觀點寫的一個香港傳奇」[5]裡，從一個出賣人身的故事，呈現了在沉淪過程中人性的扭曲及人性墮落的可怕。一面鋪張凡俗人物的愛恨悲歡；一面演繹了城市生活的墮落與繁華。

三、命名

作家採用傳統說書迴圈的套式展開情節，首尾俱以「一爐香」始終，正見命名的初衷。起頭時，以講述者對聽述者的邀請開場，渡引出朦朧的氛圍：請您尋出家傳的黴綠斑斕的銅香爐，點上一爐沉香屑，聽我說一支戰前香港的故事。（頁六）結尾處，依樣以恍惚的調子呼應，落於黑暗沉寂：這一段香港故事，就在這裡結束。……薇龍的一爐香，也快燒完了。（頁六十）其中涵納著精巧的改造設計：前者以「一爐香」代表了時間，壓縮了葛薇龍墮落的故事。作家在這裡嘗試營造講述時間、聽述者賞讀時間與故事發生時間的不統一，產生陌生感，同時進而引入故事。後者則是把「一爐香」與葛薇龍畫上等號，成爲一個隱喻。特別的是這裡以「第一爐香」之名承接傳統小說「清純少女落入風塵」故事類型的框架，到頭來，卻是以女主人公的自甘墮落——一個清醒的自我選擇的結果，顛覆了舊小說中「可憐一枝花」與殘酷命運交手，而由犧牲到救贖、報償的可能。於是，這篇游移於眞愛的渴望乃至於性交易的魅惑體驗的「沉香屑」故事，穿過現實生活和城市世情的簾幕，探索著人性的陰暗面。所謂「千載沉香遺跡在，誰將絕調寫風神」[6]，迥異於五四以來新文學啓蒙傳統下知識分子式的徬徨吶喊的路數，作家展現了驗證俗世生活的日常化、時尙性、細節式的敘事風格。

5 張愛玲：〈到底是上海人〉，《華麗緣——散文集一（一九四〇年代）》，頁十二。

6 陳子善：〈《沉香》簡說〉，《研讀張愛玲長短錄》，頁一〇八。

第二節　主題分析

一、欲望的張馳

(一)情欲的需索

這篇浪漫愛的傳奇處於一個「已經在破壞中，還有更大的破壞要來」的時代，在殖民地城市的資本主義社會文化中，畸形的商品價值導向，人情淡薄，城市人的交往多著重於私利、追求個人欲望（包括情欲與物欲）的滿足。故事中的梁家花園儼然成爲一個利益欲望的角力場，充斥著濃重功利色彩與拜金氣息。在交際花（梁姑媽、葛薇龍）與尋芳客（包括喬琪喬、盧兆麟、司徒協等）之間，充滿機心與算計，矛盾衝突不斷。就在這個欲望的溝壑中，情欲的需索令人心驚。以梁姑媽爲例，從「她做小姐的時候，獨排衆議，毅然嫁了一個年逾耳順的富人，專候他死。他死了，可惜死得略微晚了一些——她已經老了」；然而她是欠缺的，她心裡的饑荒不能塡滿，「她需要愛——許多人的愛——但是她求愛的方法，在年輕人的眼光中看來是多麼可笑！」（頁四十一）

而葛薇龍也不遑多讓，起初是不滿梁太太搶了盧兆麟，隨即將目標轉向唯一能夠抗拒梁太太魔力的喬琪喬，中間又穿插著富商司徒協的糾纏。小說中鋪陳穿著磁青薄綢旗袍的葛薇龍與喬琪喬初次交手，被喬琪的那雙綠眼睛一看，就彷彿是熱騰騰的牛奶從青色的壺裡管也管不住地，整個全潑了出來。（頁三十二）然後她對愛認了輸，在喬琪喬的黑眼鏡裡看見自己縮小、慘白的影子。（頁四十三）當然她也曾經清醒地自我分析：自己為什麼這樣固執地、自卑地愛著喬琪？除了喬琪的吸引力之外，更因為喬琪喬催動著她一種近於母性愛的反應，[7]點燃著她不可理喻的蠻暴的熱情（頁五十四），讓她感到體內存有一種新的安全、新的力量與新的自由。因此，她卑微地滿足於喬琪所能給她的剎那間的愛，因為保有這一點愉快的回憶畢竟是她自己的，誰也不能夠搶掉它。（頁四十七）這樣的認知正說明了薇龍實踐個體欲望不計代價，情欲的誘惑成為葛薇龍清醒的走向墮落的重要原因。

(二)物欲的陷溺

小說的另一主題在探討一個年輕純潔的女子面對都市物質文明的誘惑的病態心理，而著

7 小說中提及：「在司徒協的車上，葛薇龍突然聯想到喬琪喬，那小孩似的神氣，引起薇龍一種近於母性愛的反應。薇龍回憶那可愛的姿勢，感受著冷冷的快樂的逆流。」（頁三十八—三十九）

力於物質面的詮釋——華服與配件（手鐲）、堂院的擺飾與歌舞娛樂等，這些繁華絢麗的生活成爲紙醉金迷的物欲淵藪。其中，「衣櫥」是女主人公沉溺物欲的轉捩點。其中三次衣櫥開闔的段落組構了女主人公的更衣記。

薇龍打開壁櫥看見裡面掛滿了金翠輝煌的衣服，忍不住鎖上門不脫孩子氣地背著人試穿。這裡張愛玲連繫著衣服款式與穿著的活動與場合，借代連比了色調、質感與旋律。比如：毛織品毛茸茸的，像富於挑撥性的爵士樂；憂鬱的古典化的歌劇主題歌形容的是厚沉沉的絲絨；柔滑的軟緞穿在身上如同奏起一曲〈藍色的多瑙河〉，涼陰陰地匝著人；紫色電光綢的長裙子則最適合在氣急吁吁的倫巴舞曲中一展身手。（頁二十二）這個晚上薇龍不曾闔眼，誘惑噬人的拜物欲望之門從而開啓。

第二次，薇龍眼見睇睇撒潑被逐退的鬧劇，掉頭回屋，靠在櫥門上。黑沉沉的衣櫥裡掩著香味使人發暈，依舊是悠久的過去的空氣，溫雅、幽閒，沒有那骯髒、複雜，不可理喻的現實。（頁二十五）對於她：晚宴、茶會、音樂會、牌局，都成爲了炫弄衣服的機會。於是，葛薇龍就這樣在衣櫥裡混了兩三個月，那裡頭丁香末子飄浮的空氣凍結了時間，而一種掩耳盜鈴、自我麻醉的生活態度被馴養出來了。此處，作家運用概略敘述截取「衣櫥歲月」的片段，延伸出葛薇龍於物質生活中的「無所謂時間」的沉溺，無可抗拒的、逐步的墜入物欲的陷阱。

第三次，在梁姑媽舊歡司徒協無預警地給她戴上金剛石鐲子，像偵探出其不意地給犯人套上了手銬。這使得女主人公憬然覺察：一旦收下金剛石鐲子這樣的厚禮，便意味著她將面臨要以某種「犧牲」籠絡司徒協，要想推卻只有離開一途。但天下哪有這麼便宜的事？這些日子以來，她嘗試到普通一般女孩子所憧憬的一切。何況離開以後呢，能找個合意的丈夫？沒有可能。還是找個有錢人嫁了？梁太太豈不就是眼前的樣板。這時，薇龍靠在櫥門上，嘆了一口氣：三個月的工夫，她對於這裡的生活已經上了癮了。（頁四十一）至此，情節急轉直下，葛薇龍在物欲中淪陷，終至於無視賣淫生活的現實。

小說循著個體欲望的實踐、精神與物質的取捨雙線開展，在女主人公心靈與肉體、理性與本能間反覆衝撞：無論是衣櫥經驗的迷失或是金剛石鐲子的禁錮這些環節，薇龍隱隱地感到危機潛伏，或曾有過「長三堂子買進一個人」[8]的自覺，她從內心舉棋不定；繼之警覺犧

8 根據張愛玲註釋《海上花》：「一等妓女叫長三，因爲她們那裡打圍茶——訪客飲茶談話——三元，出局——應酬侑酒——也是三元，像骨牌中的長三，兩個三點並列。」這長三堂子相當晚清上海一帶的高級豪華的妓院，地點約在現今上海九江路和漢口路之間，地位次於女說書先生在上海淪爲娼妓自稱的「書寓」，後長三亦隨稱爲「先生」。吳語「先生」讀如「西桑」，上海的英美人聽了誤以爲sing song，因爲她們在酒席上例必唱歌，sing song girl因此得名。張愛玲：《海上花開》（臺北：皇冠文化出版，二〇〇九年十一月），第二回註釋，頁五十—五十一。

性的不可避免到進退失據；轉而對現狀上癮的無奈屈從、動搖崩潰，最後放棄了自己的原則初衷，自願在繁華物化中定格。她無法擺脫地位及虛榮，從商品拜物到做為商品的拜物[9]，那新生的肌肉已經深深地嵌入生活的柵欄裡了。（頁五十五）

二、城市文本

小說中欲望的生發與施張無不是在城市中進行的，作家通過文學書寫營建了關於城市的種種想像，將「眞實生活的城市」與「文字創作的城市」互相參看置換，賦予了城市文本一個包裹著浮世悲歡的寓言空間。由於近代中國受到帝國主義入侵以及資本主義崛起的影響，商品經濟與社會轉型的主導交錯，帶動了文化變遷與城市發展，許多租借區以至殖民地型的城市型態如上海、香港這些地區「華洋雜處」，帶著西方物質文明的印記，挾帶著現代性步出傳統。在〈第一爐香〉中，場景主要選定在香港，廓約著交通、建築、物流、人口、價值觀的量變與質變，綜合現代文明的空氣，形成紙醉金迷的「異域」景觀。筆下人物亦不出「傳統中國人多受到近代高壓生活的磨練，是新舊文化種種畸形產物的交流，也許是不甚健康的，但有一種奇異的智慧」[10]的形象；素材情境落於以兼容中西的城市婦女的私生活。箇中錦繡古玩，服裝綴飾，消遣娛樂皆從盛世氛圍而來；相關的言談舉止，乃至人物間互動的喜樂與淒清的自覺，無不對應著這個混雜多變的城市生活，成為了大衆興悲或哀鬱的對象；同時由於世俗平庸的生活態度，導致城市人的觀點難免「務實、不避俗、不避『形而下』的一切」[11]。這篇極貼近近代化城市市民的文本，是從「荒誕華美的城市空間」滋生著「奇幻悲哀的城市經驗」，共同組合出一種「不對」的奇異，甚至到恐怖程度[12]的城市面貌。

(一)荒誕華美的城市空間

在〈第一爐香〉裡，充滿異國情調的香港是殖民色彩、洋氣派頭與西方心目中所認定的東方（中國）色彩的奇異混合體。文中從上海女孩葛薇龍的視角出發，梁姑媽這座半山腰裡

9 張小虹：〈戀物張愛玲——性、商品與殖民媚惑〉，收入楊澤編：《閱讀張愛玲——張愛玲國際研討會論文集》（臺北：麥田出版，一九九九年），頁一九五。
10 張愛玲：〈到底是上海人〉，《華麗緣——散文集一（一九四〇年代）》，頁十二。
11 吳福輝：《都市漩流中的海派小說》（湖南：湖南教育出版社，一九九五年），頁二十四。
12 張愛玲：〈自己的文章〉，《華麗緣——散文集一（一九四〇年代）》，頁一一六。

的「豪華旅館」[13]，外觀是一座流線形的，幾何圖案式的構造的白色房子，類似最摩登的電影院；有美國南部早期的建築遺風，搭著不缺東方色彩的裝潢。如：屋頂上仿古的碧色琉璃瓦，綠色的玻璃窗，窄紅邊框，雕花鐵柵欄窗上噴上雞油黃的漆，屋子裡地下鋪著紅磚，支著巍峨的白石圓柱。會客室內設走得是立體化的西式風，也有幾件雅俗共賞的中國擺設，爐臺上陳列著翡翠鼻煙壺、象牙觀音像，沙發圍著斑竹小屏風。（頁七）內部陳設如書房則是中國舊式佈置，包括：白粉牆，石青漆地，金漆几案，大紅綾子椅墊，大紅綾子窗簾，地上一隻二尺來高的景泰藍方罇等，惟獨花插裝飾卻是華南的淡巴菰花（頁十五）；一如客廳裡鋼琴上面寶藍磁盤裡放了一棵像青蛇吐出蛇信子的仙人掌（頁十四）等，是藉由仿習西方時髦、盤點東方古董，裝扮出貴族氣派，作爲彰顯上流社會的標誌。

豪宅裡的生活更是中、西式社交娛樂並陳，如打麻將、打網球、舞會、音樂會、野宴等俱見痕跡。小說中梁宅裡的一場遊園會，一面既保留著英國十九世紀遺風，同時參雜著如同好萊塢拍攝「清宮秘史」般的道具場景；賓客群衆有仕紳名媛、牧師唱詩少年，還有丫頭老媽子穿梭其間；有的白膚黃髮碧眼，有的拖著油鬆大辮；中英法葡語聲此起彼落；草地上並立著高福字大燈籠與海灘遮陽傘，〈夏天裡最後的玫瑰〉樂聲悠揚……（頁二十八－二十九），就像是穿著長袍馬甲，坐著新式汽車，到廟裡拜神求籤。拼湊出非中非西、又中又西的殖民文化圖景。

這些顯現的正是外國朋友眼中一直想瞧瞧的中國顏色：「荒誕、精巧、滑稽」（頁七）。而這個西方人心目中的中國其實並不是眞正的中國，許子東指出這是雙重的「異國情調」[14]：西方人在香港找到的「僞東方」，上海人在香港看到的「僞西方」。在這裡，張愛玲所注視的是一個變化中社會的人情事物，她嘗試用洋人眼光來觀光中國文化（但亦不是洋人看京戲那般傖俗），字裡行間屢屢觸及新舊的不調和，以一種「不倫不類」的荒唐熱鬧——本土與外來（華洋）刺眼的混雜、傳統與現代（古今）奇異的對照，刺激閱讀者的耳目。

㈡奇幻悲哀的城市經驗

張愛玲筆下的傳奇故事大都以城市生活爲內容，除了對城市表層一磚一瓦的觀察，更關

13 李歐梵：〈香港：張愛玲筆下的「她者」〉中提及：「張愛玲的小說中，許多以旅館爲重心的故事多發生在香港，是否暗示著從上海人眼中看來，香港本身就是一家豪華旅館？」見香港《明報月刊》一九九八年四月號，頁二十二—二十三。

14 許子東：〈一個故事的三種講法〉，《張愛玲的文學史意義》（香港：中華書局，二〇一一年十月），頁八十九。

心城市裡層人們的生活方式、思維活動乃至生存困境的了解。觀察「二爐香」的香港故事，作家描寫於置身在殖民城市的芸芸眾生，在繁華熱鬧、快速變動的節奏下，面對著異樣與荒謬的境遇、感受著陌生懷疑與虛實難分的氣息，多了、久了之後，益發興起怔忡不寧，隱隱埋藏著不幸的描寫。而〈第一爐香〉的女主人公葛薇龍在生命定調的過程中，正是逐步與她的城市經驗一起建構的：她從上海初到香港，移動到一個不調和的新舊土洋混搭的時空，突梯的異地情調讓她感覺奇幻不眞；當她與一夥人到山頂野宴，從白霧山峰中下望山麓，景色依舊朦朧不清。故事結尾，逛進灣仔的新春市場，擠滿密密層層的人、燈與貨品，沿路招客的女子與出賣青春的自己竟是眞假難辨了。薇龍對自己，對未來不能想，不敢想，畏縮不安著，最後流下了眼淚。

作者在這裡通過風景襯映著人物的情緒，一方面經由女學生葛薇龍置身香港所遊憩的城市空間，從不同角度（比如沿山路而走的體驗）描繪城市景觀；一方面借著所接收的視覺風景刻露內心感受，順勢鋪展情節。文字中呈現「香港是一個華美而悲哀的城」[15]，瀰漫著詭祕刺激，充滿著頹廢虛無。身在其中的人物主體一方面被客體奇幻世界的眩暈不眞所覆蓋，卻奇異的促成了肉體欲望的實現，而這欲望由壓抑到爆發、失控，又無可收拾地造成悲劇；另一方面是個體對於一旦墜入了香港這個自由買賣的市場，便很難全身而退的狀況的瞭然。也正由於對未來的淒清難測，因而產生恐怖荒涼之感。張愛玲在此赤裸裸地揭示著女主人公葛薇龍內心求愛的騷動——她面對都市生態的複雜多變失了心竅，又在自身情欲的誘引驅策下，將自尊繳了械；同時也直指物質欲望對人性的腐蝕，刻畫了城市女性的愛情觀。倘若理解小說中人物的理想湮滅、對自身情境的無能為力以及面對冷酷社會、對現代人生的無可如何，自然可以感受其字裡行間何以先艷後異，漫溢著驚悸蒼涼。無怪乎王德威說：「荒涼與頹廢畢竟得有城市作襯景，才能寫得有聲有色。」[16]

第三節　人物刻畫

「浪蕩子」與「摩登尤物」二者互相凝視，成為繁華城市中最具特色的人物代表。在〈第一爐香〉中，浪蕩子與摩登尤物都帶有奢侈虛榮、功利機心的特質，情節圍繞在享樂主義、性解放的維度上發展。

15 張愛玲：〈茉莉香片〉，《傾城之戀——短篇小說集一（一九四三年）》，頁一〇〇。

16 王德威：〈從海派到張派——張愛玲小說的淵源與傳承〉，《如何現代，怎樣文學？》（臺北：麥田出版，一九九八年），頁三三二。

一、浪蕩子：喬琪喬

「沒有錢，又享慣了福，天生的是個招駙馬的材料。」（頁五十三）是喬琪喬的自註。梁姑媽說他是「小雜種」，爸爸巴結英國人弄了個爵士銜，媽媽是來歷不明的葡萄牙婊子，澳門搖攤場子上數籌碼的。（頁十一）小說裡描繪高個子喬琪喬像尊沒有血色的石膏像。脾氣陰沉沉的，帶點ㄚ頭氣，在那黑壓壓的眉毛與睫毛底下，一雙綠眼睛中漾著水的青光，一閃即暗。當注意到他身上服貼、隨便的衣服，極容易使人忘記了他的身體的存在。（頁三十二、三十五）喬琪喬一向無所事事，拈花惹草，優游自在，與其有曖昧的女子除葛薇龍外，包括梁姑媽、睇睇、晛兒，是個「除了玩之外，什麼本領都沒有」的浪子。他的情愛模式是浮花浪蕊式的「我不能答應你結婚，我也不能答應你愛，我只能答應你快樂」（頁四十三）；然而竟然是因爲這「不愛」的緣故，正是這個蕩子用來征服不可理喻的婦人心的秘訣。（頁四十七）最後喬琪喬和葛薇龍的婚姻關係是建立在靠妻子賣身賺錢的犧牲上，結尾喬琪在夜市裡承認自己可鄙，但未改永結無情遊的涼薄，成了無能的男人。高全之說：張愛玲在此採取了類似《金瓶梅》作者的態度，表面上對男人冷然不加鞭撻，其實嚴若冰霜，正表露了道德批判。[17]

二、摩登尤物

(一)梁太太

「汽車門開了，一個嬌小個子的西裝少婦跨出車來，一身黑，黑草帽檐上垂下綠色的面網，面網上扣著一個指甲大小的綠寶石蜘蛛，在日光中閃閃爍爍，正爬在她腮幫子上，一亮一暗，亮的時候像一顆欲墜未墜的淚珠，暗的時候便像一粒青痣。」（頁十一十一）這是梁太太的出場。她是一個徹底的物質主義者，年輕時嫁個有錢的老頭，以美貌、青春換取物質，熬成了徐娘半老的富孀。儘管美人遲暮，但那雙似睡非睡的眼睛沒老。當她搖著扇子，從扇縫篩進黃金色的陽光拂過她的嘴邊，一絲絲像振振欲飛老虎貓的鬚。（頁十六）連搽上蔻丹，等著乾的兩隻手，「彷彿才上過拶子似的，夾破了指尖，血滴滴的。」（頁五十六）這裡先後採用「蜘蛛」、「老虎貓」的造型，勾連著「淚珠」、「青痣」以及「血滴滴」，同時暗示著個人的性格與命運，活脫脫的營造出「蛇蠍美人」的意象。她且是一個標準的城

17 高全之：〈飛蛾投火的盲目與清醒——比較閱讀《金瓶梅》與〈第一爐香〉〉，《張愛玲學：批評、考證、鉤沉》（臺北：一方出版，二〇〇三年），頁五十四。

市投機者，一生精刮算計。對於愛，她認爲最該忌諱的是：「你愛人家而人家不愛你，或是愛了你而把你扔了。」（頁五十一）

這個「水晶心肝玻璃人」十分擅長兩面話術：她收服葛薇龍，一方面指撥幫襯：「你來的時候是一個人。你現在又是一個人。你變了……要想回到原來的環境裡，只怕回不去了。」只有想法收服喬琪喬，放在手心玩弄——或作興丟掉，或留著解悶，才算是本領。（頁五十二）而應付喬琪喬，又攛掇勸誘他利用薇龍掙錢養家，玩個痛快，等她不能了，然後抓姦離婚。（頁五十七）眞正是機心算盡，直可比擬《醒世恆言》的劉四媽勸說花魁女賣身接客的「從良」帖。篇中這個善於舞弄權術、煙視媚行的婦人正如同老鳳一般，以小型慈禧太后之姿，撐起了風月歡場的中心骨，挽住了時代的巨輪，留住了滿清末年淫逸的空氣。（頁十八）

㈡葛薇龍

從玻璃門倒映出葛薇龍的影像，造型醒目：「身上穿著南英中學的別致的制服，翠藍竹布衫，長齊膝蓋，下面是窄窄的褲腳管，還是滿清末年的款式。」（頁七）這個初到香港的上海女學生，清純年少、眉眼尤其風流，一身白淨的皮膚，平淡而美麗的小凸臉，長而媚的眼睛，纖瘦的鼻子，肥圓的小嘴，表情稍顯呆滯的面部卻顯出溫柔敦厚的古中國情調。這樣

「劃入殖民地中東方色彩一部份」的裝扮雖與配合香港當局為了取悅歐美遊客的設施相關，而「一身非驢非馬的賽金花模樣」也正預示著主角人物性情命運簾幕的開啓。

當她在梁姑媽家中住下，隨即住進各式的「衣服」裡，成為香港社交圈中的後起之秀。她以「服飾」為語言演繹了交際花的角色扮演：「家常的織錦袍子，紗的，綢的，軟緞的，短外套，長外套，海灘上用的披風，睡衣，浴衣，夜禮服，喝雞尾酒的下午服，在家見客穿的半正式的晚餐服，色色俱全。」（頁二十二）從此，像坐在物質誘惑的失速列車上，純潔的原色逐漸剝落，躁動的情欲不能抑制，步步出賣了靈魂。波伏娃曾說：「女人的不幸在於被幾乎不可抗拒的誘惑包圍著；每一種事物都在誘使她走容易走的道路；她不是被要求奮發向上，走自己的路，而是聽說只要滑下去，就可以到達極樂的天堂。當她發覺自己被海市蜃樓愚弄時，已經為時太晚，她的力量在失敗的冒險中已被耗盡。」[18]成為梁姑媽的一個早衰版。

在海派書寫（尤其新感覺派小說）中，摩登女郎多以妖嬈亮麗，充滿著性魅惑力的拜

18 西蒙娜・德・波伏娃著（Simone de Beauvoir, 1908-1986），陶鐵柱譯：《第二性》（北京：中國書籍出版社，二〇〇四年），頁七二八。

金主義者的刻板形象出現，堪稱「尤物」。這些尤異人物「不妖其身，必妖於人」[19]，所謂「女人是禍，色彩鮮豔更是禍」[20]，而「浪蕩子對摩登女郎的迷戀是自戀的展現，更有甚者，摩登女郎是浪蕩子合法存在的理由」[21]。細究張愛玲筆下的尤物造型色麗妖冶、風華艷異，模樣行性或可上探《孽海花》和《海上花》中的賽金花、趙二寶，[22]她們都身處於歡場，善於周旋，於亂世之中各自琢磨出生存之道，梁、葛二人的生活態度分別附麗於各取所需的原則——就梁姑媽而言，終其一生都陷入缺乏金錢與愛欲的泥淖，無法獲得平衡、滿足；而葛薇龍的悲劇一方面因爲貪慕虛榮，當她微微的對梁太太嘆了一口氣道：「你讓我慢慢的學呀！」（頁五十七）；另一方面她以梁姑媽情欲匱乏的經驗爲鑑，妄想以青春和身體換取愛情，但所繫非人，當她笑著對喬琪喬說：「我愛你，關你什麼事，千怪萬怪，也怪不到你身上去。」（頁五十九）其實已經「自願的」選擇了一條「爲梁姑媽弄人，爲喬琪喬弄錢。」（頁五十七）的不歸路。就在這不可理喻的現實籠罩下，不安的靈魂在虛榮與欲望裡尋找出口，沉淪可以說是人性墮落的結果。於是，梁姑媽、葛薇龍二者互爲鏡像，沉溺於現實的享樂之中，以浮膩當作滋養，欺騙自己，都成了敗金文化的產物。

第四節　情節布局

《第一爐香》的情節隨著女主人公空間移動鋪展，分成三個過程：「出走」（離開上海到香港）→「遊園」（梁宅的日常）→「驚夢」（灣仔市場的驚覺），揭示出個體所面臨的生存困境與人生難題，連帶檢視了不能抵擋「人性弱點」（欲望毋能滿足）所產生的悲劇。

19 唐人傳奇〈鶯鶯傳〉：「大凡天之所命尤物也，不妖其身，必妖於人……吾不知其變化矣。」汪辟疆校錄：〈鶯鶯傳〉，《唐人小說》（臺北：河洛圖書出版，一九七四年），頁一三九。

20 虹影：〈《女子有行》序〉，《女子有行》（臺北：爾雅出版，一九九七年），頁一。

21 彭小妍：《浪蕩子美學與跨文化現代性》（臺北：聯經出版，二〇一二年），頁三十七－三十八。

22 參見王德威：〈半生緣，一世情——張愛玲與海派小說傳統〉以及〈潘金蓮、賽金花、尹雪豔——中國小說禍水造型的演變〉，王德威：《想像中國的方法：歷史、小說、敘事》（北京：三聯書店，一九九八年），頁一七九－一八六、頁二五六－二七〇。

一、「出走」：離開上海到香港

〈第一爐香〉中，在香港讀書的葛薇龍老家原住在上海，屬於中產家庭。因爲戰事，家道中落。爸爸是個名士派的書呆子，原看不起嫁人作小的梁姑媽，後來梁姑媽繼承了一大筆財產成了闊人，所以成了投靠的對象。小說中葛薇龍回憶原鄉時提到一個「玻璃球」紙鎮，這是個重要的意象。原來擺在父親書桌上，扁扁的玻璃球裡面嵌著細碎的紅的藍的紫的花排出俗氣而齊整的圖案，抓在手上沉沉的，存著實生活的感情。他如：黑鐵床、舊式梳粧檯、裝著爽身粉的磁缸、以及牆上釘的記有日常電話號碼的美女月份牌等，都是老古董式的生活歲月中的小物件，也都是她所能曾經掌握過具體而厚實的東西，熟悉親切，是靠得住的，因而印象深刻。這樣的上海老家房間緊湊而空間經濟，連雇傭的陳媽都傖俗不堪，成了梁姑媽口裡的「破落戶」。對照葛薇龍因爲張羅學費依附梁姑媽，住進深宅大院的香港新居，薇龍在古老空間回憶與洋場浮華的現實之間感覺到尷尬的不和諧，老舊封閉的「家」在繁華耀眼的城市視像下蒙塵，一直到離家的主角在城市中遭受挫折——葛薇龍情感受騙，又染上風寒發燒生病，思念老家，想快快回去的念頭頓時高漲；久違的家的印象才重新被喚起。

這個離開上海到香港的「出走」是一個流動的城市經驗，對女主人公而言，包含著兩個層次：一層指向葛薇龍試圖在這陌生的環境中實現自我的理想；另一層則是葛薇龍離開

「家」這個熟悉的庇護所，進入行西方規矩的社會交際圈，意圖建立自我的主體性。這種「女性出走」的經驗溯自五四以來娜拉、子君的示範以及日後張愛玲本身從滬港到美國的浮沉，脈絡可循。然而無論葛薇龍起初懷抱著想完成學業的理想後來變成想嫁人結婚；或是從憧憬求得愛情到降格只願求得快樂，最後情願「賣身」替人弄錢弄人，無不節節敗退，而其出走的行動始料未及的正成為另一個幽禁的開始。

二、「遊園」：梁宅的日常

梁家豪宅是一個情愛經驗與消費空間重疊的地方，成為葛薇龍的欲望樂園。

在〈第一爐香〉裡，人物的思維活動與行為態度往往隨其周遭環境場所的調動進行不同的書寫，充滿了豐富的暗示意象，色彩鮮明。當葛薇龍投靠梁姑媽，進入梁家豪宅這個染缸甫始，薇龍彷彿「《聊齋誌異》裡的書生，睜著眼，走進了一個鬼氣森森的世界」，但她是抱定潔身自好，行得正立得正的態度住下的。（頁十八）

接下來的吃穿用度豪華精緻，學彈鋼琴、打網球，笙歌舞影等不同的生活節目目眩神搖，薇龍難以拒絕，選擇「看看也好」。這時作家筆描葛薇龍住的那間房，屋小如舟，被悠揚的音波推動著，飄飄盪盪、心曠神怡。（頁二十一）直到被扣上司徒協的手鐲，葛薇龍覺得房子裡潮氣溼重，窗外腥風吹進，煩躁得難受。當喬琪喬趁著月光來又趁著月光走，葛薇龍享受著喬琪如風拍臉的吻，有小小的快樂如金鈴一般在身體中搖顫，她是無可救藥地愛上喬琪喬了，在月光中浸透得遍體通明。（頁四十四—四十七）緊接著她發現喬琪「一株牡丹花開數朵」[23]，自己吃了虧，遭到背叛的殘酷現實；但卻又不可理喻地對這個命宮魔星割捨不斷，懷疑著自己是自願生病，最後決定留下不走，成績斐然地交際應酬，弄錢弄人，與梁姑媽分庭抗禮，打造了梁宅的日常。於是，這個精巧講究的「伊甸園」[24]不但是提供優越物質生活的消費地，也成爲來往出入、嬉戲漫遊的男女老少追逐釋放情欲的淵藪。包裝精美的「商品」在此聚集：睨兒、睇睇、葛薇龍、梁姑媽等在展示臺上上下下，待價而沽；而買家盧兆麟、司徒協、喬琪喬等品頭論足著，在買賣市場中換位易手。

三、「驚夢」：自願賣身的驚覺

對應著現代都市的世俗化、交易化，資本主義社會下城市消費性格所顯現的兩重特質：一在對物質魔魅的不可抵擋；另是面對墮落深淵的控訴。高全之說〈第一爐香〉的葛薇龍「爲愛做娼」是一個重複《金瓶梅》的飛蛾撲火的情愛模式。[25]葛薇龍正如許多成長小說中的主人翁一樣，由離家出走，進入陌生之境打拚，處於紙醉金迷的物化環境中，意圖實踐理想，經過漫遊、歷劫、半盲目地冒險賭博的快樂；在物欲橫流游離沉浮，注定無能抗衡，到最後主人公驚覺出夢，其成長／變化的過程呈直線型下墜。統計葛薇龍曾經幾次出入「欲望樂園」，對環境世界皆有所體認，分別做了盤算：從葛薇龍離家，上山投親，決定搬入梁宅，成爲這個荒誕精巧的西式中國縮圖的一部分；接著出遊郊野，女主人公置身霧靄繚繞的山間，彷彿入夢般恍恍惚惚、虛飄不實。（頁四十二）後來葛薇龍情場失利，生病想家，出門去訂船票，回程天色已暗，灰色的世界影影綽綽，在這當下，薇龍在走與不走兩個極端之間掙扎，終於對現實低頭，認眞地「適應環境」（頁五十五）。在這些文字裡，園內園外的景觀與葛薇龍的出走經驗聲息相通，又和她自墜泥淖的進退維谷與彷徨迷惑互相映照。

最重要的一次「出園」經驗是在結尾，薇龍與喬琪喬婚後一起到香港灣仔市場看熱

23 胡蘭成：《今生今世》（臺北：三三書坊，一九九〇年九月），頁四二五。

24 水晶：〈「爐香」裊裊「仕女圖」——比較分析張愛玲和亨利·詹姆斯的兩篇小說〉，《替張愛玲補妝》（山東：山東畫報出版社，二〇〇四年），頁五十八。

25 高全之：〈飛蛾投火的盲目與清醒——比較閱讀《金瓶梅》與〈第一爐香〉〉，《張愛玲學：批評、考證、鉤沉》，頁五十一—五十二。

鬧：葛薇龍置身在人堆裡擠著，看著密密層層的人，密密層層的燈，密密層層的耀眼的貨品，天海盡處糾結著自己不能想的未來，延長出無邊的荒涼恐怖。然後是一大群喝醉的水兵的騷擾錯認，葛薇龍赫然發覺：「我跟她們有什麼分別？……分別在她們是不得已的，我是自願的。」（頁六十）然而，這份如火光似的痛覺也只是匆匆一瞥，隨即在寒夜中一閃即逝，世界復歸於黑暗。是以對上海人葛薇龍而言，就在居家與遊園的辨證之中，她對於置身所在、以美好的身體取悅於人的職業以及浮動不羈的人生意義，往往多是在認同與困惑中進行。換言之，她是在「出走↓遊園↓驚夢」的流離經驗裡完成了她的情欲傳奇——在現實生活中，她選擇爲愛情出賣青春、身體；在精神感知上，任由不甘黯淡到自覺瘋狂再到麻木的快樂；而這現實性重疊在自願性上的結果是理想的追尋歸於幻滅。正所謂「佳節元宵後，煙消火滅時」，葛薇龍終生囚禁在這「欲望花園」裡了，並沒有什麼異樣的感覺。

第五節　書寫策略

一、色彩語彙的運用

張愛玲對於顏色極為敏感，寫文章愛用色彩濃厚、音韻鏗鏘等有吸引力的字眼。在〈第一爐香〉裡，語彙彩色繽紛，選取的顏色包括紅、綠、黃、藍、白、金、黑、青、紫等，而單色中又有不同程度的彩系與層次，如紅色就分有蝦子紅、粉紅、猩紅、桑子紅、櫻桃紅、大紅、鮮紅、橙紅。另有附加情狀形容以及疊字副詞的色彩修飾，如：綠幽幽、黑漆漆、烏沉沉、青溶溶、紫黝黝、藍陰陰，灼灼的紅色，搖人耳目。這種工筆重彩的語彙運用，除了用以渲染環境氛圍，預示象徵；同時結合著人物心理，淬取情緒。舉如：「草坪的一角，栽了一棵小小的杜鵑花，……是鮮亮的蝦子紅。……誰知星星之火，可以燎原，牆裡的春延燒到牆外去，滿山轟轟烈烈開著野杜鵑，那灼灼的紅色，一路摧枯拉朽燒下山坡子去了。杜鵑花外面，就是那濃藍的海，海裡泊著白色的大船。」（頁六－七）這裡是以綠草、藍海與白船等為襯景，而以「野杜鵑」怒放的紅「燒出春焰般的情欲」作為強烈對照，拉出故事的主題。這些色塊的雜陳交織出霸道的華美、濃稠的神祕，各種不調和的地方背景，時代氣氛硬生生地攙糅在一起，呈顯了香港殖民文化的多元幻異，是熱鬧新鮮的。

又如「鬼屋傳奇」裡，「月亮便是一團藍陰陰的火，緩緩的煮著它，鍋裡水沸了，滑嘟滑嘟的響。」（頁四十四）其中「藍陰陰的火」併合「月亮的黃」，復從喬琪喬的「有月亮的晚上我來看你」（頁四十二）到葛薇龍「在月光裡浸了透」（頁四十六）等由顏色到畫面，「月色情欲」升騰，暗藏著陰謀與淫邪，推向沸點。以上作家運用各種冷暖色調的語彙，像梵谷畫中的渦漩，迤邐著人物的迷情，以顏色做了跨官覺的象徵排比。

二、以實寫虛

借用物化的意象，具體、細緻，而且大都是近而實的物器用品（如用物、衣服或裝飾）爲喻體來形容描述離敘述主體較遠、較間接的風景（乃至想像），王安憶將這種文學比喻的手法稱之爲「以實寫虛」。這種「逆向」營造，包括抽象實體化，自然人工化、心理物品化、生活戲劇化的刻畫鋪排，是一種「物化虛象」的技巧。[26]如同「江山如畫」，到張愛玲這裡發揮得淋漓盡致。

觀察〈第一爐香〉裡的實例：或以宴席菜餚借擬人物，暗喻提供品嘗，如取糖醋排骨、粉蒸肉比喻湘粵美人、上海女子（頁八）；或結合空間建築、生活痕跡與日常細節，巧喻精描，舉如描寫梁家豪華的庭園宅院，在不同的亮度、視角下描畫出場，層次井然，最見經典：薇龍初見這山腰裡的白房子，彷彿是亂山中憑空擎出的一隻金漆托盤。（頁六）當太陽偏西，華宅山景像一幅雪茄煙盒蓋上的商標畫，而滿山的棕櫚、芭蕉被日頭烘焙的乾黃鬆鬆，像雪茄煙絲。暮色中，映著海色，巍巍的白房子蓋著綠色的琉璃瓦，像古代的皇陵。（頁十八）潮濕春天裡，溶化在白霧裡的白房子，綠玻璃窗裡晃動著燈光，綠幽幽地，一方一方，像薄荷酒裡的冰塊。（頁十九）而從屋小如舟的房子倚窗而望，頗有從甲板望海的情致。（頁二十二）這幕圖景，令人想起福祿貝爾筆下的愛瑪的倚窗綺想，都張皇著情欲的萌動。當天完全黑了，整個的世界就像一張灰色的耶誕卡片（頁五十五），假使這樣的白房子一旦變成了一座墳，也將不使人驚奇。（頁十八）如此，作家一方面布置風景、張羅情節；又同步地藉由所在環境的物象延伸，不假外求地映襯了人物的處境及感覺。

此外，她更將靜態的空間或風景藉著比喻象徵及毗鄰的補充文字延展意義。例如：房子的洋臺如果是烏漆小茶托，她就成了茶托上鑲嵌的羅鈿的花（頁四十六），而秋深的陽光刺

26 許子東：〈物化蒼涼——張愛玲意象技巧初探〉，《張愛玲的文學史意義》，頁一一八、一二八。

眼，像冷冷的白色金屬的刀刃刮過山頂黑鳥，慘叫翻飛過去了，暗喻葛薇龍爲愛宰制受傷。（頁五十四－五十五）前者見押花囚禁之況，後者示絕望痛楚之情；俱自物象提煉情緒的幽微。如此作家不是孤立的書寫環境景觀，也不是靜止的抒發情緒，而是剪裁人物現成的經驗，以不按常理出牌的比喻，呈現靈動脫俗的視覺模擬，繪製了一個精緻奇幻、不是正常的世界。

三、景情相生

除了用詞銳敏、色彩繽紛、意象豐富，張愛玲在語言藝術的表現上亦擅長將人物態度逕行置入環境景觀，[27]產生景情相生的效果。舉如搪瓷業巨頭司徒協意圖染指薇龍，贈送金剛石鐲子前後二段的雨景文字——先以自然風景：黑鬱鬱的山坡子上，烏沉沉的風卷著白辣辣的雨的風狂雨驟，汽車頭上的燈光的掃射看見白、綠繡球在風雨中翻滾（頁三十八）；繼以山嶺彷彿是「伸出舌頭舐著」洋臺的性暗示，黃梅雨中，滿山木葉山石醉醺醺的騰挪舞動所充斥著的潮氣、殺氣與腥氣（頁四十），俱指向葛薇龍沾惹上、洗不掉的溼漉漉、黏答答的處境，暗示著司徒協染指的威脅；隨後躁悶難受的氛圍籠罩，直截是一段主人公身陷其中雖警覺有異卻又不免於情欲扞格、掙扎無益的寫照。就在現實的沖刷擠壓中，個別生命與城市生活競逐，在取捨分合中，葛薇龍有著覺悟：既沒有能力改變現狀，只好去適應它，並成為其中的一個部分去運作。

又如梁太太答應收留薇龍，薇龍在回去的路上有一段「逐月而行」：「這邊太陽還沒有下去，那邊，在山路的盡頭，煙樹迷離，青溶溶的，早有一撇月影兒。薇龍向東走，越走，那月亮越白，越晶亮，……越走越覺得月亮就在前頭樹深處，走到了，月亮便沒有了。」（頁十八）這段由有到無的月影文字，象徵薇龍對未知命運的不安焦慮，對前景無以預測，充滿茫然與惶惑。

總的來說，無論在色彩語彙的運用、以實寫虛的技巧、景情相生的氛圍營造上，作家採用著中西合璧的眼光（或稱為混血風格）、多層次的敘述角度來回出入，對環境細節縝密觀察，於形式喻況琢磨講究。她對於著眼於人生味，經營物我關係、七情六欲的承轉，格外用心；而對於人生的荒謬與無聊的態度則是老練、冷靜、不動情的，由於在外在悲歡得失的陳述裡，洞燭世事人心，因此更有內裡的人情。張愛玲曾說：「有了驚訝與眩異，才有明瞭，

27 張愛玲的小說特點之一即是擅長這種既是環境描寫，也是心理刻畫的技巧。呂啓祥：〈〈金鎖記〉與《紅樓夢》〉，收入鄭樹森編：《張愛玲的世界》（臺北：允晨文化出版，一九八九年），頁一六五。

才有靠得住的愛」[28]。

第六節　鬼屋傳奇的迴旋與衍生

〈第一爐香〉這篇城市欲望傳奇以聲色犬馬張狂紛擾的城市為背景，鎖定城市經濟怪獸的聚落——「華宅」，招募著自甘沉淪的城市羔羊進場尋歡作樂。唐文標曾指出〈第一爐香〉根本是篇鬼話，全篇是說一個少女，如何走進「鬼」屋，被吸血鬼迷上了，做了新鬼。然而鬼只能和鬼交往，因為這個世界既豐富又自足，不能和外界正常人通有無的。[29]王德威更進一步地闡揚了「女鬼」作家傳統：指出張愛玲初以鬼影幢幢，精心炮製了一則則現代鬼話。[30]

故事中，以香港這個在當時與時代潮流不相銜接的地方作為「麻痺中心點」[31]，由於香港的移民都市的特質，人們面對著紛紜荒涼的時代，將過去的回憶、對現實的危機意識以及對未來的恐懼聚攏成「淪陷感」，又因為感覺著人生矛盾是隨時可以崩離的，更有著蒼蒼的「幻滅情緒」。浸淫在這樣的氛圍中，張愛玲組織人物與情節，結合空間運作，運用「對於歷史文化的認識和對於善惡的直覺，記錄下近代中國都市生活」[32]；另外，不容忽視的是張愛玲的香港經驗，香港在張愛玲的小說中以一個「她者」（other）[33]的形象被觀看被書寫。其中，挾帶著尋視自我的主題，結合著不相干事上的生趣，在亂世動盪與靈魂虛空中，表現著城市市民人性中情欲的不可理喻與物欲的瘋狂。〈第一爐香〉中葛薇龍就曾抉擇取捨數次，主角人物的情欲隨著空間的移動不斷被鼓蕩揚發，命運曲線卻在城市高壓生活中墜落，情節單元形成一個又一個迴圈，暗藏了物化的蒼涼與無奈。葛薇龍原本想力爭上游卻不幸失敗，她不斷地縮小自己的願望，終於重蹈了梁姑媽的覆轍，甚至更糟——最終意識到自己的

28 張愛玲：〈洋人看京戲及其他〉，《華麗緣——散文集一（一九四〇年代）》，頁十三。

29 唐文標：《張愛玲研究》（臺北：聯經出版，一九七六年），頁五十六。

30 王德威：〈女作家的現代「鬼」話——從張愛玲到蘇偉貞〉，《想像中國的方法：歷史、小說、敘事》，頁二一三—二二四。

31 劉紹銘著，黃碧端譯：〈回首話當年——淺論臺北人〉，《小說與戲劇》（臺北：洪範書店，一九七七年），頁二十七—五十九。引用喬伊絲語。

32 夏志清著，劉紹銘編譯：《中國現代小說史》（臺北：傳記文學出版，一九七九年），頁三九七—四三七。

33 李歐梵：〈香港：張愛玲筆下的「她者」〉，香港《明報月刊》一九九八年四月號，頁二十二—二十三。

悲劇是自我選擇的可怕，她說：「我怕的是我自己！我大約是瘋了！」（頁四十三）這種由人性墮落參與所導致的命運悲劇，是難以拯救的。誠如夏志清說：「悲劇人物暫時跳出自我的空殼子，看看自己不論是成功還是失敗，都是空虛的。」[34]

這是一個漫溢著溫婉、傷感情調，植根於小市民生活的愛情故事。在男女主人公買身、賣身的情節纏繞中，宣敘著城市生活中個體的孤獨、徬徨與恐怖。張愛玲在這篇城市欲望傳奇裡，踩在擁抱繁華城市、都會現實的步調上，營造了植基於日常生活卻指向人類終極思考的書寫模式，引領讀者同步領悟了人生空虛荒涼的本質。她是以接受人生的限制，但不放棄，來解決人生難題；而脫困的方式則是借著現世自我安穩與重溫記憶取暖，意圖尋求自由、眞實而安穩的人生。二〇二〇年，由王安憶編劇，許鞍華執導的《第一爐香》在威尼斯電影節全球首映。於是，文學藝術通過對這些城市男女所表現的原始的人性糾葛與欲望掙扎的描述，在回憶與憧憬交錯、理智與欲望起伏中凸顯著異樣的、動蕩不安的兩性世界；其中女主人公葛薇龍由女學生到摩登尤物到淘金女郎，就這樣在自己的物欲與情欲的糾纏下被覆蓋，一直到鍋裡的水沸了，冰塊化成了水，無法自拔。這一爐香終究在「低到塵埃裡」的女奴意識、「自願的」情欲現實的掙扎與適應的過程中燒盡。正如張愛玲說的：生命是殘酷的，看到我們縮小又縮小的、怯怯的願望，總覺得有無限的慘傷。[35]

然而，城市人物欲望不盡，欲望與悲劇相互始終；城市欲望傳奇陰魂不散，俱指向了悲傷與虛無。

34 夏志清著，劉紹銘編譯：《中國現代小說史》，頁四二〇。

35 張愛玲：〈我看蘇青〉，《華麗緣——散文集一（一九四〇年代）》，頁二八一。

延伸閱讀

■水晶：〈「爐香」裊裊「仕女圖」——比較分析張愛玲和亨利．詹姆斯的兩篇小說〉，《替張愛玲補妝》，濟南：山東畫報出版社，二〇〇四年。

■王德威：〈女作家的現代「鬼」話——從張愛玲到蘇偉貞〉，《想像中國的方法：歷史、小說、敘事》，北京：三聯書店，一九九八年。

■李歐梵：〈香港：張愛玲筆下的「她者」〉，香港：《明報月刊》一九九八年四月號。

■孟悅：〈中國文學「現代性」與張愛玲〉，金宏達主編：《回望張愛玲：鏡像繽紛》，北京：文化藝術出版社，二〇〇三年一月。

■高全之：〈飛蛾投火的盲目與清醒——比較閱讀《金瓶梅》與〈第一爐香〉〉，《張愛玲學——批評、考證、鉤沉》，臺北：一方出版，二〇〇三年三月。

■陳子善：《研讀張愛玲長短錄》，臺北：九歌出版社，二〇一〇年八月。

■許子東：《張愛玲的文學史意義》，香港：中華書局，二〇一一年。

■張小虹〈戀物張愛玲——性、商品與殖民媚惑〉，楊澤編：《閱讀張愛玲——張愛玲國際研討會論文集》，臺北：麥田出版，一九九九年。
■彭小妍：《浪蕩子美學與跨文化現代性》，臺北：聯經出版，二〇一二年。
■劉亮雅：〈張愛玲的世紀末愛情〉，淡江大學中文系編：《中國女性書寫——國際學術研討會論文集》，臺北：臺灣學生書局，一九九九年九月。

第四章

死在屏風上的鳥——〈茉莉香片〉

一九四三年七月，張愛玲在上海《雜誌》月刊發表了第三篇小說〈茉莉香片〉[1]，主人公聶傳慶據說是以弟弟張子靜爲原型。在前兩篇〈第一爐香〉、〈第二爐香〉的爐煙裊裊故事之後，張愛玲繼續在〈茉莉香片〉的開場沿用朦朧縹緲的視覺效果，營造一種入夢的感覺，一種訴說傳奇的氣氛。

第一節　故事內容

聶傳慶，一名二十歲的男大一學生，長得頗有幾分女性美，在香港的公共汽車上打著盹，看到了言子夜教授的女兒言丹朱也上了車。聶傳慶並不喜歡言丹朱。一陣對談之後，聶傳慶下了車，回到家裡，看到了父親聶介臣與後母，他同樣不喜歡他們，並以自己的陰沉少言來對抗父親長年的語言與行爲暴力。

聶傳慶只喜歡已經過世的親生母親馮碧落。馮碧落以前是言子夜教授幾乎論及婚嫁的對象，當然這樁婚事並沒有成，傳慶相當遺憾，想著要是成了的話，自己就是言子夜與馮碧落的小孩，這個世界上就不會有言丹朱。傳慶同時也恨著自己的母親。

聶傳慶覺得學校裡教文學史的言子夜教授很美，對言子夜有許多充滿「如果」的想像，每個想像都是「淡青色的晶瑩多汁的果子」，是一種「畸形的傾慕」。而越戀慕言子夜，聶傳慶就越討厭言丹朱，同時更憎恨自己身上的父親聶介臣，因爲聶傳慶發現，自己與父親竟有一些相似之處，無論是長相或是暴力傾向。

一日上課，聶傳慶回答不出課堂問題，受言子夜責備，聶傳慶覺得那責備的口氣與父親如出一轍，竟忍不住放聲大哭，而遭言子夜趕出教室。聶傳慶從未在乎父親的詈罵，他根本看不起父親，但言子夜輕輕的一句，就足以讓他的整個世界崩毀。

當天晚上，聶傳慶沒有心情參加宿舍的聖誕夜舞會，逕自在山裡走了一圈，路上巧遇了言丹朱。聶傳慶向言丹朱試探相愛的可能，藉以報復，好對言丹朱施行精神上的虐待，言丹朱表達了只有做朋友的可能，但當下聶傳慶的解讀卻是因爲言丹朱覺得他是一個女孩子。聶傳慶認爲言丹朱根本不該生到這世上來，他要她回去，他壓住她的頭，再踢了她幾腳，之後跑下了山。

回到家，聽到後母對父親說該給聶傳慶娶媳婦了，傳慶的眼淚直淌下來。言丹朱並沒有

1 本書版本採用《傾城之戀——短篇小說集一（一九四三年）》（臺北：皇冠文化出版，二〇一〇年六月），下文引用直標頁碼，不復作註。

死，日後聶傳慶還得在學校遇到她，他跑不了。

第二節　主題分析

〈茉莉香片〉是一篇涉及「伊底帕斯情結」（Oedipus complex）的小說。

主人公聶傳慶是一位男性，具有典型的伊底帕斯情結，依戀母親，痛恨父親；然而在另一方面，聶傳慶又陰柔而具有女相，以女孩的伊底帕斯情結而言，聶傳慶又痛恨母親，依戀父親。不過，他愛戀的不是自己的父親，而是學校裡教中國文學史的男教授言子夜。聶傳慶甚至希望自己能完成母親當初的願望，和言子夜有許多「如果」；同時，聶傳慶也夢想變成言子夜與母親的結晶，取代教授的女兒言丹朱。

聶傳慶為何會過度的依戀母親而痛恨父親？在依戀母親的同時，為何又痛恨母親？在痛恨父親的同時，又如何的痛恨自己，或者說痛恨在自己身上流動著的父親？為何聶傳慶的形象是陰柔的女相？聶傳慶混淆了母親與自己的形象，有什麼意涵？聶傳慶為何最後要踢打言丹朱？解決了這些問題，讀者方能了解張愛玲塑造聶傳慶這位主人公的企圖。

一、伊底帕斯情結

首先必須先了解何謂「伊底帕斯情結」。「伊底帕斯」之名，是從希臘傳說而來，描述了伊底帕斯這位青年擺脫不了弒父娶母的宿命。

西元前五世紀，索福克利斯（Sophocles, 496-406B.C.）完成了劇本《伊底帕斯王》（Oedipus Rex），劇情大致如下——底比斯（Thebes）國王拉伊俄斯（Laius）與王后伊俄卡斯特（Jocasta）生下一子，經神卜得知，這孩子將弒父娶母，於是國王決定遺棄這孩子，執行的官吏將孩子綁在森林的一棵樹上，任其自生自滅。之後一位農夫發現這孩子奄奄一息，雙腳腫脹，遂將孩子取名為「伊底帕斯」（意為腫脹的腳），交付鄰國國王收養。王子伊底帕斯長大後，某一天求卜得到神諭，知道自己必須要遠離家園，否則將弒父娶母，於是他去國出走，途中與國王拉伊俄斯（親生父親）在狹橋上相逢，兩者的衝突中，伊底帕斯殺死了拉伊俄斯，神諭應驗。

伊底帕斯又經過底比斯，遇妖怪司芬克斯（Sphinx）。司芬克斯阻擋了伊底帕斯的去路，要求伊底帕斯必須回答謎語，方能讓行。伊底帕斯以聰明才智回答了謎語，且除去了司芬克斯，因而受到底比斯人民的擁戴，在不知情的情況下，伊底帕斯娶了王后伊俄卡斯特（親生母親）為妻，成為國王。伊底帕斯在位期間，國泰民安，伊底帕斯與親生母親生了兩男兩女，後來瘟疫流行，底比斯人求得神諭，只有將殺死故王拉伊俄斯的兇手逐出，瘟疫才會停止。弒父娶母的悲劇，由此一層層被揭開。最後伊底帕斯才發現自己還是弒了父、娶了母，於是自刺雙目，去位流浪。

奧地利精神分析學家西格蒙德・佛洛伊德（Sigmund Freud, 1856-1939）由《伊底帕斯王》劇本得到啓發，在《釋夢》（*The Interpretation of Dreams*，或譯作《夢的解析》）中表示，這樣弒父娶母的衝動，其實不是特例，而是普遍存在於每一個人的潛意識中——可能也是我們的命運，它是我們所有人的命運，那便是將最初的性衝動指向母親，最初的仇恨指向父親。由夢可證實，伊底帕斯的弒父娶母，不過是滿足了所有人童年的願望。[2]一九一〇年，佛洛伊德正式提出「伊底帕斯情結」這項說法，又稱「戀母情結」，原指男童戀母弒父的情意癥結，後來與女童的弒母戀父合併，泛指幼童對同性父母的的嫉恨，對異性父母的戀慕之情。[3]

張愛玲涉獵了佛洛伊德的精神分析論述，《傳奇》中的〈金鎖記〉、〈茉莉香片〉、〈心經〉都多少涉及了伊底帕斯情結。佛洛伊德將伊底帕斯情結視為其性欲理論的核心，認爲人類性欲的萌發，不是進入青春期才開始，而是上溯到蒙昧不知的嬰兒時期，從嬰兒的「口欲期」（oral phase，出生到一歲或更長），經過「肛欲期」（anal phase，一到三歲）、「性蕾期」（phallic phase，二歲半到六歲）、「潛伏期」（latency period，五到七歲開始），最後到達「性器期」（genital phase），經過這樣的變化歷程，人的發展才算健全成熟。

佛洛伊德認為，在「性蕾期」的幼童，性好奇完全集中在自己的陽具或陰蒂上，開始玩弄性器。大人常常威脅男孩要聽話，否則要割掉男孩的雞雞，男孩經驗到失去雞雞的恐懼，於是產生「閹割焦慮」（castration anxiety），女孩則產生「陽具欽羡」（penis envy）；同時，幼童開始從外界尋找滿足性欲的對象，而母親這名長陪在側、有求必應的角色，便成為幼童第一個選擇的目標。

男孩發現，父親經常靠近母親，於是男孩視父親為情敵。父親通常強壯高大，並時常恫嚇男孩，若不聽話就要割掉男孩的小雞雞（閹割懲罰），男孩不得不在現實原則的考量下，壓抑對母親的愛意，同時也壓抑對父親的嫉妒，並希望自己迅速長大，讓閹割恐懼消失。男孩由此進入「潛伏期」，收回了對母親的性衝動，且忘卻了對父親的恨意。正常的男孩可以

2 這是佛洛伊德第一次針對伊底帕斯情結發表的說明。見佛洛伊德：《釋夢》（一九〇〇）；車文博主編：《弗洛伊德文集》（吉林：長春出版社，二〇〇四年五月），冊二，頁一七六。

3 女童戀父弒母的情意癥結，原稱為「埃勒克特拉情結」（Electra complex），後併入伊底帕斯情結的概念之中。

通過「對象選擇」（object-choice），即認識學校中的同儕或同齡朋友，讓戀母恨父的情結消散，而順利度過伊底帕斯情結，形成成人「本我」（id）、「自我」（ego）、「超我」（superego）的人格模型。而女孩第一個愛的對象也是母親，但由於心理與生理的理由，被迫改變愛的對象，從而戀慕父親，嫉恨母親。4

二、男孩的戀母恨父

若以伊底帕斯情結來理解，聶傳慶作爲一名男性，應該是戀母恨父的。確實，聶傳慶過度依戀母親，走不出母親去世的陰影，也走不出母親當年沒嫁給言子夜的遺憾，從聶傳慶喜歡把手夾在箱子裡可以看出，他困在對母親的依戀裡，一方面箱子作爲女體象徵，一方面箱子裡藏有母親的初戀記憶。知道母親曾經跟言子夜交往過，但如今已無法改變什麼，聶傳慶惘然若失。

聶傳慶身處家庭的桎梏中，學校表現也不盡理想，因而遭父親責罵爲「白痴似的孩子」，後母也加以冷嘲熱諷。在精神上，聶傳慶只能更加依賴去世已經十多年的母親，只有藉由恍惚迷離的「夢」，才能與母親連繫。

小說起始，繚繞的茶煙營造了迷離的夢的氛圍，作爲入夢的關口。聶傳慶經常想著母親，尤其在恍惚昏沉之時，那隱藏在潛意識深處的伊底帕斯情結便經由「化妝作用」，通過意識的管制而紛紛出現，蔚爲奇異的視象——「像夢裡面似的，那守在窗子前面的人，先是他自己，一剎那間，他看清楚了，那是他母親」（頁一〇八）。此處提醒了讀者，聶傳慶與母親生命的高度重疊。

母親的瀏海長長的垂著，俯著頭，尖尖臉龐的下半部只是一點白影子，如同女鬼。至於那隱隱的眼與眉，像月亮裡的黑影，聶傳慶肯定知道那是死去的母親馮碧落，他的「身子痛苦地抽搐了一下，他不知道那究竟是他母親還是他自己」，最後「在攝影機的鏡子裡瞥見了他母親。他從箱子蓋底下抽出他的手，把嘴湊上去，怔怔地吮著手臂上的紅痕」（頁一〇八）。這是一場與母親相見的儀式，迷濛如夢，母親的形象與聶傳慶疊合，也暗示這是一場聶傳慶在鏡像中的「自我認同」。

若佛洛伊德的名言「夢是願望的達成」成立，那麼這場超現實的遇合，便凸顯出聶傳慶伊底帕斯情結中的戀母——「吮著手臂上的紅痕」至爲關鍵，聶傳慶的欲望退回「口欲

4 佛洛伊德：《性學三論．幼兒性欲》（一九〇五）；車文博主編：《弗洛伊德文集》，冊三，頁三十—四十八。

期」，吸吮手臂在象徵意義上一如吸吮母親的乳房，而吸吮乳房是孩子得到快樂的最早和最重要的行為。聶傳慶將口腔衝動投射到母親身上，「把嘴湊上去」，為了對抗「性器期」所引起的焦慮，因而退化到口欲期，這是一種防衛機制，為了維持對母親的愛，聶傳慶在潛意識中只能加強理想化的乳房母親與口腔的需求——以逃離到乳房母親的方式作為防衛，以對抗面對「陰莖母親」（壞母親，即遭父親聶介臣進入的母親）所產生的焦慮。

換句話說，聶傳慶退化到口欲期嬰兒，需求乳房母親，以一種嬰兒的方式愛著母親，唯有藉由理想化的「乳房母親」與增強口腔欲望，才能維繫對母親的愛。由此看來，在鏡中認同母親與自己是〈茉莉香片〉極為關鍵的段落，乳房母親取代了陰莖母親，聶傳慶才能保留對母親的愛，而壞的陰莖母親與隨之引發的口腔施虐衝動，則轉移至父親的陰莖。

聶傳慶恨父，表現在完全不屑，以無動於衷傳達恨意。伊底帕斯情結的發展，確實是由恨開始的。聶傳慶將自己作踐得不成人樣，「三分像人，七分像鬼」，以獲得一種「奇異的勝利」，這原是還擊父親的策略。父親聶介臣以極凶殘的手法對待兒子，言語譏諷之外，還時時暴力相向——兒子低頭點煙，父親「捏著一卷報紙，在他頸子上刷地敲了一下」並加以喝斥；兒子練習支票簽名想取代父親，父親「重重的打了他一個嘴巴子，劈手將支票奪了過來搓成團，向他臉上拋去」（頁一〇六）；父親甚至打壞兒子的耳朵（張愛玲父親張志沂也打壞了張愛玲弟弟張子靜的耳朵），形成如佛洛伊德所謂的「閹割」象徵，兒子懾於父親的威權，每每也只能「把頭低了又低，差一點垂到地上去。身子向前傴僂著，一隻手握著鞋帶的尖端的小鐵管，在皮鞋上輕輕刮著」。父親的強勢壓迫，形成聶傳慶揮之不去的陰影。

就伊底帕斯情結的觀點言，男孩這種對父親的恨意最終會消失，因爲男孩將畏懼於權力強大的父親所帶來的閹割威脅，從「忍不住又睜大了那惶恐的眼睛，呆瞪瞪望著他父親看」（頁一〇六），轉而爲認同父親而視父親爲榜樣，閹割恐懼將摧毀男孩希望與母親亂倫的欲望，伊底帕斯情結會猝然結束。聶傳慶在心中始終與父親爲敵，然而，有一種認同作用卻又在默默反向進行——聶傳慶發現自己有好多地方酷肖父親，不但是面部輪廓還是五官四肢，連步行的姿態與種種小動作都一樣，因此他深惡痛嫉那存在於自己身體內的聶介臣，「他有方法可以躲避他父親，但是他自己是永遠寸步不離的跟在身邊的」（頁一一四）。聶傳慶明白自己身體裡涵容了父親的壞陰莖，意識上「深惡痛嫉」，但從潛意識發展出來的姿態言行，卻在在昭告與父親的血脈聯繫。聶傳慶對自我的認同，包含了父親的那一部分，他甩不掉。

由此，張愛玲提出了一個複雜的問題：纖細陰柔而具有「女性美」的男孩，其伊底帕斯情結的運作機制，該是男女的截然劃分？該是戀母恨父抑或戀父恨母？這是〈茉莉香片〉的複雜根源。

三、男身女相的難題

小說一開始，只見聶傳慶「窄窄的肩膀」，「細長的脖子」，「側著身子坐著」，「鵝蛋臉、淡眉毛、吊梢眼」，有著「纖柔的臉龐」，尤其是「襯著後面粉霞緞一般的花光」，嘴裡還「啣著一張桃紅色的車票」，簡直是一個青春美少女的形象。張愛玲爲何把聶傳慶塑造成陰性的形象？若聶傳慶陽性的身體中存在的是陰性的靈魂，那麼其伊底帕斯情結又該如何呈現？

張愛玲處理的，不只是純粹生理的男孩或女孩，而是一個更複雜的問題。一如她的人生觀「蔥綠配桃紅」，其性別分野也不是斬釘截鐵的劃分，愛與恨更不是。在黑暗中，聶傳慶分不清是母親還是自己，顯示他以母親認同自我，呈現了主體的分裂性，此分裂性來自於伊底帕斯情結的本質，只有將此自然屬性壓抑在潛意識中，自我才能建立主體，然而這一主體卻又常在夢中突破意識的監控，而具有旺盛的活動力。其實，聶傳慶不是完全戀母的，他對母親，還有一部分的恨意，即「情感矛盾」（ambivalence）。當初母親沒有嫁給言子夜，是母親的遺憾，也成爲聶傳慶擁有「無名的磨人的憂鬱」的起點，「在他母親心裡的一把刀，又在他心裡絞動了」，因此使得他「不能不恨他的母親」，「她死了，她完了，可是還有傳慶呢？憑什麼傳慶要受這個罪？」聶傳慶終被母親遺棄了。這種遭人遺棄的心理能量不斷累積，不成爲強迫性神經症，日後也將做出令人詫異的行爲。

對母親的情感矛盾，同時也應該展現在對父親之上。讀者在聶傳慶對父親聶介臣的態度中，找到的只有滿溢的恨，而找不到任何蛛絲馬跡以確認伊底帕斯情結所導致的情感矛盾，或許張愛玲原本就設計聶傳慶的戀父情結是匱乏的？這時，我們不得不注意到，聶介臣不愛馮碧落這個事實。聶介臣之所以不愛馮碧落，是因爲馮碧落先不愛聶介臣，在馮碧落因親上加親嫁給聶介臣的婚姻中，馮碧落心心念念的還是言子夜，所以聶介臣恨她——「他母親沒有愛過他父親——她愛過別人嗎？」（頁一〇九）從此，張愛玲勾引出聶傳慶恨母的癥結，原來母親才是婚姻不睦的始作俑者。此處也從而溯及言子夜與馮碧落的往日情，贈書傳愛，提及婚嫁，那差一步就成功的遺憾，聶傳慶覺得如果那時是這兩人結婚的話，那麼自己便是他們的兒子，這想法使聶傳慶將戀父情結落實到言子夜身上。

「言子夜進來了，走上了講台。傳慶彷彿覺得以前從來沒有見過他一般。傳慶這是第一次感覺到中國長袍的一種特殊的蕭條的美。……然而那寬大的灰色綢袍，那鬆垂的衣褶，在言子夜身上，更加顯出了身材的秀拔」（頁一一二），聶傳慶對言子夜的「畸形的傾慕」，張愛玲先從言子夜的外型，進而漫入聶傳慶的心理空間，「傳慶想著，在他的血管中，或許會流著這個人的血。呵，如果……如果該是什麼樣的果子呢？該是淡青色的晶瑩多汁的果子，像荔枝而沒有核，甜裡面帶著點辛酸。……吃了一個『如果』，再剝一個『如果』……」（頁一一三）。這不僅僅是戀父情結的外顯，而更具有將言子夜視爲性愛對象的意味。「果子」爲曖昧的性象徵，言子夜身體突如其來的「蕭條」與「秀拔」，牽動了聶傳慶對「晶瑩多汁」荔枝的綺思，既「吃」又「剝」，退回口欲期的願望滿足，上課何能專心。這段想像，必須出現在聶傳慶與母親在黑暗中完成認同而「內向投射」（introjection）於自我之後，才能以其他性對象代替潛意識中的戀母情結。

母親與言子夜的愛沒有「結果」，因此二十年後，聶傳慶就自己變成母親，來圓滿這「二十多年前的，絕望的愛」，完成母親未竟的情感。〈茉莉香片〉使讀者看見了愛與恨的比鄰，依戀與毀滅共生，原是眞實而複雜的人性。

第三節　人物刻畫

聶傳慶是非常特別的小說人物，男身女相，臉龐纖柔，具有陰性氣質。小說一開場，粉色杜鵑花映襯在聶傳慶的背後，花光輝煌，更凸顯其「女性美」。這種不和諧，正是張愛玲在〈自己的文章〉中說的，想體現一種「鄭重而輕微的騷動，認眞而未有名目的鬥爭」[5]。這種鬥爭，讀者或可以「自我分裂」理解。不僅是外表的參差，聶傳慶的心理具有三重的自我分裂：一是混淆自己與母親馮碧落，二是自以爲能取代同學言丹朱，三是擺脫不了自己身體中的父親聶介臣。而自我分裂也是自戀者的終局，自我毀滅是自戀者擁抱自我的最後方法。前文大抵討論了聶傳慶混淆的自我認同，這裡則著重在爲何小說結尾聶傳慶要毆打言丹朱。

聶傳慶具有強烈的戀母情結，他壓制了對母親的欲望，當母親成爲愛的客體，這欲望原不單單實踐於母親而是可以適用於其他女性的，然而卻因這些客體或許激起了他的性器欲望，聶傳慶因此便將性器的害怕與嘗試壓抑的衝動，反映成藐視其他客體——他看不起言丹朱。

同時讀者也不得不注意到，張愛玲或許將聶傳慶形塑爲同性戀的可能。除了前述形象的陰柔，聶傳慶不愛看女孩，尤其是健全美麗的女孩，「因爲她們使他對於自己分外的感到不滿意」（頁一〇二），言丹朱也曾說「我把你當作一個女孩子看待」、「你也得放出點男子氣概來」（頁一〇三、一二二）；若把聶傳慶解讀爲一名同性戀者，那麼便可以在佛洛伊德

5 張愛玲：〈自己的文章〉，《華麗緣——散文集一（一九四〇年代）》（臺北：皇冠文化出版，二〇一〇年四月），頁一一六。

論述伊底帕斯情結的認同作用中，更準確的找到其心理過程。

聶傳慶強烈的認同母親，以至於將自己轉化為母親，而將母親給予的愛與關懷，挪移到母親二十多年前無法成婚的憾恨——言子夜身上。言子夜，這名教中國文學史的教授，於是成為聶傳慶的「對象選擇」。張愛玲將這種認同作用，以「繡在屏風上的鳥」的意象展示，母親死在屏風上，兒子在「屏風上又添上了一隻鳥」，母子生命的重疊，不言可喻。聶傳慶內在的危險情境，即由這隻屏風上的鳥可見端倪。

聶傳慶既已混淆了自我與母親，於是讀者便可以理解小說要以舞會外的施虐場面收束的必要性，這是具有強烈情感矛盾的神經症患者的傾向，同時也是自戀者認識自己的方法。佛洛伊德在《達・芬奇對童年的回憶》中觀察達・芬奇（Leonardo da Vinci, 1452-1519）的童年生活，歸結男同性戀者的童年早期都對一個女人（通常是母親），有一種非常強烈的性依戀（erotic attachment），後來此性依戀屈從於壓抑，便把自己放在母親的位置上，被母親同化，並以自己為模特兒，愛慕與自己相像的對象，實際上是悄悄回到自戀。[6]

自戀，詞源於水仙（narcissus），來自於納西瑟斯的希臘神話。男孩納西瑟斯出生後，預言家說納西瑟斯不能看見自己的臉，否則不能長壽；納西瑟斯長大後，臉龐俊美，眾多仙女傾慕不已，其中一名仙女回聲（Echo）愛到無法自拔，甚至為納西瑟斯形銷骨立。納西瑟斯從沒見過自己的臉，對傾慕者鐵石心腸，不屑一顧。女神出面為回聲報仇，使納西瑟斯立於水邊，深深戀慕水中那俊美的形象，每每入水觸摸，形象即刻破碎，竟不知水中倒影即是自己。納西瑟斯可望而不可得，最後憔悴而死。衆仙聞訊趕來送葬，只看見水邊生出一株水仙，因此水仙便成爲過度欣賞自己而陷入泥淖者的象徵。

如同〈紅玫瑰與白玫瑰〉的佟振保，末尾以雨傘砸碎自己在水中的倒影，毀滅自己的家，以檯燈鐵座丟擊妻子，這是自戀者的宿命，走上「勝利即毀滅」之路。聶傳慶強烈的心理能量，以暴力作爲載體而拳打腳踢言丹朱，已接近癲狂的神經症患者，他「似乎要她的頭縮回到腔子裡去」，「抬腿就向地下的人一陣子踢」，「他不能不再狠狠的踢兩腳，怕她還活著。可是，繼續踢下去，他也怕。踢到後來，他的腿一陣陣的發軟發麻」（頁一二三），這樣的暴力結局並不突兀，此即佛洛伊德所謂弒父情結的外顯。弒父情結的壓抑，將導致因閹割恐懼而在超我中的父親認同永遠在自我中扎下根來，聶介臣凶暴無情，兒子聶傳慶便將這些品質容納於超我之中，並在自我與超我的關係中，恢復了原被壓抑的被動性。如此，超我變成了施虐狂，自我變成了受虐狂，自我或者獻身而爲命運的犧牲品，或者在超我的施虐

6 佛洛伊德：《達・芬奇對童年的回憶》（一九一〇）；車文博主編：《弗洛伊德文集》，冊七，頁九十六。

中獲得滿足。

女孩言丹朱健康幸福美麗，成爲聶傳慶嫉恨的對象，那原來是屬於他的健康幸福美麗。聶傳慶喪失了面對現實的能力，拒絕承認是聶介臣的兒子，而不斷想像自己是言子夜的後代（或對象），於是以施虐抗拒現實，連結到吸吮手臂，其強烈的口虐現象即是一個徵兆——「摧毀本能」正嘗試平衡著原欲。但原欲終是控管不成，衝出樊籠，聶傳慶之毆打言丹朱，意義正如納西瑟斯伸手入水面，擁抱的是自己，毀滅的也是自己。聶傳慶認爲自己是言子夜與馮碧落的小孩，因而在結局的象徵意義上，便是自己毆打了自己，〈茉莉香片〉於是成爲一則自我分裂的故事。

這種鬥爭，認眞而未有名目，也成爲張愛玲認爲的世界的常態——父母親的陰影至深至大，「他們」在兒女生命中是一大關鍵，並不斷在創作裡變形出現。夏志清《中國現代小說史》指出：「張愛玲受佛洛伊德的影響，又受西洋小說的影響，這是從她心理描寫的細膩和運用暗喻以充實故事內涵的意義兩點上看得出來的。」又表示：「美國近代小說，以剽竊佛洛伊德的學說（兒子對父親天生的有敵意）爲時髦，其淺薄與中國那種革命小說初無二致。一個大小說家當以人的全部心理活動爲研究的對象，不可簡單的抓住一點愛或是一點恨，就可滿足。這一點，張愛玲是做到了的。」[7]聶傳慶的心理狀態何其複雜，不是簡單的所謂男孩、女孩的伊底帕斯情結所能概括，張愛玲所關心的，原是極其繁複而難以把握的人性。

張愛玲在散文〈造人〉裡，明確表示小孩是「不幸」與「仇恨」的：「我們的天性是要人種滋長繁殖，多多的生，生了又生。我們自己是要死的，可是我們的種子遍佈於大地。然而，是什麼樣的不幸的種子，仇恨的種子！」[8]聶傳慶便是一齣「仇恨的種子」的悲劇，充分表現了生而爲人的非理性甚至變態的情欲力量。如果文學成就了普遍性與啓示性，那麼通過〈茉莉香片〉的聶傳慶，讀者便能一窺人類潛意識中那最幽深難解的地方。

第四節　書寫技巧

一、意象：繡在屏風上的鳥

〈茉莉香片〉中最鮮明的意象，便是那隻「繡在屏風上的鳥」。傳統女性想要擺脫

7 夏志清著，劉紹銘編譯：《中國現代小說史》（臺北：傳記文學出版，一九九一年十一月），頁四〇四、四一三。

8 張愛玲：〈造人〉，《華麗緣——散文集一（一九四〇年代）》，頁一三八。

「內囿」（immanence）困境而像男性一樣具有「超越」（transcendence）性，[9]辦法之一是受教育而翻身，之二是自由戀愛而結婚。顯然，馮碧落都沒有辦法走上這兩條路。

年少時，馮碧落想讀書而不成，也因家庭長輩的反對而不能嫁給言子夜，更沒有勇氣跟言子夜私奔。傳統女性完全無法自主，而被編派於聽從於父權體制命令的邊緣位置上，她只能困在家中，嫁給她不愛的聶介臣，鬱鬱以終：「她不是籠子裡的鳥。籠子裡的鳥，開了籠，還會飛出來。她是繡在屏風上的鳥——悒鬱的紫色緞子屏風上，織金雲朵裡的一隻白鳥。年深月久了，羽毛暗了，霉了，給蟲蛀了，死也還死在屏風上。」（頁一一〇）此即張愛玲「華麗而蒼涼」的典型意象。這隻繡在屏風上的鳥何其精美，卻髒了暗了，根本是死的，比籠中之鳥還不如。張愛玲擅長並置美與醜、生與死、剎那與永恆，以一外物來隱喻人物的生命狀態。

而在無愛的家庭中成長的聶傳慶，屢遭父親語言與行爲的霸凌，沉默陰鬱，困於自我認同、自我分裂、對象選擇上的愛恨痛苦中，也成爲屏風上的另一隻鳥：「傳慶生在聶家，可是一點選擇的權利也沒有。屏風上又添上了一隻鳥，打死他也不能飛下屏風去。他跟著他父親二十年，已經給製造成了一個精神上的殘廢，即使給了他自由，他也跑不了。」（頁一一〇—一一一）聶傳慶雖生猶死，重複了母親的命運，一如〈金鎖記〉中姜長安同樣重複了母親曹七巧的命運，悲傷的故事將永遠循環，無法結束。

二、光線：陰暗而明亮的世界

張愛玲小說中的重要場景，通常是幽暗的，用以呼應人物的心理狀態。迅雨（傅雷）一九四四年發表的〈論張愛玲的小說〉（最早評論張愛玲小說的文章），即點出張愛玲的小說世界宛如一場「惡夢」，「老是淫雨連綿的秋天，潮膩膩，灰暗，骯髒，窒息的腐爛的氣味，像是病人臨終的房間……，她陰沉的篇幅裡，時時滲入輕鬆的筆調，俏皮的口吻，好比一些閃爍的燐火，叫人分不清這微光是黃昏還是曙色」[10]。迅雨討論的重點不是光線，但「灰暗的秋天」、「陰沉中的燐火」、「微光是黃昏還是曙色」的比喻，卻指出了張愛玲小說在光線整體結構造型上的曖昧、昏暗本質。

幽暗，是張愛玲的世界觀。散文〈自己的文章〉中，她曾說明過這樣的概念——「疑心這是個荒唐的，古代的世界，陰暗而明亮的」[11]。讀者可能會問：世界既是陰暗的，又怎麼

9 西蒙・波娃（Simone de Beauvoir, 1908-1986）著，陶鐵柱譯：《第二性》（*Le deuxième sexe*, 1949）（臺北：貓頭鷹出版，一九九九年十月），頁四〇九。

10 迅雨：〈論張愛玲的小說〉（原刊於上海《萬象》雜誌，一九四四年五月），附錄於唐文標：《張愛玲研究》（臺北：聯經，一九九五年十二月），頁一二八。

11 張愛玲：〈自己的文章〉，《華麗緣——散文集一（一九四〇年代）》，頁一一六。

會明亮？張愛玲玩的是一種夢魘式的辯證遊戲，看似詭異而不合邏輯，其實這正是張愛玲的矛盾修辭美學。

這種美學，或許來自於張愛玲的家庭記憶。散文〈私語〉有一段家園印象，成爲這詭異圖景的遠源——「像重重疊疊複印的照片，整個的空氣有點模糊。有太陽的地方使人瞌睡，陰暗的地方有古墓的清涼。房屋的青黑的心子裡是清醒的，有它自己的一個怪異的世界。而在陰陽交界的邊緣，看得見陽光，聽得見電車的鈴與大減價的布店裡一遍又一遍吹打著『蘇三不要哭』，在那陽光裡只有昏睡」[12]。那「太陽的地方」並置「陰暗的地方」；「青黑的心子」是清醒的，「陽光裡」反而昏沉；回憶與現實錯綜，喧鬧的吹打與古墓的清涼複疊。黑暗與光明相互傾軋的統一，涵蓋了張愛玲所認定的人類總體生存樣態，它貫穿於文本整體，是具有普遍意義的。

〈茉莉香片〉的聶家，正是這樣陰陽交界的鬼域，聶傳慶形同在古墓長大。爲了體現這種陰暗與明亮互見的人生觀察，張愛玲以「幽暗」爲主調，搭配明暗強烈的高反差光線，形塑一幅幅黑暗與光明交纏的詭異圖景，藉以傳達聶傳慶的情感矛盾。

小說一開始，與言丹朱公車上的談話結束，聶傳慶回到家，光線便揭示其心理狀態，並展現聶家的氛圍——「滿院子的花木，沒兩三年的工夫，枯的枯、死的死、砍掉的砍掉，太陽光曬著，滿眼的荒涼。一個打雜的，在草地上拖翻了一張籐椅子，把一壺滾水澆了上去，殺臭蟲」，「屋子裡面，黑沉沉的穿堂，只看見那朱漆樓梯的扶手上，一線流光，迴環曲折，遠遠的上去了」（頁一〇四）——光線在此演出吃重，由滿院的陽光，到黑沉的穿堂，再到扶手上的一線流光，它們共同指向一個荒涼無愛的家園，乏人照顧，虛有空殼，這是一個讓母親馮碧落成為「繡在屏風上的鳥」的牢籠，也是讓聶傳慶成為「精神上的殘廢」的監獄。光線由明亮的外景逕自跌入暗沉的內室，讀者也隨著高反差變化去感受聶傳慶的情緒。其中「一線流光」，對照聶傳慶回家的彆扭、躡手躡腳，可說是聶傳慶潛意識的表露，最好消散為無聲無息的光線，快速甩掉家人的負累，享有絕對的輕盈與自由。此意象極為傳神，頗有〈金鎖記〉「一級一級上去，通入沒有光的所在」[13]的味道。

聶傳慶顯然在現實與精神上失去了平衡。依戀母親，痛恨父親，崇拜言子夜，憎惡言丹朱，戀慕自己也討厭自己——豎立著藍夾袍的領子，「太陽光暖烘烘的從領圈裡一直曬進去，曬到頸窩裡，可是他有一種奇異的感覺，好像天快黑了——已經黑了。他一人守在窗子跟前，他心裡的天也跟著黑下去。說不出來的昏暗的哀愁」（頁一〇八）。現實裡，聶傳慶

12 張愛玲：〈私語〉，《華麗緣——散文集一（一九四〇年代）》，頁一五一。

13 張愛玲：〈金鎖記〉，《傾城之戀——短篇小說集一（一九四三年）》，頁二八三。

明明被烘暖的陽光包圍，然而陽光曬得越深透，則越是擺脫不了「奇異」的幻覺，越是「像夢裡面似的」，越是「黑下去」。這個「好像天快黑了——已經黑了」的暗影世界，埋藏其深隱的恨，恨父親不是言子夜，恨母親嫁給聶介臣，恨言丹朱剝奪了原屬於自己的一切，恨自己無能為力改變任何現況。幽微的光影重疊了聶傳慶與亡母的形象，「繡在屏風上的鳥」的宿命，也將再一次的體現在聶傳慶的生命中。張愛玲透過光線，表現了聶傳慶在身體／心靈、過去／現在、現實／幻覺、光明／幽暗等不同世界裡糾葛的陰鬱根源，那是永遠擺脫不了的夢魘。

延伸閱讀

■水晶：〈那灰鼠鼠的一片——解讀〈茉莉香片〉〉，《張愛玲未完》，臺北：大地出版社，一九九六年十二月。

■宋家宏：〈〈茉莉香片〉解讀〉，北京：《中國現代文學研究叢刊》，一九九六年第一期。

■李清宇：〈論張愛玲對五四文學的接受——以易卜生《群鬼》對〈茉莉香片〉的影響爲中心〉，河南：《漢語言文學研究》，二〇一八年第四期。

■李焯雄：〈臨水自照的水仙——從〈心經〉和〈茉莉香片〉看張愛玲小說中人物的自我疏離特質〉，鄭樹森編選：《張愛玲的世界》，臺北：允晨文化出版，一九九〇年十一月。

■楊昌年：〈〈茉莉香片〉析評〉，《張愛玲小說評析——百年僅見一星明》，臺北：致知學術出版，二〇一三年十一月。

■嚴紀華：〈棄兒的家庭傳奇——論張愛玲〈茉莉香片〉〉，廣東：《華文文學》，總第九十三期（二〇〇九年四月）。

第五章
你看不起我，因為我愛你
——〈心經〉

柯靈在〈遙寄張愛玲〉（一九八四）一文中回憶，一九四三年當時他正在編商業性雜誌《萬象》，一日翻閱《紫羅蘭》雜誌，「奇蹟」似的讀到了張愛玲的〈沉香屑：第一爐香〉，後來有緣見到了張愛玲：

那大概是七月裡的一天，張愛玲穿著絲質碎花旗袍，色澤淡雅，也就是當時上海小姐普通的裝束；胳下夾著一個報紙包，說有一篇稿子要我看看，那就是隨後發表在《萬象》上的小說〈心經〉，還附有她手繪的插圖。會見和談話很簡短，卻很愉快。談的什麼，已很難回憶，但我當時的心情，至今清清楚楚，那就是喜出望外。[1]

這令人「喜出望外」的小說即是〈心經〉[2]，一九四三年八月刊登在上海《萬象》月刊，述說的是一則女兒戀父的故事，它緊接在〈茉莉香片〉的下一個月發表，顯示了張愛玲在此時期對「伊底帕斯情結」題材的偏好。

〈茉莉香片〉的聶傳慶與〈心經〉的許小寒，一男一女，一樣設定在二十歲，這兩篇伊底帕斯故事似可視為《傳奇》裡一組奇妙的對位旋律——同樣的挖掘對父母的愛恨交織，〈心經〉的人物較〈茉莉香片〉單薄。若〈茉莉香片〉在戀母的主題之下，要發抒的是男身女相的男性隱晦的戀父情結；那麼〈心經〉是不是可以視爲張愛玲對戀父情結的想像更直接鮮明的披露？張愛玲以女兒之身，在筆端臨摹一場父女之戀，想必其中也投射了自己潛意識裡的父親圖像。

第一節　故事內容

許小寒一出生，算命的就說她天生剋母。父母本想將許小寒過繼給三舅母，但母親捨不得，便留了下來（改變了伊底帕斯故事）。如今許小寒已是個二十歲的女大學生，生得「一種奇異的令人不安的美」，她經常帶女同學來家裡玩，其中一個叫段綾卿。許小寒後來發現，父親與段綾卿有染，父親居然背得出段綾卿的電話。

1 柯靈：〈遙寄張愛玲〉，收入鄭樹森編：《張愛玲的世界》（臺北：允晨文化出版，一九九〇年十一月），頁五。

2 本書版本採用《傾城之戀——短篇小說集一（一九四三年）》（臺北：皇冠文化出版，二〇一〇年六月），下文引用直標頁碼，不復作註。

許小寒早就介入了父母的婚姻，愛戀著未滿四十歲的父親許峰儀，她常常在客廳裡與父親的身體緊貼交纏，母親或許認爲那只是從小父女感情好，視若無睹；而許小寒卻知道，那不只是父女親情，而是愛情。許峰儀也愛上了自己的女兒，痛苦萬分，在「天」與「上海」之間，小寒早已夾在中間。

許小寒與段綾卿長得很像。許峰儀之所以後來跟段綾卿在一起，也許是爲了逃避良心的譴責，而讓段綾卿成爲許小寒的替代品。段綾卿接受這份感情，或是因爲經濟問題，許峰儀能給段綾卿經濟上的支助。段綾卿向許小寒表示，男同學龔海立喜歡許小寒，希望許小寒能接受龔海立，許小寒反倒想撮合段綾卿與龔海立。

許峰儀與段綾卿一起看電影，遭同學發現，更發展到在外面同居了。許小寒氣得跳腳，與父親有肢體衝突，而許太太的反應異常冷淡，也許只是不能相信自己感受到的，或只能以冷眼旁觀來處理自己無愛的婚姻。許小寒決定去找段綾卿的母親說明一切，希望段綾卿退出，才到段家門口，卻見許太太慌慌張張前來攔她回家。母女共搭一輛黃包車回家，腿貼著腿，許小寒感到一陣強烈的厭惡與恐怖。許小寒想死，母親決定明天就送許小寒到三舅母家，這時母女都哭了，母親說：「等妳回來的時候，我一定還在這兒。」

第二節　主題分析

張愛玲語不驚人死不休，女兒許小寒愛上了父親，〈心經〉又是一個以伊底帕斯情結爲題材的故事。然而比較複雜的是，父親許峰儀也愛上了女兒，爲了逃避良心的譴責，他放棄了女兒，而選擇了女兒的同學——與女兒十分相像的段綾卿。當許小寒與段綾卿兩人站在鏡子前，許小寒便成爲段綾卿站在水邊倒映著的影子，這一層鏡像關係，似乎隱喻著主體分裂爲二：一個留在伊底帕斯情結裡，與父親在一起；另一個被迫走出伊底帕斯情結，以跟人訂婚解決困境（或者報復父親）。

一、父女相戀的亂倫故事

「伊底帕斯情結」的故事來由與概念發展，請參閱本書〈茉莉香片〉一章。

許小寒出生時，算命者預言這個女兒若留在父母身邊勢必「剋母」，這與伊底帕斯故事將「弒父娶母」的神諭剛好相反。父母本欲過繼許小寒於舅母處，但還是因爲捨不得而留下女兒。許小寒雖未如希臘神話中的伊底帕斯被父母遺棄，然而依然依循宿命，成爲介入父母婚姻的第三者。

美滿的家庭關係開始緊張，源於許小寒的剋母，其剋母的其中一種形式為小寒過度的嚮往父親，並視父親為己物。小說一開篇，許小寒與同學的對話中，就一連出現了七次「我爸爸」，這滿口的爸爸長爸爸短，顯示許小寒樂於向同學提起父親，對父親高度崇拜。許小寒曾對父親說，「女人對於男人的愛，總得帶點崇拜性」，此即女兒視父親為「對象選擇」的外顯，女兒將父親像選擇終身對象一樣的愛著。

剋母的另一個形式，則是嫉妒母親，從而引生一種嫌惡之情。嫉妒是生存的一種本能，在於苛求不可得之物，其源泉也正是來自於伊底帕斯情結——許小寒刻意忽視母親的存在，讓同學誤以為小寒非母親親生或是母親早已去世；她認為母親是長輩，「有長輩在場」怕同學拘束，因此不希望母親在場；她卻覺得父親是同輩，向父親說，「少在我面前搭長輩架子」。

許小寒嫌母親老，穿著不合時宜，與母親不斷心理較量，當段綾卿問：「難道打算做一輩子小孩子？」小寒昂揚下頦回答：「我就守在家裡做一輩子孩子，又怎麼著？不見得我家裡有誰容不得我。」因而段綾卿詫異，「怎麼動不動就像跟人拌嘴似的」（頁一三四）。許小寒過度的反應，凸顯潛意識中涵藏對母親的敵意；她甚至在母親面前親密的接觸父親的身體，以宣示主權，「輕輕用一隻食指沿著他鼻子滑上滑下」，又「突然撲簌簌落下兩行眼淚，將臉埋在他肩膀上」，或「只伸過一條手臂去兜住他的頸子」，而母親見到這對父女過於親密的舉動，只是「微笑望了他們一望」（頁一三九）。

以佛洛伊德提出的伊底帕斯情結的觀念看，一般人皆可以輕易的結束伊底帕斯情結，而進入對象選擇的階段，即兒女會拋棄原來對父母的愛戀，而在家庭之外（學校或社會）發現更多更好的客體選擇。因此，依一般的發展路徑是：許小寒會因愛戀父親而產生罪疚感，此罪疚感將啓動其心理結構中的「超我」（道德的人格化、自我的審判者），承繼伊底帕斯情結的結束，而透過內化雙親的禁止，收回對父親的性衝動，並放棄對母親的嫉恨，之後便轉移「力比多」（libido，欲力）到男同學龔海立這樣的「對象選擇」上，從而將伊底帕斯情結畫上句號。

客體對象選擇的轉移，是主體形成的關鍵，青春期的孩子唯有走出對父母的依賴，轉移力比多於另一客體上，才能具有獨立意志，成爲社會團體的一員。許小寒後來確實跟龔海立訂婚了，但她走出了伊底帕斯情結了嗎？許小寒之所以放棄父親而選擇龔海立，是由罪疚感引發？是什麼樣的原因，讓許小寒可以在一夕之間完全改變而順利進入客體的對象選擇？張愛玲在〈心經〉中要展示的，難道只是一個女孩伊底帕斯情結的圓滿完成？

讀罷〈心經〉，讀者都清楚，許小寒並沒有走出來，她停滯在伊底帕斯情結裡，迷戀著父親，直到段綾卿出現，才佯裝離開了伊底帕斯情結，選擇了龔海立。佛洛伊德《精神分析新論》曾表明，女孩在伊底帕斯情結的閹割焦慮上，與男孩是不一樣的——男孩對母親產生欲望，而希望擺脫父親，但因閹割情結的恐懼，使男孩放棄了這種態度，伊底帕斯情結遭到壓抑，因而在正常情況下，男孩建立起嚴厲的超我作爲繼承，並將欲力轉移到另一對象；女孩則受「陽具欽羨」的影響，對母親未能給予她一只陰莖而憤怒，同時發現母親亦缺乏陰莖，因而放棄對母親最初的依戀，將愛轉向父親，進入伊底帕斯狀態。女孩起初渴望由父親處獲得一只陰莖，後來則希望從他那兒獲得一個小孩。相異於男孩閹割焦慮的恐懼，女孩便缺少了克服伊底帕斯情結的動機，她們在這一情結中停留或長或短的時間，後來才摧毀該情結，但摧毀得並不徹底，如此，超我的形成必然受到妨礙。[3]

由此看來，許小寒沒有強大的超我以審判自我，從而無法引發罪疚感；如果許小寒結束不了伊底帕斯情結，那麼我們又該如何看待〈心經〉的結局，以理解她最後與母親相擁，而去三舅母家的意義？這使讀者不得不注意，許小寒與段綾卿之間有種神秘的形似關係——「兩人走到一張落地大鏡前面照了一照，綾卿看上去凝重些，小寒彷佛是她立在水邊，倒映著的影子，處處比她短一點，流動閃爍」（頁一三三），這一方面解釋了許峰儀爲何要和段綾卿約會，不過就是找個跟女兒相似的人罷了；另一方面，是不是也提醒讀者，許小寒與段綾卿不過是一分爲二？不過是臨水照花的虛實兩面？那麼主體又是誰呢？是小寒還是綾卿？

二、自我分裂的鬥爭

和〈茉莉香片〉相同，〈心經〉又是一則自我分裂的故事；或者可以說，張愛玲在向內挖掘以塑造人物的創作過程中，最終展現的依然是現代人自我分裂的共相。

欲了解〈心經〉裡的自我分裂，許小寒與段綾卿在私密的「獨白的樓梯」裡傾吐心事，無疑是相當關鍵的段落。在這幽暗的樓梯上，她們交流著心靈與理解彼此的衝突，共同爭奪一個男人——許小寒求的是本我滿足，要一個生而令人崇拜的父親；段綾卿求的則是社會滿足，要一個經濟無虞的「父親型」情人；她們兩人都與自己的母親有嫌隙，且父母之間感情不佳——在表層意義上，張愛玲複製了一個與許小寒相似的段綾卿，作爲父親規避亂倫禁忌的替代品；然而在象徵意義上，「獨白」之所以成爲獨白，便是一個人的自言自語，因此我們不妨在象徵意義上將許小寒與段綾卿視爲同一主體，一個面臨「自我分裂」的主體。

這類似鏡像的經營，凸顯了許小寒自我分裂的人格，自我被劃分爲二，其中一半反對著

3 〔奧〕西格蒙德・佛洛伊德（Sigmund Freud, 1856-1939）：《精神分析新論》，車文博主編：《弗洛伊德文集》（吉林：長春出版社，二〇〇四年五月），冊五，頁八十二。

另外一半：一個繼續眷戀父親，陷溺於伊底帕斯情結裡而無法自拔；另一個則因介入父母而導致罪疚感，於是由嬰兒早期的對象貫注轉換成「認同作用」（identification），之後進入到客體的「對象選擇」。那繼續眷戀父親的自我，以段綾卿爲化身；那充滿罪疚感的自我，以許小寒爲化身，因橫阻於父母之間而自我譴責，最後願意與龔海立訂婚。於是讀者可以這樣解讀許小寒——內在欲望受到外在現實的阻礙，自我中因而並存兩種精神態度，互不影響：一爲體認現實；一爲否認現實。

石杰在〈神話性文本的精神內核——論張愛玲小說〈心經〉兼及古希臘神話〈俄狄浦斯〉〉一文中說：「〈心經〉既非在引導人做倫理意義上的社會思考，也非進行現實生活中的道德批判，而是通過有限事物的毀滅和根本性困境的展示，引導人去領悟一種無限的超實體的存在。」[4]所謂「無限的超實體的存在」若指的是人類潛意識中的伊底帕斯情結，那麼段綾卿此一人物的設計，便是張愛玲高妙之處——段綾卿不是許小寒的情敵或者救贖，段綾卿是許小寒的身體裡藏匿在更深更暗處的許小寒。

許小寒在伊底帕斯情結上所形成的罪疚感，來自於嫉羨、嫌惡、摧毀母親的願望，從家庭的擺設、許小寒的言語與感覺中可見——鋼琴上的兩張照片，一張是父親，一張是女兒，這個家似乎母親是缺席的；許小寒不願出嫁，認爲「不見得我家裡有誰容不得我」，這「有誰」顯然話中有話，暗指母親在家的無可置喙；許小寒責罵母親，「你別得意，別以爲你幫著他們來欺負我，你就報了仇」；大雨中與母親共乘黃包車，「她的腿緊緊壓在她母親的腿上——自己的骨肉！她突然感到一陣強烈的厭惡與恐怖」（頁一五九），憎嫌母親之意可見一斑；許小寒犯了罪，她「慢吞吞的殺死了」父母的愛，那是「愛的凌遲」——這願望造成了一個家庭稍震即碎的危險情境。

若父母與許小寒的關係良好，許小寒自可釋放那由潛意識施虐幻想而產生的罪疚感，建立修復機制，在現實中修復與父母的關係，而與現實和諧相處；然而，張愛玲最後沒有讓人物找到有光的所在，父親最後選擇了段綾卿，許小寒選擇了龔海立，母親選擇了忍氣吞聲，和諧的人世何嘗容易，人只能影子似的沉沒，被時代遠遠的拋棄。張愛玲在〈自己的文章〉中表示：「我只求自己能夠寫得眞實些。」[5]這則傳奇故事，便是張愛玲對眞實人生所臨摹的圖案。

4 石杰：〈神話性文本的精神內核——論張愛玲小說〈心經〉兼及古希臘神話〈俄狄浦斯〉〉，《西北大學學報》（哲學社會科學版）第三十六卷第三期（二〇〇六年五月），頁一〇八。

5 張愛玲：〈自己的文章〉，《華麗緣——散文集一（一九四〇年代）》，（臺北：皇冠文化出版，二〇一〇年四月），頁一一七。

自我分裂，是張愛玲從現代人的身上體認到的眞實。佛教《心經》原名《般若波羅蜜多心經》，是一部僅兩百五十字的重要經典。據佛教傳說，釋迦牟尼的弟子舍利佛問觀世音菩薩，如何能修到佛所謂的深妙法門？觀世音於是講了這部《心經》，其中「般若」意爲智慧，「波羅蜜多」指到彼岸，「心」是認識自身心體，「經」乃途徑，「心經」的字面意義即是：以智慧認識自身心體，到達彼岸之路。若張愛玲認爲，這樣戀父恨母的小說〈心經〉，呼應著佛家的經典《心經》，是一條以智慧認識人類本眞之路，具有普遍意義，則完全合於佛洛伊德所發現的，伊底帕斯情結是所有人潛意識中的心理能量。唯有認識自身心體中的欲望，方能找到升登彼岸的方法。

《伊底帕斯王》這部希臘悲劇之悲，從情節上看，似乎是特殊命運的安排所致；但佛洛伊德提出的伊底帕斯情結，卻是所有人童年願望的達成，試圖解決的不是人與自然的鬥爭，而是性的自然需求與社會滿足之間的鬥爭。張愛玲將伊底帕斯情結設定在一般人的潛意識中，一如〈茉莉香片〉「跑不了」以及〈心經〉「等你回來的時候，我一定還在這兒」的終局，確實有如佛洛伊德「洪水猛獸」般的言論。

這種自我分裂的鬥爭，成爲張愛玲觀察與表現世界的方法。張愛玲不斷將欲力附著於父母意象之上，不管寫的是戀母故事（〈茉莉香片〉）抑或戀父故事（〈心經〉），最終都可看出其不自覺的對戀父情結的偏重。在所有人的性幻想中，最重要而原初的便是對父母的性感情，在克服和拒斥這些亂倫幻想時，也就是開始擺脫父母權威的時候，這是青春期裡最痛苦的精神成就，對其後成人的性活動具有決定性的作用，也就是因爲這項「無名的磨人的憂鬱」，才形成上代人與下代人之間的對立，也才造成文明的進步。張愛玲處身於現代文明之中，揭開的即是這現代人的困境，一如佛洛伊德所說：每一個來到塵世的新人，都面臨著與伊底帕斯情結鬥爭的重任，誰若不能戰勝它，便註定要成爲神經症者。6

如果伊底帕斯情結是一切文學的活水，那麼〈心經〉當是通往張愛玲精神核心的捷徑；若伊底帕斯情結是對一切舊秩序的否定，那麼張愛玲絕不是一個格局褊狹的作家，因小說中那古老心靈與荒唐現實之間的「鄭重而輕微的騷動」，那閹割焦慮、認同作用、罪疚感、自我分裂、情感矛盾的高度體現，正成就了文學的普遍性與啓示性。

6 佛洛伊德：《性學三論》一九二〇年增註，車文博主編：《弗洛伊德文集》，冊三，頁五十九。

第三節　人物刻畫

一、許小寒

許小寒是女版的伊底帕斯，擺脫不了「剋母」（戀父弒母）的宿命。前文已提及，作爲〈心經〉的主人公，其形象肩負著小說主題「伊底帕斯情結」與「自我分裂」。

許小寒對父親的愛，不只是父女的親情之愛，而是愛情。她想完全占有父親的心靈與身體，而父親也不拒絕，兩人的親密行爲，顯然已經超過了一般父女的界線——在一片同學的喧囂聲中，許小寒豎起了耳朵，「辨認公寓裡電梯『工隆工隆』的響聲」，說道「我爸爸回來了」，這近似〈紅玫瑰與白玫瑰〉裡王嬌蕊等待佟振保下班的敏銳；許小寒輕輕用一隻食指沿著父親的鼻子「滑上滑下」（這動作也曾在胡蘭成〈民國女子〉與張愛玲《小團圓》出現），或伸過一條手臂去兜住父親的頸子，或以做作的聲調跟父親說話，或把臉伏在父親身上掉淚，或把手伸進父親的袖口，或反身彎腰扣住父親的喉嚨，下頦擱在父親頭上，與父親四手交疊……，這些情侶動作之所以令人不寒而慄，便在於習以爲常，母親也只是「微笑望了他們一望」。

許小寒才二十歲，未免天真，以爲排斥母親就可以得到父親完整的愛；但許小寒又是早慧的，在知道父親與段綾卿在一起後，她從容而有步驟的力挽狂瀾：一、她請母親抓緊父親的行蹤，卻遭母親冷淡以對；二、她請龔海立挽回段綾卿，但龔海立無能爲力，他愛的是小寒；三、她去找段綾卿的母親，想讓段母阻止綾卿，卻被自己的母親強拉回家——許小寒招招失敗，對父親的執著的愛徹底崩潰，而歸咎一切都起因於母親的放任不管，這根本是母親的報復。她恨極了母親——「怕誰？恨誰？她母親？她自己？她們只是愛著同一個男子的兩個女人。她憎嫌她自己的肌肉與那緊緊擠著她的，溫暖的，他人的肌肉。呵，她自己的母親！」（頁一五九—一六〇）

許小寒介入父母婚姻，從之前的非得到父親的愛不可，到母親說「現在我才知道你是有意的」之後竟突然產生了「罪疚感」，甚至在小說結尾，還「伸出手臂來，攀住他母親的脖子，哭了」，這樣的「幡然悔悟」與向母親示好，似乎太過突兀，與那之前囂張的「本我」（id）落差太大，足見許小寒分裂性格與對現實的妥協。

此外，也必須注意到，張愛玲要將許小寒形塑爲「女鬼」的企圖，以呼應《傳奇》增訂版那令人「不安」的封面。許小寒坐在陽台的欄杆上，上半身消失在夜色裡——「小寒穿著孔雀藍襯衫與白褲子，孔雀藍的襯衫消失在孔雀藍的夜裡，隱約中只看見她的沒有血色的玲瓏的臉，底下什麼也沒有，就接著兩條白色的長腿」（頁一二五），許小寒只有臉與腿浮現，上半身完全消失，形同鬼魅，十分嚇人。在色調對比上，相對於暗色調的背景與臉的隱約，鮮明的「下半身」是故意製造的視覺焦點，凸顯情欲主題。這種特殊的視覺想像，便是許小寒的「奇異的令人不安的美」，符合張愛玲筆下一貫塑造的女鬼形象。

這鬥爭的過程，是張愛玲希望以寫作追求的永恆。張愛玲致力於揭示人類內心衝突的核心，於是我們認識了性格高度複雜的聶傳慶，看見了許小寒與段綾卿的相互對照，那是苦痛的自我分裂，那是伊底帕斯在認清現實後靈魂的震顫。當伊底帕斯情結被揭開，罪惡浮現，人類看見內在隱蔽的自我，儘管已經對之嚴密監控，欲望卻還是潛伏在心靈深處，與超我不停鬥爭。

二、許峰儀

〈心經〉不只是一則女兒戀父的故事，更複雜的是，父親許峰儀也愛戀著女兒許小寒，對女兒是有身體欲望的。許峰儀接受一切逾越父女倫常的語言與行為，而與女兒維持了長時間類似情人的關係，想伸手去碰觸那「有著豐澤的，象牙黃的肉體的大孩子」（頁一四五）。礙於道德與法律的界線，許峰儀只能退而求其次，和一個極像女兒的年輕女孩段綾卿偷偷約會。

許峰儀是個矛盾重重的人物。他迷信，研究陽宅風水，在女兒出生時爲之算命，在一定程度上相信因果宿命，卻沒有把女兒送走；他自私，擁有一個僅剩空殼的婚姻，完全無視妻子，也許他根本不在意女兒「剋母」，反正剋的是母不是父；他無能，面對岌岌可危的婚姻與家庭，「峰儀不語」，沒有任何作爲；他可悲，抗拒不了女兒的誘惑，當良心與道德升起，又或是深怕報應，他決定去跟女兒的同學段綾卿在一起，以轉移自己對女兒的愛意，消弭由禁忌之愛所帶來的恐懼與精神負累，並用經濟手段誘使段綾卿心甘情願成爲替代品。許峰儀深知和段綾卿的關係終究不是愛情，而只是幾近變態的精神補償，然而他沒辦法。

許家鋼琴上擺置的那兩張照片極有意思。一張是許峰儀，一張是許小寒，沒有母親的相片，一方面說明了母親在家中可有可無的處境，一方面也呈現了父女相戀的小說主線，另一方面更塑造了許峰儀詭異的形象——許峰儀穿著女裝。同學們看了這張照片之後，許小寒希望大家別向許峰儀提起這事，然而這張照片卻公然昭示於客廳之中，這不是極爲矛盾的事？

許小寒取代了母親，成爲家中的女主人的願望，經由照片陳設而實現。然而，父親畢竟還是母親的丈夫，母親在法律與倫理上擁有父親，許小寒畢竟是父母兩人的婚姻結晶，這都是許小寒最感到畏懼且無法更改的事實，那麼她應該以何種策略將父親占爲己有？

強調父親穿女裝，具有「閹割父親」的象徵意義。爲何要消弭父親的陽具雄風？因爲父親有一部分是「壞」的，那個部分即是曾經與母親結合過的壞父親（陰莖）。許小寒畏懼著內化進去的危險客體（壞父親），在想像中，必須藉由「閹割父親」才能將「好」父親（僅屬於許小寒的父親）占為己有，以啓動自我保護機制，因此，將父親穿女裝的相片堂堂擺在客廳裡供人欣賞討論，便是塑造小寒內心的父親形象的重要策略。

長篇小說《小團圓》中，曾提及二爺（盛九莉的親生父親）從小著女裝一事，「十幾歲了還穿花鞋，鑲滾好幾道」[7]；《對照記》裡，也曾提及父親被老太太打扮得花紅柳綠，陰陽顛倒，「我祖母給他穿顏色嬌嫩的過時的衣履，也是怕他穿著入時，會跟著親戚的子弟學壞了，寧可他見不得人，羞縮踧踖，一副女兒家的靦腆相」[8]。父親穿著女裝這樣類似的敘述，在張愛玲的作品中反覆出現，是否共同指向張愛玲潛意識中的父親圖像？強化父親的女性形象，源於一種恐懼，閹割父親原是擁抱父親的方式。

或許這就是張愛玲小說中的父親形象大抵都是「閹割父親」的原因。〈花凋〉的鄭先生、〈茉莉香片〉的聶介臣等，都帶有或多或少的不堪與卑瑣；而〈第一爐香〉、〈第二爐香〉、〈金鎖記〉、〈傾城之戀〉、〈紅玫瑰與白玫瑰〉等更是被張愛玲寫成了「無父文本」，要閹就閹到了底。於是許峰儀的宿命、怯懦、自私、無能、逃避、女性化，一概共同指向了「好」父親的那一面，那也許正是「從塵埃中開出花來」[9]的契機。

三、許太太

許太太的形象，有兩種可能：一是傳統的家庭婦女，習於忍氣吞聲，面對丈夫久不回家甚至出軌，她不知所措，或是絕望，而只能一味的維持婚姻與家庭，睜一隻眼閉一隻眼。她不斷的操持家務，默默付出，微笑，友善，幾乎是這個家之所以還稱作「家」的唯一維繫者。

然而許太太並不只會順從，她不是個無能的人。二十年前算出女兒「剋母」，她將女兒留在身邊，勇敢面對；女兒出言不遜，她賞了女兒一巴掌，教育女兒應該尊重母親；女兒要

7 張愛玲：《小團圓》（臺北：皇冠文化出版，二〇〇九年三月），頁一二〇。

8 張愛玲：《對照記》，《對照記——散文集三（一九九〇年代）》（臺北：皇冠文化出版，二〇一〇年四月），頁四十六。

9 張愛玲喜歡年紀大的男人，第一任丈夫胡蘭成比張愛玲大十四歲，第二任丈夫賴雅更是年長二十九歲，或許可以戀父情結觀之。這段是張愛玲送給胡蘭成的文字。一九四四年，胡蘭成向張愛玲要那張刊登在《天地》月刊上的照片，張愛玲取了一張，在照片後寫上：「見了他，她變得很低很低，低到塵埃裡，但她心裡是歡喜的，從塵埃裡開出花來。」胡蘭成：〈民國女子——張愛玲記〉，《今生今世》（臺北：遠景出版，二〇〇四年十月），頁二七六。

向段母揭發許峰儀與段綾卿的醜事，她出面阻止，不讓事情擴大；女兒歇斯底里哭鬧，她冷靜處理，安慰女兒「等你回來的時候，我一定還在這兒」——從諸多方面觀察，許太太也許是個處世極有智慧的女性。

許太太另一個可能的形象，則如許小寒所言，是一個報復者——「你別得意！別以爲你幫著他們來欺負我，你就報了仇」（頁一五四）。既然丈夫不愛，女兒嫌惡，許太太便縱容一切，冷眼觀之，以居高臨下、事不關己的姿態，目睹丈夫與女兒陷入欲望的泥淖，沉淪痛苦。若是如此，許太太便是個狠毒的人物。不過張愛玲並沒有用太多筆墨去塑造許太太的形象，且從憐憫女兒的結局看來，較接近的是一個卑微、順從的家庭婦女。

四、段綾卿

段綾卿是許小寒的複製品。不過，段綾卿最後得到了許峰儀，許小寒反倒成了輸家，成爲水裡的虛像，流動閃爍。

許小寒輸了父親，而段綾卿就是贏家嗎？也未必見得。段綾卿接近於張愛玲小說中經常出現的「女結婚員」，生無大志，一輩子唯一的企盼便是找個男人結婚，或出口悶氣，或經濟考量，或不明所以只是爲了要結婚。然而可悲的是，段綾卿事實上連「女結婚員」都不如，她跟許峰儀在一起，恐怕連婚姻都無法得到。

明知不僅破壞別人的婚姻，同時也無法擁有正常的婚姻，段綾卿都願意，只爲解決家裡的經濟問題。女性之從屬於父權體制而毫無主體自覺的處境，可見一斑。以自戀者納西瑟斯的故事觀察，段綾卿成了站在水邊的人，以自我毀滅完成了自我擁抱。

第四節　書寫技巧與語言藝術

一、意象

㈠獨白的樓梯

許小寒與段綾卿一同走下公寓的樓梯，燈光晦暗，她倆在此處交出了私密的欲望，互訴了內心。明明是兩個人的交談，卻名之爲「獨白」，原因何在？

獨白之所以稱爲獨白，是自己與自己的交談，因此在象徵意義上，樓梯上的對談便不是許小寒與段綾卿兩人的對談，而是女主人公許小寒自己的獨語嗎？佛洛伊德表示：「樓梯和爬樓梯幾乎無例外地象徵著性交。」[10]長長的樓梯若象徵著陰道，讀者不妨以此段落來解讀許小寒的內心欲望的糾葛——這是受虐者的自我折磨與抑鬱者的自我責備，是潛意識中對父親身體的欲望。

(二)落地大鏡

鏡子在〈心經〉中也是個重要的意象，指涉許小寒的自我認同或自我分裂。

許小寒與段綾卿「走到一張落地大鏡前面照了一照，綾卿看上去凝重些，小寒彷彿是她立在水邊，倒映著的影子，處處比她短一點，流動閃爍」（頁一三三）。只有透過鏡子的映照，許小寒方能看清自己不是主體而是「他者」的身分與處境，審視鏡中的虛像（即自己），意識到「自我誕生」（self birth）。

法國精神分析學者雅克・拉康（Jacgues-Marie-Émile Lacan, 1901-1981），於一九三六年提出「鏡像階段」（mirror stage）理論，認爲嬰兒在出生後的很長一段時間內，神經系統尚未成熟，也無法控制自己的身體四肢，此「動力無助」（motor helplessness）的無能狀態，引起的「破碎的身體」的不安與焦慮，深深烙印在嬰兒心中，並可能進入成年期的夢境中；而到了六至十八個月期間，嬰兒便能夠在鏡中辨認自己的映像，了解鏡外的自己與鏡內的自己是一致的，以及自己與母親的區別，自己原是異於母親的一名「他者」，此舉，嬰兒初次掌握了完整的身體感，透過想像，提前領悟與控制身體的統一性，即與鏡像合一，拉康將之稱為「一次同化」（first assimilation），這是主體確立的關鍵時刻。[11]

也就在象徵性的自我認同之後，許小寒方理解現實的殘破與殘忍，她終於要面對放棄對父親的傾慕而與龔海立在一起的可能性，終必須走出「戀父弒母」的伊底帕斯情結。

精神分析學家克萊恩在觀察女孩的早期焦慮時就指出：女性受虐特質最深的基礎，似乎是女人對於她所內化進去的危險客體的害怕，而她的受虐特質其實是她的施虐本能轉向自己，對抗她裡面的內化客體。[12]換句話說，施虐本能轉向自己，凸顯出受虐本能中對父親「壞陰莖」的恐懼，這便是許小寒的內心矛盾，她自己對抗著自己。

10 佛洛伊德：《釋夢》，車文博主編：《弗洛伊德文集》，冊二，頁二四一。

11 王國芳、郭本禹：《拉岡》（臺北：生智文化出版，一九九七年八月），頁一三六—一四一。

12 梅蘭妮・克萊恩（Melanie Klein）著，林玉華譯：《兒童心理分析》（*The Psycho-Analysis of Children*）（臺北：心靈工坊，二〇〇五年六月），頁一四二—一四三。

㈢玻璃門

玻璃門窗透明但阻隔，看得見那個世界卻又進不去那個世界，張愛玲喜愛使用玻璃的這項特質來表現人物與人物、人物與世界之間的隔膜感，以隱喻人物困在無形牢獄裡的恐怖與孤獨。而門作爲從一個空間出／入到另一空間的關口，象徵人物的出走、超越，或者封閉、禁錮，也是張愛玲經常運用的意象。

散文〈私語〉中，張愛玲描述如何遭父親囚禁半年，這種遭禁閉隔絕的恐懼形同鬼魅，似乎罩住了張愛玲的整個人生。心理學上「機能的順應說」認爲：記憶所殘留的痕跡，因機能作用之順應，能逐漸作用於下次的經驗。[13]準此，在小說〈金鎖記〉裡，讀者便看見曹七巧在揭發姜季澤之後，受困在一扇玻璃窗之前，混淆了現實與鬼魅，分不清什麼是眞的，什麼是假的；也看見在〈傾城之戀〉中，白流蘇小時候看了戲出來，在傾盆大雨中和家人擠散了，獨自站在人行道上瞪眼看人，路人也瞪眼看她，「隔著雨淋淋的車窗，隔著一層層無形的玻璃罩——無數的陌生人。人人都關在他們自己的小世界裡，她撞破了頭也撞不進去，她似乎是魘住了」[14]；且范柳原指引白流蘇隔著玻璃觀察杯中蜷曲的茶葉，「黏在玻璃上，橫斜有致，迎著光，看上去像一棵生生的芭蕉」[15]，去想像白流蘇如果「不穿著旗袍」（不穿衣服）在馬來亞原始人的森林裡奔跑的樣子。若茶葉意指大自然，玻璃杯總是隔了一層，范柳原似乎想點破白流蘇心存防衛，不夠自然。

玻璃門在〈心經〉中是一個極重要的意象，表現父女之間不該逾越的那道倫理道德的底線。當許小寒走到陽台上，「背靠在玻璃門上」，而許峰儀在室內，「把一隻手按在玻璃門上」，「隔著玻璃，峰儀的手按在小寒的胳膊上——象牙黃的圓圓的手臂，袍子是幻麗的花洋紗，朱漆似的紅底子，上面印著青頭白臉的孩子，無數的孩子在他的指頭縫裡蠕動。小寒——那可愛的大孩子，有著豐澤的，象牙黃的肉體的大孩子」（頁一四五），許峰儀被許小寒豐澤的肉體所迷惑，又礙於那是自己的小孩，因此「隔著玻璃」天人交戰。

二、構圖

張愛玲小說的視覺想像極為出色，時常呈現出構圖的趣味，或是線條，或是色塊，或是

13 機能的順應說（Theory of Functional Adaptation）由阜汪（W Köehler）所主張。鄒謙：《普通心理學》（臺北：鄒謙自印，一九五八年七月），頁二〇六。

14 張愛玲：〈傾城之戀〉，《傾城之戀——短篇小說集一（一九四三年）》，頁一八二。

15 張愛玲：〈傾城之戀〉，《傾城之戀——短篇小說集一（一九四三年）》，頁二〇一。

視框，或是畫面布局，或是焦距變化等。

〈心經〉中，許小寒介入了父母的婚姻，張愛玲以象徵位置呈現父、母、女兒三者的關係——「她坐在闌干上，彷彿只有她一個人在那兒。背後是空曠的藍綠色的天，藍得一點渣子也沒有——有是有的，沉澱在底下，黑漆漆、亮閃閃、煙烘烘、鬧嚷嚷的一片——那就是上海。這裡沒有別的，只有天與上海與小寒，不，天與小寒與上海，因爲小寒所坐的地位是介於天與上海之間」（頁一二五—一二六）。

天是父親的象徵，地是母親的象徵，不是「天與上海與小寒」，而是「天與小寒與上海」才是正確的序列，這無疑是在刻意強調，刺激讀者的視覺想像。小寒也說「我爸爸成天鬧著說不喜歡上海，要搬到鄉下去」，提醒著讀者「天」、「小寒」、「上海」這「三」者之間存在著一種反常的祕密連繫，處於相對作用力量的恐怖平衡——丈夫不愛妻子，居然深愛著女兒；女兒歆戀父親，實現了生來剋母的宿命；母親知情卻無能爲力，或者冷眼旁觀，試圖向丈夫精神報復；一旦其中一方的力量改變，一個圓滿家庭的假象就將破碎，果然，一個悲劇故事最後分裂成爲三個，沒有人得到了幸福。

此段落省略了簇擁在小寒底下的五個女孩子，使小寒在主要表現景次中成爲唯「一」的視覺中心，天與上海則是在背景景次，表面上，這是一幅簡單不過的構圖，寧靜，平衡；然而實際上，卻隱藏了家庭倫理與道德即將潰散的危機。

延伸閱讀

■王迪：〈從「晦澀」中另外「讀出一行」——張愛玲〈心經〉一文的戲劇性〉，廣東：《華文文學》總第一百五十期（二〇一九年第一期）。

■石杰：〈神話性文本的精神內核——論張愛玲小說〈心經〉兼及古希臘神話〈俄狄浦斯〉〉，西安：《西北大學學報》（哲學社會科學版）第三十六卷第三期（二〇〇六年五月）。

■李焯雄：〈臨水自照的水仙——從〈心經〉和〈茉莉香片〉看張愛玲小說中人物的自我疏離特質〉，鄭樹森編選：《張愛玲的世界》（臺北：允晨文化出版，一九九〇年十一月）。

■林穎芝：〈試析張愛玲小說〈心經〉〉，臺北：《東吳中文線上學術論文》總第三十七期（二〇一七年三月）。

第六章

一個美麗而蒼涼的手勢
——〈金鎖記〉

一九四三年的十一月、十二月，〈金鎖記〉[1]在上海《雜誌》月刊第十二卷第二期及第三期連載發表。這篇奇花異卉冷不防地在文藝園地裡探出頭來[2]，成爲《傳奇》中最具魅惑力的蒼涼手勢。

第一節　故事內容與創作背景

一、故事內容

小說的場景設置在辛亥革命後一九一〇到一九四〇年代上海租界的姜公館。描述一個麻油店出身的小家碧玉曹七巧錯估形勢，被貪圖聘財的兄嫂嫁入姜家，成了患有骨癆的二少爺的媳婦，爲大家族接續香火。然而她需要愛，自以爲愛上了小叔子姜季澤。偏偏姜老三是個不務正業的浪子，又是個精打細算的色鬼，顧忌叔嫂名分不願招惹家裡人；後來姜家分了家，卻又因爲缺錢，上門撩撥他的寡嫂七巧，唆使她去賣田，卻被戳穿了謊言，從此，曹七巧對愛徹底絕望。就在這情欲需索、金錢匱乏與禮教束縛、命運受制的重重折磨下，這段畸形婚姻如黃金般的枷鎖住了曹七巧，而當人性層層剝落，一步步扭曲變形，女主人公以一個瘋子般的審慎與機智，用那沉重的枷角劈殺著身邊的人（兒子長白、女兒長安、媳婦芝壽以及後來扶正的丫頭絹姑娘），親手斷送了他們的幸福，也毀滅自己，成為宗法社會下的犧牲品。

二、創作背景

這樣「記錄著強大而酸楚的鬥爭、人類瘋狂的生存，呈現著冷酷艷異風格」的小說發表之後，張愛玲迅速登上寫作高峰，先後獲得了極端的讚譽。一九四四年，傅雷認為：「〈金鎖記〉是張女士截至目前為止的最完滿之作，頗有〈狂人日記〉中某些故事的風味。至少也該列為我們文壇最美的收穫之一。」[3] 一九六一年，夏志清更推崇〈金鎖記〉是「中國從古

1 張愛玲：〈金鎖記〉，《傾城之戀——短篇小說集一（一九四三年）》（臺北：皇冠文化出版，二〇一〇年六月）。以下文本引用直標頁碼，不復作註。

2 迅雨：〈論張愛玲的小說〉，原載一九四四年五月《萬象》第三卷十一期，收入于青、金宏達編：《張愛玲研究資料》（福建：海峽文藝出版社，一九九四年一月），頁一一五。

3 迅雨：〈論張愛玲的小說〉，收入于青、金宏達編：《張愛玲研究資料》，頁一二一。

以來最偉大的中篇小說」4。

而觀察張愛玲的創作背景，當時張愛玲可說是處於一個幸與不幸交錯的環境。從時間軸的長程著眼，文學革命與政治浪潮配合，因果難分——一九三〇年代以來，革命文學與階級鬥爭；抗戰時期，民族救亡文學成爲文壇的主流；張愛玲在這樣的文學領地下自然不易生存；5自近程來看，珍珠港事變後，一九四三年的上海已是日本軍事占領下的淪陷區，侵略者與僞政權轄下的文學藝術氛圍意圖離開政治話語，粉飾太平，意外地提供了張愛玲一顯身手的舞臺。同時由於「五四」以來，反帝國、反封建的浪潮襲捲，人權意識普遍覺醒，開始重新審視兩性關係的對待；《傳奇》的款式內容雖與民族論爭、家國想像保持距離，但其筆下對於女性受壓迫的犀利觀察與「奴性」的深刻描繪，交錯著通俗性和現代性，而骨子裡卻從未拋棄「歷史感」的故事書寫，得以在上海文壇大放異彩。

一九六六年，張愛玲在美國著手英譯了這篇小說，聲稱「經過四分之一世紀之久，先後參看或有獵奇的興趣」6，讓這個故事跨越中西，歷久而彌新。

第二節　家族書寫與主題分析

一、家族書寫

〈金鎖記〉裡的人物和故事，是影射張愛玲父系族史作爲創作背景，通過追溯家族軼事傳聞的影影綽綽，呈現了家族中的多個生命樣本。根據弟弟張子靜的口述：〈金鎖記〉的情節是我的太外祖父李鴻章次子（李經述）一家的生活爲背景；其中重要的主線纏繞著肺癆、鴉片與納妾。……前半部分的情節，張愛玲是從小說中姜府的大奶奶玳珍（實際身分是出身於清末御史楊崇伊家）那裡聽來的，有一部分則是追根究底問出來的。其中，李氏家族的譜

4 夏志清著，劉紹銘編譯：《中國現代小說史》（臺北：傳記文學，一九七九年九月），頁四〇六。

5 柯靈：〈遙寄張愛玲〉，收入于青、金宏達編：《張愛玲研究資料》，頁三—十一。

6 參見一九六六年七月八日張愛玲致夏志清信中語。夏志清編註：《張愛玲給我的信件》（臺北：聯合文學出版，二〇一三年三月），頁五十。

序是按照「文章經國、家道永昌」排行，也就是李鴻章的三子一女，包括了李鴻章弟弟李昭慶過繼的兒子李經方、以下依次爲嫡長子李經述、李經溥以及女兒李經璹（李菊耦，後來嫁給張佩綸）。

張愛玲的父親張志沂則列屬於張家志字輩，排行第三，上有兄長志滄、志潛，下有一妹張茂淵。後來，張父娶了長江水師提督黃翼升的孫女黃素瓊（黃逸梵）爲妻，生下張愛玲與張子靜姊弟。對於〈金鎖記〉的故事，張子靜說：「姊姊和他很早就已走進這個情節的現實生活中。」對照小說中姜家的人物關係：麻油西施曹七巧嫁給身染骨癆病的姜二爺，育有一子長白與一女長安；夾纏著放蕩不羈的三爺姜季澤，還有姜大奶奶玳珍等鋪排；實際上就是以李家天生殘廢李國羆娶的鄉下姑娘——愛玲姊弟喊的「三媽媽」（曹七巧），以及「琳表哥」（長白）、「康姊姊」（長安）的故事爲原型。

〈金鎖記〉裡的二爺影射李家做過招商局局長李國傑的三弟李國羆，天生軟骨症又其貌不揚，不易娶到官家女子，將就湊和了個農村姑娘延續香火，這就是故事中曹七巧進入侯府中的由來。與曹七巧有曖昧關係的三爺姜季澤指涉的是李家排行第四的李國熊，風流倜儻，是位十足的紈袴子弟，吃喝嫖賭，花錢隨便，曾經收張子靜爲乾兒子。現實生活裡的「長安」康姐姐，如同張愛玲在小說中寫的不過是中等姿色。（頁二六八）至於琳表哥「長白」，則是個「瘦小白皙的年輕人，背有點駝，戴著金絲眼鏡，有著工細的五官，時常茫然地微笑著，張著嘴，嘴裡閃閃發著光的不知道是太多的唾沫水還是他的金牙」（頁二七〇），也與實際曾與張父一起吸大煙的「琳表哥」，長得馬臉猴腮，說話油腔滑調的模樣相像。而故事裡的時間「那兩年正忙著換朝代，姜公館避兵到上海來」（頁二三八），推測是發生在民國成立以後，也與李家由清進入民國的發展若合符節。同時張子靜也回憶：琳表哥（長白，號為李玉良）在家雖受三媽（七巧）控制，在外倒是生龍活虎，結識了一些三教九流的朋友。一九三二年招商局收歸國有，於是李家最後殘留的一塊地盤從此喪失。倒是李大奶奶（玳珍）晚年沒事，常四處走動散心，串門子、閒聊天，成了家族秘密韻事的傳播者。[7]

在這個權貴家庭衰敗的過程中，張愛玲是見證者，又化身為記錄者；她通過傳記性的情節，揭露家族的過往，難免有身世之感。張愛玲曾談到：「一切好的文藝都是傳記性的。當然實事不過是原料，我是對創作苛求，而對原料非常愛好，並不是『尊重事實』，是偏嗜它特有的一種韻味，其實也就是人生味。」[8]在〈金鎖記〉裡，一群遺老遺少由顯赫走入無

7 本段文字引用資料參考改寫自張子靜口述，季季執筆：〈《金鎖記》與《花凋》的真實人物〉，《我的姊姊張愛玲》（上海：文匯出版社，二〇〇三年），頁一九一—二一〇。

8 張愛玲：〈談看書〉，《惘然記——散文集二（一九五〇—八〇年代）》（臺北：皇冠文化出版，二〇一〇年四月），頁六十五。

可挽回的沒落，作家極力接近故事人物的內心，還原他們的言語舉止、笑淚悲歡，重構了他們觸及的淒厲的苦難、凋敗的環境，「距離現實人物只有一步之遙」[9]，宛若現實生活的印鈐；故事內外都瀰漫著掙扎無益、執著徒然的末世情懷。

二、主題分析

〈金鎖記〉的主題主要落在「欲望」與「人性」的糾葛。「欲望」又包括「情欲欠缺」與「金錢匱乏」的衝突，環環相扣，成了圈禁人性的枷鎖。女主人公曹七巧的「原始性」極強，「是擔當不起情欲的人，情欲在她的心中偏偏來得囂張。」[10]檢視曹七巧被迫走入封建/買賣的婚姻，終生受困於空洞的、類軟禁的「內囿」（immanence）的局限中，最本能的動物性追求都被挖空，再加上階級制度的歧視和禮教觀念的壓抑特別容易引發人性的扭曲，產生神經質（neurotic）、暴怒多疑、負面思考、歇斯底里的情緒失衡。這些人格變形，多表現於行爲的異常：從情欲的聲張、金錢的追求、對子女的控制，無不充滿偏激變態；尤其在女人之間，包括妯娌、母女、婆媳等的苛薄的咒罵、無良鬥爭的描寫更是觸目驚心。在恐怖氛圍的鋪排下，可以感覺她的「孤寂」與「瘋狂」實互爲因果；「掙扎」與「囚禁」正是一體兩面。最後無可挽回的發展爲破壞性、毀滅性的悲劇。夏志清說：「人的靈魂通常都是給虛榮心和欲望支撐著的，把支撐拿走以後，人變成了什麼樣子？」[11]張愛玲正是以情欲的迂迴，運筆了一部充滿儨張的人性之惡、陰鬱的女性傳奇。

第三節　人物刻畫

一、曹七巧

魯迅在〈祝福〉中深刻的刻畫出一個「木偶人」——祥林嫂，張愛玲則在〈金鎖記〉裡營造了一個「瘋女人」——曹七巧。對這個被壓抑到變態的「徹底人物」，張愛玲這樣解釋：「我的小說裡，除了〈金鎖記〉裡的曹七巧，全是些不徹底的人物。他們不是英雄，他們可是這時代的廣大的負荷者。因爲他們雖然不徹底，但究竟是認眞的。他們沒有悲壯，只

9 張子靜口述，季季執筆：《我的姊姊張愛玲》，頁一〇二。

10 迅雨：〈論張愛玲的小說〉，收入于青、金宏達編：《張愛玲研究資料》，頁一一七。

11 夏志清著，劉紹銘編譯：《中國現代小說史》，頁四〇五。

有蒼涼。悲壯是一種完成，而蒼涼則是一種啓示。」[12]觀察〈金鎖記〉裡曹七巧嫁入姜家，功能性大而缺乏感情基礎。姜家想用婚姻套牢七巧，把她視爲生育的機器；曹家則可以通過婚姻獲得金錢的補償、地位的攀附，某種程度呈現的是以物易物的交易。當曹七巧長時間在強調男權、父權以及族權爲中心的宗法秩序結構裡被擠壓成爲邊緣者，想要爭取自己的主體性而不得，於是出現了人格分裂的矛盾現象；成爲「鐵閨閣」中代表著一個歇斯底里女性極致化的壓抑符碼。[13]

以下即分別從女主人公的出場、其內在心理的變化：情欲的匱乏、金錢的控制欲；外在行爲的反撲：對子女的劈殺；到結局「月沉」：瘋女人的定格，一窺曹七巧如何由一個年輕的女人、守寡的妻子到家戶長式的母親，步步陷溺於無法自拔的自食食人的不歸路。

(一)出場

七巧的性格裝扮是這樣的：「……一隻手撐著門，一隻手撐住腰，窄窄的袖口裡垂下一條雪青洋縐手帕，下身上穿著銀紅衫子，蔥白線鑲滾，雪青閃藍如意小腳褲子，瘦骨臉兒，朱口細牙，三角眼，小山眉」（頁二四三），在大家庭的勾心鬥角裡，一個出身低微的女子被看輕排擠，處境是備受欺凌的：舉如住在一間窗戶衝著後院子的房間，只能摸著黑梳頭；她毫不避諱的挑明自己的「那位」眼看是活不長了，等著做孤兒寡婦。此外，她在妯娌間對閨房之事的抱怨不滿以及嘲戲小姑婚事的惹人嫌厭，更是她內心陰影長期的積澱與反射；這個終生無愛的女子出語尖酸刻薄，一方面挑釁攻擊他人，一方面自貶自損；前者所彰顯的是一種虛張聲勢的悲哀，後者充滿失衡的自棄自卑，埋下人性扭曲變形的伏筆。

(二)內在心理的變化

1. 情欲的匱乏

七巧患骨癆丈夫那沒有生命的肉體彷彿是肉舖上「從鉤子上摘下尺來寬的一片生豬油，帶著一陣溫風，是膩滯的死去的肉體的氣味」（頁二五四），是「軟的、重的，就像人的腳有時發了麻的一堆肉。」（頁二四八）張愛玲先對比豬肉舖與豪門床榻的「死肉」，反襯出曹七巧的情欲極端的匱乏；然後通過「腳麻不麻」的觸感遞轉了僵死丈夫與浪子小叔的

12 張愛玲：〈自己的文章〉，《華麗緣——散文集一（一九四〇年代）》（臺北：皇冠文化出版，二〇一〇年四月），頁一一五。

13 林幸謙：〈重讀〈金鎖記〉——鐵閨閣與雙重人格的儒家瘋女〉，《歷史、女性與性別政治——重讀張愛玲》（臺北：麥田出版，二〇〇〇年七月），頁一〇九—一四六。

「捏腳」調情。小說中描寫季澤輕佻地笑著俯下腰，伸手去捏她的腳道：「倒要瞧瞧你的腳現在麻不麻！」（頁二四八）挑逗性言語直逼《金瓶梅》中西門慶與潘金蓮的調笑偷情，而這畫面一直到年老時仍成為她溫柔的記憶。（頁二六五）緊接著另一個動作，是七巧順著椅子溜下去，蹲在地上，臉枕著袖子，背影俯伏下，因低頭哭泣的髮簪掣動，如同翻腸攪胃地嘔吐一般，呈現出人物內心被壓抑無助的委屈淒涼，曹七巧就像玻璃匣子裡被釘住的蝴蝶標本，鮮艷而悽愴。

2. 金錢的控制欲

曹七巧年輕時因無財而得不到尊重的心理創傷使她視錢如命，分家是鬧劇一場，孤兒寡母本來就吃了虧。（頁二五六—二五七）而姜季澤上演的騙錢騙情的戲碼，使得曹七巧幾度「轉念」：從幻想「為了命中注定要和季澤相愛」的自欺，到察覺「難道是哄她麼？他想她的錢——她賣掉她的一生換來的幾個錢？」的暴怒，又因為「就算她錯怪了他，他為她吃的苦抵得過她為他吃的苦麼？」自傷著，以及「好容易她死了心了，他又來撩撥她，她恨他」痛苦著。然而，「他不是個好人，她又不是不知道。她要他，就得裝糊塗，就得容忍他的壞。她為什麼要戳穿他？」（頁二六〇—二六三）她後悔了，何不裝痴作聾，竟把他轟走了。這前前後後的一段情緒轉折，張愛玲描寫得極為精彩。曹七巧最終醒悟到這世上是沒有眞心的，她對愛完全絕望，對一切事物產生懷疑，所有的感情、善意、身體都被抽乾了，像個空殼子。剩下的唯一的自衛機制便是牢牢的抓緊「錢」。這樣一個希望徹底的破滅、無人可信任的弱者在現實中先成了情欲的自虐者，後來搖身一變反而充當了情欲的殺手。

(三)外在行為的反撲：對子女的劈殺

1. 畸形的戀子情結

中國的宗法父權社會，不僅僅存在性別壓迫，還存在以「孝」和「禮法」構成的倫理壓迫。當父親「隱」於家庭之中，支撐家庭的女性主導地位凸顯，強悍的母親是父權價值的內化。解讀〈金鎖記〉中的曹七巧就有著深層次的心理根源：她從陪伴那「沒有生命的肉體」，到拆穿姜季澤的「壞」，從情欲壓抑到人性崩解，於是變相的轉嫁到對兒女的管控作爲補償。舉如把兒子視爲自己的「半個男人」，以煙癮控制長白行動，以及母子一同燒著煙泡的頽廢。她認爲「她的生命裡只有這一個男人，只有他，她不怕他想她的錢——橫豎錢都是他的。……現在，就連這半個人她也保留不住——他娶了親……」（頁二六九—二七〇）她既害怕兒子娶了媳婦忘了娘，更變態的刺探兒子的房事作爲笑料，以羞辱媳婦芝壽來爭奪、占有兒子，譏諷挖苦的話語實際上都充斥著自身的色厲內荏，以及性飢渴的躁動，舉如

「你這不孝的奴才！支使你，是抬舉你」（頁二六九）、「七巧把一隻腳擱在他肩膀上，不住的輕輕踢著他的脖子」（頁二七〇），顯現的是寡居者變態的「護犢心理」。弄得丈夫不像個丈夫，婆婆也不像個婆婆，最後逼死了媳婦。接續扶了正的絹姑娘，做了芝壽的替身，也沒得上什麼好下場，不上一年就吞了生鴉片自殺了。於是長白不敢再娶了，只在妓院裡走走。

2. 扼殺女兒的婚姻

「男人是碰不得的，他們都覬覦你的家產」，曹七巧因爲受虐、自虐而虐人，使她仇視、嫉妒他人的「健康而帶著生命力的幸福」。所以她像千年防賊的一樣的使著手段破壞了長安與童世舫的戀情，扼殺了自己女兒的生命裡頂完美的一段。她的言行充滿矛盾，她橫阻女兒出嫁，一方面親情勒索，說是爲了保護她，以免重蹈被男人欺騙的覆轍；一方面，歇斯底里地咒罵她想野男人，把她說得不成人。最後更使出「言語殺人」的手段：「她再抽兩筒就下來了。」破壞了童世舫與長安的婚事，從此也斷絕了長安結婚的念頭。

(四)結局「月沉」：瘋女人定格

這個麻油店西施自嫁入高門大族起，便步入終生注定陪伴一具「沒有生命的肉體」的悲劇；再加上出身低下受盡歧視與委屈的自卑情結、不能滿足的情欲燒灼著她以及極端恐懼喪失金錢的不安全感的陰影威脅，她置身於雕花囚籠的封建土壤裡，處於精神隨時崩解的狀態，極力企圖衝破她所受的束縛而不得；這樣的失衡一點一點地蠶食著她那原本活潑的生命，她的人生軌跡分別歷經純情、怨念、尖銳、刻毒等各個狀態，尤其是最後在滅人欲的禁錮中終於身心失序，最後反諷地複製了宗法社會的箝制，成為父權的共犯，以扮演家戶長母親的角色，名為保護、實為迫害她周遭的親人。

小說中，老去的曹七巧「穿一件青灰團龍宮織緞袍，雙手捧著大紅熱水袋，身旁夾峙著兩個高大的女僕」，背景是「日色昏黃，樓梯上鋪著湖綠花格子漆布地衣，一級一級上去，通入沒有光的所在」（頁二八三），這個光景，不只是童世舫直覺那是個瘋人，連帶地讀者也戰慄起來。末尾曹七巧的結局是荒殘的：「七巧似睡非睡橫在煙舖上。三十年來她戴著黃金的枷。她用那沉重的枷角劈殺了幾個人，沒死的也送了半條命。」（頁二八五）兒子、女兒、婆家的人、娘家的人都恨她。人死了，月亮早已沉了下去。

張愛玲中英文俱佳，小說人物情節的開展，一方面承襲於《紅樓夢》、《金瓶梅》、《海上花》等的筆觸與故事；另一方面她對於毛姆和奧亨利的小說寫作也有所借鑒，[14]尤其

14 張子靜口述，季季執筆：《我的姊姊張愛玲》，頁九十四、一二九。

毛姆的作品常環繞在「家園、錢、女人、流浪」之中，體現著現代家園幻滅的痛苦。毛姆認為：「不斷的使人們受苦並不能使人高貴，反而使人墮落、自私、卑鄙、懷疑和可憐。」15我們看到這樣的訴求體現在〈金鎖記〉主角人物的身上，他們不斷在懷疑與求索中擺盪，生命的過程充滿衝突與磨難。

二、姜長安

曹七巧的一生是一段由人陷入非人、演出著自鎖鎖人的生命悲劇，她的女兒姜長安則是〈金鎖記〉裡另一個靈魂被四分五裂的蒼涼手勢——同樣受著經濟與情感欲望的壓制，成為金色枷鎖下的受害者。只是「放出手段」（頁二八〇）的來源竟是自己的母親。姜長安的「被虐」完成了曹七巧的「唯一人物的徹底性」：七巧因著恐懼被剝奪的焦慮出現著雙重人格——垂淚嗚咽（頁二八〇）與斥罵吵鬧（頁二七八、二八〇）的兩面行徑；從向內自我毀滅，延伸到向外磨折他人。從以下幾個事件，曹七巧逐步完成了對姜長安的「轟毀」，給她安上了一個不堪的尾巴。

(一)長安被迫裹小腳

當時小腳已不時興，許多守舊的人家，纏過腳的也都已經放了腳。長安年過十三還被迫裹小腳，痛得鬼哭神號。等到七巧一時的興致過去了，長安的腳卻不能完全恢復原狀了。於是，大家都把長安的纏腳當作笑話奇談。

(二)長安的「主動」退學

七巧爲了與姜家的子女比賽，便將女兒長安送進學堂。長安本來可以在學校受教育，正常的生活成長；當她看到長安臉色紅潤，胳膊腿腕也結實起來，她又心生嫉妒，藉故發現有一條褥單丟了，到學校興師問罪，使得長安在學校顏面盡失而「主動」輟學。這番無理取鬧滿足了曹七巧的控制欲，長安放棄求知上進，更是一種犧牲。

15 〔英〕毛姆（William Somerset Maugham, 1874-1965）著，秭佩譯：《剃刀邊緣》（*The Razor's Edge*）（臺北：志文出版社，一九九五年），新潮文庫三六九，頁四。

㈢長安抽鴉片

長安二十四歲時患了痢疾，七巧不替她延醫服藥，只勸她抽兩筒鴉片來減輕痛苦，病癒之後，因而上了癮。這個惡習成爲長安形象上的汙點，連帶影響她的未來，即使長安後來努力戒了煙，卻因爲七巧不能容忍女兒擁有自己不曾體會過的快樂，最終又藉著抽鴉片來中傷女兒腐化墮落，破壞了長安的婚事。

㈣醃過的雪裡紅——小曹七巧成形

長安耳濡目染漸漸地學會了挑是非，使小壞，言談舉止被她的母親同化，不時地跟母親嘔氣，干涉家裡的行政，長安變成了七巧的複製品。「每逢她單叉著褲子，揸開了兩腿坐著，兩隻手按在胯間露出的凳子上，歪著頭，下巴擱在心口上淒淒慘慘瞅住了對面的人說道：『一家有一家的苦處呀，表嫂——一家有一家的苦處！』——誰都說她是活脫的一個七巧。」（頁二六八）

㈤「最初也是最後的愛」的裂解

長安所面對的是一個陷入「道德的恐怖裡的母親」[16]。怨恨交織的母女關係變本加厲，急轉直下。長安二次接觸異性：從曹春熹到童世舫都落得不堪的結束。曹七巧先是懷疑姪子曹春熹爲了錢接近、教壞長安，氣勢洶洶地罵走了曹春熹：「『我把你這狼心狗肺的東西！……你別以爲你教壞了我女兒，我就不能不捏著鼻子把她許配給你。你好霸佔我們的家產！』……春熹究竟年紀輕火性大，賭氣捲了鋪蓋，頓時離了姜家的門。……而長安吃了嚇，呆呆坐在火爐邊一張小凳上。」（頁二六四—二六五）接著，七巧又哭又鬧，撒潑打混，軟硬兼施的強逼姜長安解除了跟童世舫的婚約。雖然長安也曾經爲著與童世舫的戀情，自顧自地努力戒煙。後來被七巧發現他們還是繼續往來，乾脆以「抽鴉片的女子」的汙名宛如刀鋒似的尖利徹底摧毀了童世舫心中對長安幽嫻貞靜的中國閨秀的印象。枯枝在天，瓷上裂了冰紋，「長安靜靜的跟在他後面送了出來。……她兩手交握著，臉上現出稀有的柔和。……她隔得遠遠的站定了，只是垂著頭。世舫微微鞠了一躬，轉身就走了。」（頁二八四—二八五）長安失敗了，終歸未能扭轉自己的命運。

通過對讀，我們看到了曹七巧和姜長安這兩個女子都不能自已的經歷著情欲和物欲的生發與消亡，以及人性屢受折磨被扭曲的過程。其中有幾點值得注意：一是故事情節裡的男性角色被放在次要或陪襯位置，包括曹七巧的丈夫的傷殘化，對姜季澤與童世舫的鋪陳有限，

16 夏志清著，劉紹銘編譯：《中國現代小說史》，頁四〇六。

是以「陰性書寫」消解了傳統敘事的陽性主體建構。二是「纏足」與「鴉片」成爲七巧滯留兒女在身邊的利器。[17]這兩個惡習不但在主角身上用來自我麻醉，更進而作爲圈禁、劈殺他人的手段。三是這種受父權宗法宰制壓抑的母親，當她一旦掌權，成爲女性家長，儼然成爲父親的替身，管理家族；她們倒過來操縱或打壓自己的女兒，成爲愛與吞噬的母女關係。在這個過程中，女兒多痛苦不堪，那眞是殘酷的女性悲劇。最後，背襯著日色昏黃中的樓梯，「最初也是最後的愛」裝入水晶瓶裡，七巧與長安這對母女最終都是失敗的，都走進了沒有光的所在。

第四節　書寫技巧與語言藝術

一、意象的運用

張愛玲最擅長的書寫技巧之一就是運用意象，她以意象作爲隱喻在小說中經常發揮三種作用：一是象徵，直指故事中的母題；二是興發，鋪陳一種氛圍，用以襯托、導引或轉進故事的情節；三是暗示，由外而內，或代表人物的心理，或作爲一種伏筆。尤其是〈金鎖記〉

中，無論是人物形象或是語言意象無不營造鮮活，運用新穎，極具畫面感。

㈠金鎖與翡翠鐲

以「金鎖」命名這篇小說，是直擊女主人公曹七巧三十年來戴著黃金的枷自鎖鎖人的生命歷程。「金鎖」本身便是一種象徵，「黃金」耀眼而陰冷，「枷鎖」圈限出一個不自由、漫長而沉滯的囚禁環境。它隱括了曹七巧從不能愛到愛而不得，以及各種由於歧視委屈、壓抑自虐，到累積爆發，用金錢的枷鎖扼殺了自己的情欲。同時，也完成了「人性的枷鎖」，讓一個健康的、青春的生命扭曲變形，終於導致人性衰亡，裂變出虐人的瘋狂。故事中與「金」字連結的物象詞彙，多指向「情欲」與「金錢」，如「她睜著眼直勾勾朝前望著，耳朵上的實心小金墜子像兩隻銅釘把她釘在門上」（頁二四九）；「她那間房，一進門便有一堆金漆箱籠迎面攔住」（頁二五一）；「這些年了，她戴著黃金的枷鎖，可是連金子的邊都啃不到」（頁二五五），分別以金的實質、成色，呈現曹七巧用一生的代價打造「黃金枷

17 高全之：〈〈金鎖記〉的纏足與鴉片〉，《張愛玲學》（臺北：一方出版，二〇〇三年三月），頁七十七。

鎖」——讓她終身受困於肉體與心靈的壓抑、空間與時間的封鎖。

戴在七巧手腕上的「翠玉鐲」是另一個類似「金鎖」的意象，在故事中曾經先後兩次出現。（頁二四三、二八六）尤其是曹七巧「回顧今昔」的收尾極令人難忘：「……摸索著腕上的翠玉鐲子，徐徐將那鐲子順著骨瘦如柴的手臂往上推，一直推到腋下。她自己也不能相信她年輕的時候有過滾圓的胳膊。」（頁二八五）由滾圓的胳膊到骨瘦如柴，玉鐲由緊而鬆，象徵日復一日、無情的孤寂、變形的瘋狂一點一點地啃食了她的心靈與肉體。夏志清說：這正表示她的生命的浪費，她的天眞之一去不可復返。……讀者讀到這裡，不免有毛髮悚然之感。18

㈡月亮與太陽

1. 月亮

日升月沉，原是大自然現象的永恆律動。觀察張愛玲的小說中，引入「月亮」作爲象徵的頻率甚高，且意蘊生動。〈金鎖記〉裡有多處出現月亮的段落，每一處都營造了不同的意境，歷史時間與自然時間的並提，故事發生時間與閱讀時間的交錯，形成了參差對照，牽動讀者的喜悅、驚駭、哀憐等不同情緒，演示著不同的敘事功能。其中被視爲最有代表性的月亮書寫是〈金鎖記〉的開頭以月亮起（頁二三八），接著溶接到姜公館的月光展開故事，末了又以月亮沉作結（頁二八六），首尾呼應，起手式不凡。

這個作爲代表時間與命運的月亮意象並非單獨存在著的。從起頭「三十年前的上海一個有月亮的晚上」牽動著閱讀的情緒，接著以「我們」發言，類似說話人的手法連結讀者與作者，包羅著年輕人與年老人的「想」與「憶」，一起轉進故事的發生現場。年輕的人「想著三十年前的月亮該是銅錢大的一個紅黃的溼暈，像朵雲軒信箋上落了一滴淚珠，陳舊而迷糊」；老年人「回憶中三十年前的月亮是歡愉的，比眼前的月亮大、圓、白；然而隔著三十年的辛苦路望回看，再好的月色也不免帶點悽涼。」時空被定格在三十年前的上海；望回看的有著生命的歡愉、辛苦與淒涼；沒趕上的，想像著陳舊模糊；所以有著失落與疏離，一種不確定的氛圍便營造出來了。

直到結尾處，宛如影片手法淡出。三十年前的月沉人逝了，然而三十年前的故事還沒完——完不了。點出三十年前的物是人非，又隱隱指向女性世世代代無法脫離這樣的命運，結局留白，意猶未盡。

18 夏志清著，劉紹銘編譯：《中國現代小說史》，頁四一二。

但在芝壽眼中的月亮完全不同。黑夜的月亮是惡魔的化身，照燭著婆婆對媳婦的鬥爭：「隔著玻璃窗望出去，影影綽綽烏雲裡有個月亮，一搭黑，一搭白，像個戲劇化的猙獰臉譜。一點，一點，月亮緩緩的從雲裡出來了，黑雲底下透出一線炯炯的光，是面具底下的眼睛。天是無底洞的深青色。」（頁二七〇）「窗外還是那使人汗毛凜凜的反常的明月——漆黑的天上一個灼灼的小而白的太陽。」（頁二七二）自古以來日月相對相推而明生，張愛玲在這裡詭異的勾連了日月，平行比擬，具有豐富的象徵性。芝壽的眼中月亮幻化成為反常的、猙獰的，像黑夜裡的白太陽。灼灼的，彷彿就是婆婆那雙窺伺的眼睛。而七巧更以打探兒媳的閨房性事爲樂，然後咬牙嘻笑，喃喃咒罵，還有聲有色的渲染說與外人，以羞辱媳婦、洩露隱私的過程中得到宣洩的快感。芝壽置身於這種不可理喻的顛倒世界，獨處在這「怕人的月光」裡，看這自己冷去的屍身的顏色，彷彿被世界遺棄，充滿著恐懼與痛苦，要解脫這種痛苦，唯有死去。

2. 太陽

太陽是圍繞在長安身上的重要隱喻；幾段關於陽光的文字靜靜的、安詳的，鎖定人物微妙的心理和隱身其後巨大的悲哀，從「長安遮遮掩掩竟和世舫單獨出去了幾次，曬著秋天的太陽」（頁二七七），發展出長安與童世舫「盡於此矣」的新式男女間的交際；然後被迫回絕親事，那時「太陽煌煌的照著」，長安「舉起了她的皮包來遮住了臉上的陽光」（頁二八二）；最後七巧使出撒手鐧，不許他們藕斷絲連，「長安覺得她是隔了相當的距離看這太陽裡的庭院，……然而沒有能力干涉。」（頁二八四）可以看到長安的愛情在陽光中漸次枯萎凋零，被幽暗掩蓋——「長安悄悄地走下樓來，玄色花繡鞋與白絲襪停留在日色昏黃的樓梯上。停了一會，又上去了。一級一級，走進沒有光的所在。」（頁二八四）胡蘭成說這個告別場面是這樣深的苦痛，臉上卻顯出稀有的柔和，沒有一個荷默的史詩裡的英雄能忍受這樣大的悲哀。[19]唐文標先生更以「整個故事竟弄得陰氣森森，自成世界，裡面和外面世界全無關係的」，總結「〈金鎖記〉是一篇現代鬼話，由頭到尾都是一幢鬼屋內的黑事」[20]。

其他物象如「白團扇」，婉轉連結著七巧命中注定要和季澤相愛的「錯覺」與古來秋扇見捐、愛欲成空的「醒悟」（頁二五九—二六〇）；又如「豬肉舖裡肉案上，膩滯的死去的肉體的氣味」與「床上睡著的她的丈夫，那沒有生命的肉體」（頁二五四）的移位對照；以

19 胡蘭成：〈評張愛玲〉，原載上海《雜誌》一九四四年第十三卷二—三期，收入唐文標編著：《張愛玲資料大全集》（臺北：時報出版，一九八四年六月），頁三二一。

20 唐文標：〈一級一級走進沒有光的所在〉，收入于青、金宏達編：《張愛玲研究資料》，頁一六七。

及借用三爺季澤的水汪汪的黑眼睛裡汪著水（頁二四六、二五九）暗喻七巧在昏暗絕望中情欲寄託的一絲亮光。

另如音聲的借用，長安曾經試著兩次扭轉自己的命運：一次是上學，另一次是戀愛，但終究沒能反抗成功。伴隨著她的失敗，張愛玲兩次都使用了「口琴」，「遲鈍地吹出了『long long ago』——『告訴我那故事，往日我最心愛的那故事。許久以前，許久以前……』」（頁二六七、二八二）調動了閱眾的聽覺。還有陽光下的視覺景象搭著博浪鼓的音響瀰漫著的「懵懂的回憶」[21]。這些都是張愛玲綜合運用意象、譬喻與聯想的互映互攝，把主角人物的動作、言語、心理三者溶成一片，鋪展情節，手法玲瓏剔透。

二、蒙太奇手法

張愛玲使用電影「蒙太奇」的手法，這段文字堪稱經典：

風從窗子裡進來，對面掛著的回文雕漆長鏡被吹得搖搖晃晃，磕托磕托敲著牆。七巧雙手按住了鏡子。鏡子裡反映著的翠竹簾子和一副金綠山水屏條依舊在風中來回盪漾著，望久了，便有一種暈船的感覺。再定睛看時，翠竹簾子已

經褪了色，金綠山水換爲一張她丈夫的遺像，鏡子裡的人也老了十年。（頁二五五）

鏡子是一個切換的樞紐，從鏡子裡反映出的金綠山水屏條和丈夫遺像的撤換，就這物象的一出一入（fade-in、fade-out）剪接了十年光陰，世事都已物換星移，不但推移了時間，也推進著故事的情節。這樣壓縮時空的方式作爲轉折，還有酸梅湯的滴漏：「一滴一滴……一更、二更……一年、一百年了。眞長，這寂寂的一剎那。」（頁二六二）比喻七巧酸甜苦辣、五味雜陳的心境，一滴一滴往下落如遲遲難捱的夜漏，水晶先生說張愛玲這是進行著「映象之旅」的寫法。[22]

此外，七巧怒斥趕走了姜季澤，又跌跌絆絆上樓，只是爲了要在樓上的窗戶裡再看他一眼，她看著季澤從弄堂裡往外走，晴天的風像一群白鴿子鑽進他的紡綢褲褂裡去，哪兒

21 敝舊的太陽彌漫在空氣裏像金的灰塵，微微嗆人的金灰，揉進眼睛裏去，昏昏的。街上小販遙遙搖著博浪鼓，那懵懂的「不楞登……不楞登」裏面有著無數老去的孩子們的回憶。（頁二四四）

22 水晶：〈映像之旅——解讀〈金鎖記〉〉，《張愛玲未完——解讀張愛玲的作品》（臺北：大地出版社，一九九六年十二月），頁六十一。

都鑽到了，飄飄拍著翅子。（頁二六三）張愛玲利用俯鏡，拍下了一幅詩意盎然、既甜蜜又苦澀，西洋人稱之爲Poignant的畫面[23]：她那「最初也是最後的愛」漸行漸遠，七巧被挖空了，眼淚像「冰冷的珍珠簾」在風中來來去去貼在她臉上，一陣涼，一陣熱。張愛玲以「映象藝術」深刻地描摹出「她從前愛過他。她的愛給了她無窮的痛苦」（頁二六二）的心情以及「人生在世，還不就是那麼一回事？歸根究底，什麼是眞的，什麼是假的？」（頁二六三）的心理，在前後情境的比對之下，七巧親手斬段情緣的舉動，便產生了對人生、命運強烈的嘲弄性，眞淒美犀利之筆。

三、《紅樓夢》式的語言

「五四」以來的中國現代作家，都或多或少、或隱或顯地受到《紅樓夢》的藝術薰陶和滋養。張愛玲曾談到自己熟讀《紅樓夢》，有時候會套用《紅樓夢》的句法，借一點舊時代的氣氛。[24]但「那不是遺詞造句的刻意模仿，而是從筆端自然流瀉出來的，隨同人物的口吻、聲氣、心態、神韻一齊呈現出來的活的語言」[25]，以〈金鎖記〉爲例，姜公館裡丫頭們背底下對主人隱私的編排、搬弄是非的碎嘴嚼舌一段正似自《紅樓夢》化出：

小雙道：「告訴你，你可別告訴你們小姐去，咱們二奶奶家裡是開麻油店的。」鳳蕭哟了一聲道：「開麻油店，打哪兒想起的？……我們那一位雖比不上大奶奶，也還不是低三下四的人——」小雙道：「這裡頭自然有個緣故。咱們二爺你也見過了，是個殘廢。做官人家的女兒誰肯給他？老太太沒奈何，打算替二爺置一房姨奶奶，做媒的給找了這曹家的，是七月裡生的，就叫七巧。」……「你是她陪嫁來的麼！」小雙冷笑道：「她也配！我原是老太太跟前的人，二爺成天的吃藥，行動都離不了人，屋裡幾個丫頭不夠使，把我撥了過去……」（頁二三八—二三九）

23 Poignant意即酸楚的、濃烈的。水晶：〈映像之旅——解讀〈金鎖記〉〉，《張愛玲未完——解讀張愛玲的作品》，頁六十三—六十四。

24 〈女作家座談會〉，新中國報社舉辦，一九四四年三月十六日下午二時。收入唐文標編著：《張愛玲資料大全集》，頁二四二。

25 呂啓祥：〈〈金鎖記〉與《紅樓夢》〉，原載《中國現代文學研究叢刊》一九八七年第一期，收入鄭樹森編：《張愛玲的世界》（臺北：允晨文化出版，一九九〇年十一月），頁一四九—一七〇、一四九—一五〇。

此外如曹七巧的登場以及她的尖酸刻薄，不免使人聯想到《紅樓夢》裡的潑辣佻撻的王熙鳳以及處處惹人生厭的趙姨娘；小說中會見與娘家哥嫂嘔氣的一段，讀來與《紅樓夢》中鴛鴦搶白兄嫂的情節也類似。

有人說〈金鎖記〉是一個灰色的故事。而細觀文字裡人物的遭遇，包括封建傳統的桎梏、勾心鬥角的險惡、行爲扭曲的瘋狂、斷送愛情的痛苦，都成爲作者筆下興悲與哀鬱的對象，所描繪的便不止於個人受壓迫的絕望，而擴及於那個時代曹七巧們的內心不平的呼聲；而在情節鋪陳上，作者是不自覺的挪用舊小說的語言款式來表現她所置身的現代都市生活中的男女恩怨、爾汝情仇。敘事方法和文章風格很明顯的受了中國舊小說的影響，[26]而其在人物的道德意義和心理描寫上更是著墨深刻。[27]如此一來，迴避了對文學遺產記憶過於清楚的危機，[28]建立了「記錄著普通人的傳奇」的範式。

第五節　故事譯寫與影劇改編

一、故事譯寫：從〈金鎖記〉到《怨女》

〈金鎖記〉於一九四三年發表，隔年收入張愛玲第一部小說集《傳奇》。一九四九年曾有編寫《金鎖記》劇本的計畫，文華影業公司原本有意搬上銀幕，可惜之後沒有下文。[29]張愛玲後來親自英譯爲《*The Golden Cangue*》，收入一九七一年由哥倫比亞大學出版夏志清編譯的《*Twentieth—Century Chinese Stories*》。一九八一年，選錄於劉紹銘、夏志清、李歐梵編輯，紐約哥倫比亞大學出版的《中國現代中短篇小說選（一九一九—一九四九）》中。[30]

26 夏志清著，劉紹銘編譯：《中國現代小說史》，頁四〇六。
27 夏志清著，劉紹銘編譯：《中國現代小說史》，頁四〇六。
28 迅雨：〈論張愛玲的小說〉，收入于青、金宏達編：《張愛玲研究資料》，頁一二九。
29 蔡登山：《傳奇未完張愛玲》（臺北：天下遠見出版，二〇〇三年），頁二〇六—二〇七。
30 《*Modern Chinese Stories and Novellas*, 1919-1949》, Edited by Joseph S. M. Lau, C. T. Hsia and Leo Ou-Fan Lee,Columbia University Press, New York. 1981.

後來，張愛玲以中英文多次改寫〈金鎖記〉，一九五七年，擴寫成英文長篇《*Pink Tears*》（《粉淚》），但未被出版《秧歌》（《*The Rice-Sprout Song*》）的公司Charles Scribner's Sons所採用，這對一向立意以英文著書揚名的張愛玲打擊很大。一九六六年，她重修改名爲《*The Rouge of the North*》（譯名《北地胭脂》），仍未被美國書商接受，直到一九六七年才由英商（倫敦凱塞爾出版社London: Cassell and Company limited）出版問世，但評價不高。[31]而她又以中文重寫，題名《怨女》，在香港《星島日報》連載，一九六六年由皇冠公司出版。

這個轉譯和改寫過程輾轉反覆——從〈金鎖記〉到《怨女》，過程曲折，前後歷時二十餘年。或許來自作家的生活成長的原始創傷；或許基於在異國的賺取稿費、謀生圖存；或是受到曹雪芹、托爾斯泰的不斷改寫《紅樓夢》、《戰爭與和平》，前者何止十年增刪五次，後者修改達七次之多的影響；[32]或是作者隨時從故事本身發現新啓示，老調重彈也是創作的態度；或是對「徹底人物」的翻案的自覺；[33]張愛玲投注了心血不斷藉著「長之短之」的改寫與翻譯，組織其始終無法抹去的沒落家族的記憶，讓故事來銘刻生命的創傷。

比較《怨女》的故事仍保留著〈金鎖記〉的骨架，女主人公由曹七巧換成柴銀娣的一生爲主線，敘述了一個年輕俏麗的少女，如何經過歲月的磨難變爲一個機心尖誚的怨婦。其中更多地關注於人物心理動機、情緒轉折和行動細節，削減了七巧的怨戾瘋狂以及一些戲劇化情節，強調女「怨」主題的展現。舉如：增加了小劉支線，誣竊事件、浴佛寺偷情以及圓光、自殺的情節；並刪除了長安支線等等，其餘的情節大致相同。這使得小說中人物人格的崩壞更爲合理可信，但也同時使得小說閱讀的進程變得較爲徐緩。同時，隨著作者人生歷練增厚，在書寫風格上，也由奇艷張揚逐漸走入了平淡自然。陳輝揚曾這樣評論：「《怨女》與〈金鎖記〉是兩部作品，它倆的關係不單是改寫，還是重新創造整個生命歷程；〈金鎖

31 本段〈金鎖記〉擴寫《怨女》的過程編寫，依據夏志清、莊信正以及宋淇、宋鄺文美與張愛玲的往來信件。參見夏志清編註：《張愛玲給我的信件》（臺北：聯合文學出版，二〇一三年三月），頁六十九—七十八、五十—七十。莊信正：《張愛玲來信箋註》（臺北：印刻出版，二〇〇八年三月），頁十九—二十二、三十。以及張愛玲、宋淇、宋鄺文美著，宋以朗主編：《張愛玲私語錄》（臺北：皇冠文化出版，二〇一〇年三月），頁四十五—四十六。

32 張愛玲：〈《紅樓夢魘》自序〉，《紅樓夢魘》（臺北：皇冠文化出版，二〇一〇年八月），頁七。以及張愛玲：〈自己的文章〉，《華麗緣——散文集一（一九四〇年代）》，頁一一八。

33 張愛玲：〈自己的文章〉，《華麗緣——散文集一（一九四〇年代）》，頁一一五。張愛玲在一九四四年答覆傅雷先生而寫的一篇〈自己的文章〉，提到好的作品該是如何以及她採用的寫法：「極端病態與極端覺悟的人究竟不多，時代是這麼沉重，不容那麼容易就大徹大悟。」也許是因爲這樣的理由，作者重新試圖對這類徹底的人物再加詮釋。

記〉是玉玦，《怨女》是玉環；前者以不平等的人際關係爲基礎，後者以循環的結構將病態的人際關係化爲藝術家的傑作。」[34]《怨女》通篇氛圍，可以感受到一種「失落情懷」，作家以哀矜之筆，將痛苦化整爲零，沉入深深幽幽的歲月。

二、影劇改編

從小說到劇本，由劇本到演出，中間除涉及改編與重製的認知差異，更因爲表演方式及時空限制出現不同的詮釋設計，這說明了戲劇演出與展閱小說之間的區隔可能性。論及〈金鎖記〉相關戲劇：二〇〇四年有中國馬建安導演《金鎖記》的電視劇、二〇〇五年五月臺灣臺東劇團改編的《曹七巧》。前者在曹七巧的人物塑造及情節上改變很多，離原著相差極遠；後者是以意識流手法描述寡婦曹七巧無聊寂寞的一天，並藉由回想帶出面對當代社會的所觀所感，並無意搬演張愛玲文學。其後值得注意的是京劇《金鎖記》以及舞臺劇《金鎖記》的展演，以不同媒介再度創作，追求新的藝術理念，衝擊閱衆的情感與官覺，各擅勝場。

二〇〇六年五月，臺灣國光劇團在城市舞臺演出的改編成現代京劇《金鎖記》，由魏海敏領銜主演。這是結合張愛玲小說與京劇戲曲的嘗試，情節融合小說〈金鎖記〉與《怨女》，將重心放置於七巧的心路歷程，同時因應京劇的唱腔，配合原著文字，跳脫傳統戲曲題材的框架重新設計的戲曲，受到好評。

王安憶也曾選擇為《金鎖記》編劇，二〇〇四年，接受上海話劇藝術中心喻榮軍邀約，劇本編寫修改三次，由黃蜀芹導演呈現。再於二〇〇九年，由香港焦媛實驗劇團收為劇目，由許鞍華導演。焦媛飾演曹七巧，尹子維飾演姜季澤，搬上話劇舞臺。以粵語演出，文學劇本字幕，集中於人物飽滿、寫實與多樣貌以表達舊時代女性所受的壓抑與困境為主旨，分別在佛山瓊花劇院、北京大學百周年紀念講堂、上海藝海劇院、深圳華夏藝術中心四地連演十場，正如演出海報上所刊佈的：「亂世時代，有多少人為了錢，白天謀殺自己的幸福，夜裡放縱自己的情欲？」團隊以細膩的演出深刻的詮釋了這個被黃金般沉重枷鎖牢牢銬住的曹七巧，壓抑著、痛苦著、掙扎著，一代又一代……掙脫不了人性殺戮的悲劇。

34 陳輝揚：〈歷史的迴廊——張愛玲的足音〉，收入鄭樹森編：《張愛玲的世界》，頁九十七。

延伸閱讀

■水晶：〈映射之旅——解讀〈金鎖記〉〉，《張愛玲未完》，臺北：大地出版社，一九九六年十二月。

■迅雨：〈論張愛玲的小說〉，原載一九四四年五月《萬象》第三卷十一期，收入于青、金宏達編：《張愛玲研究資料》，福建：海峽文藝出版社，一九九四年一月。

■呂啓祥：〈〈金鎖記〉與《紅樓夢》〉，《中國現代文學研究叢刊》一九八七年第一期，收入鄭樹森編：《張愛玲的世界》，臺北：允晨文化出版，一九九〇年十一月。

■林幸謙：〈重讀〈金鎖記〉——鐵閨閣與雙重人格的儒家瘋女〉，《歷史、女性與性別政治——重讀張愛玲》，臺北：麥田出版，二〇〇〇年七月。

■柯靈：〈遙寄張愛玲〉，于青、金宏達編：《張愛玲研究資料》，福建：海峽文藝出版社，一九九四年一月。

■唐文標：〈一級一級走進沒有光的所在〉，于青、金宏達編：《張愛玲研究資料》，福建：海峽文藝出版社，一九九四年一月。

■高全之：〈〈金鎖記〉的纏足與鴉片〉，《張愛玲學》，臺北：麥田出版，二〇〇三年三月。

■夏志清著，劉紹銘編譯：第十五章張愛玲，《中國現代小說史》，臺北：傳記文學出版社，一九七九年九月。

■張子靜口述，季季執筆：〈〈金鎖記〉與〈花凋〉的眞實人物〉，《我的姊姊張愛玲》，上海：文匯出版社，二〇〇三年。

■張愛玲、宋淇、宋鄺文美著，宋以朗編：《張愛玲私語錄》，臺北：皇冠文化出版，二〇一〇年三月。

第七章

婚姻是長期的賣淫

——〈傾城之戀〉

一九四三年九月、十月，〈傾城之戀〉[1]在上海《雜誌》月刊第十一卷第六期、第十二卷第一期刊出，一九四四年收入短篇小說集《傳奇》，是張愛玲筆下一篇關於香港的故事。二〇〇六年，金凱筠（Karen Kingsbury）翻譯了〈傾城之戀〉"*Love in a Fallen City*"，由The New York Review of Books（《紐約書評》）出版，[2]隨後收入英國著名的《企鵝經典文庫》，受到海內外的矚目。

第一節　內容緣起與故事命名

一、內容緣起

故事中的女主人公白流蘇是一個青春猶存的女子，因為離了婚，在戀愛市場給人家估低了價。[3]她在娘家吃閒飯，備受冷嘲熱諷，看盡世態炎涼，她明瞭自己六親無靠，又恐怕青春不再，因此迫切需要一個歸宿。不料遇上了「毒辣的男人」范柳原，於是她拿自己當賭注，遠赴香港，展開一場撲朔迷離的愛情追逐，原本白流蘇似乎要賭輸了，但在范柳原即將離開香港時起了戰亂，一個大都市傾覆了，時局命運使她成了「他」的妻，暫時紓解了白流蘇經濟上的窘迫以及屈辱的自卑。於是，香港的陷落意外的成就了「得意緣」。

在〈論寫作〉中，張愛玲曾經提到〈傾城之戀〉取材於〈柏舟〉一詩：「……亦有兄弟，不可以據。……憂心悄悄，慍於群小。覯閔既多，受侮不少。……日居月諸，胡迭而微？心之憂矣，如匪澣衣。靜言思之，不能奮飛。」[4]故事裡有著衝突、磨難以及壅塞的憂傷，大約像是「小姐落難，爲兄嫂所欺凌，『李三娘』一類的故事。」[5]談到「李三娘」是五代十國時期後漢高祖劉知遠的妻子。歐陽脩《新五代史》卷十八《漢家人傳第六．皇后李

1 張愛玲：〈傾城之戀〉，《傾城之戀——短篇小說集一（一九四三年）》（臺北：皇冠文化，二〇一〇年六月）。以下文本引用直標頁碼，不復作註。

2 Chang, Eileen (TRN)/ Kingsbury, Karen S. (TRN). "*Love in a Fallen City*", New York: The New York Review of Books, 2006/10/10.

3 蘇青：〈讀〈傾城之戀〉〉，附錄於陳子善：〈張愛玲話劇《傾城之戀》二三事〉，《說不盡的張愛玲》（臺北：遠景出版，二〇〇一年），頁五十四—五十五。

4 語出《詩經．邶風．柏舟》。參見張愛玲：〈論寫作〉，《華麗緣——散文集一（一九四〇年代）》（臺北：皇冠文化出版，二〇一〇年四月），頁一〇三。

5 張愛玲：〈羅蘭觀感〉，《華麗緣——散文集一（一九四〇年代）》，頁二二八—二二九。

氏》曾經記載了她的出身，[6]其後翻衍成有名的南戲《劉知遠白兔記》。喜歡看戲的張愛玲曾經這樣說「歷代傳下來的老戲給我們許多感情的公式。」[7]〈傾城之戀〉就是循線老戲，演述了「落難──奇遇──團圓」言情劇的公式。而「像戀愛結婚，生老病死，這一類頗為普通的現象，都可從無數個不同的觀點來寫，一輩子也寫不完」[8]，特別不同的是〈傾城之戀〉更把人們實際生活裡複雜、霧數的情緒──平庸的苟且、傖俗的疲乏化入情節，最後主人公的困境逆轉，以喜劇收場滿足了讀者。一九八四年八月電影《傾城之戀》公映前，張愛玲應《明報》之邀，寫了篇短文〈回顧《傾城之戀》〉[9]，提到珍珠港事件那年的夏天，母親與幾個牌友從上海結伴到香港小住，她常到淺水灣飯店去看母親。這篇小說寫的大致就是母親與她的同居朋友的故事，其中自然也受到了港戰的影響，補充了她的寫作動機。

二、故事命名：「傾城傾國」與〈傾城之戀〉

「傾城」一詞源出《漢書．外戚傳上．孝武李夫人》：「北方有佳人，絕世而獨立，一顧傾人城，再顧傾人國。寧不知傾城與傾國，佳人難再得！」原用以形容女子貌美絕世。後來與戰爭、死亡的意象重疊，是凡讀到「傾城」之類的題目，人們一定會聯想起中國歷史上，一些禍國殃民的美人來，像是褒姒、妲己、楊貴妃之類。[10]所謂「一笑傾城、紅顏禍水」，蒙上了不祥的色彩；隨之又與「紅顏薄命」的比況產生聯想，糾結著被壟斷的、失衡的兩性價值，成為承擔亡國責任的藉口。於是，「傾城傾國」便不僅僅止於貌美的形容；延伸出的是殘酷「戰爭」的夢魘，伴隨著破壞、分離乃至死亡的代價，是從天翻地覆到破滅與荒蕪。

6 根據歐陽脩《新五代史》的記敘：「高祖皇后李氏，晉陽人也，其父為農。高祖少為軍卒，牧馬晉陽，夜入其家劫取之。」後經《新編五代史平話》的增附，完整的李三娘故事開始在民間流傳，成為頗負盛名的南戲《劉知遠白兔記》。這齣李三娘的苦情戲大致是說「丈夫離去，妻子落難」，而後出現傳奇性的「偶遇」情節——「井臺相會」，一日李三娘正在井臺打水，跑來一隻帶箭白兔，其後追來的小將正是李三娘十六年前在磨房所產之子咬臍郎。最終促成劉知遠接回李三娘。夫婦、母子終得團聚。參見歐陽脩：《新五代史》（北京：中華書局，一九七四年），頁一九一。

7 張愛玲：〈洋人看京戲及其他〉，《華麗緣——散文集一（一九四〇年代）》，頁十八。

8 張愛玲：〈寫什麼〉，《華麗緣——散文集一（一九四〇年代）》，頁一六二。

9 張愛玲：〈回顧《傾城之戀》〉，《惘然記——散文集二（一九五〇—八〇年代）》（臺北：皇冠文化出版，二〇一〇年四月），頁二〇九。

10 水晶：〈試論張愛玲〈傾城之戀〉中的神話結構〉，《替張愛玲補妝》（濟南：山東畫報出版社，二〇〇四年），頁三十二。

然而，張愛玲筆下的「傾城」故事卻不走這樣的路數，她顛覆「毀滅性」的認知，在當時個人主義盛行的社會裡，寫出了俗世男女的「愛情攻防戰」，雙方不時的爾虞我詐的鬥爭，到頭來卻讓「傾城大禍」成爲正面力量，反轉了結局——故事裡戰火中斷了交通，留住原本要去英國的范柳原，曲全了男女主人公的愛情，以結婚團圓收場。水晶指出這是以「反高潮」[11]方式作結。陳思和則認爲：戰爭是一個考驗，在這樣一個考驗面前，兩個人眞正感受到要將命運聯繫在一起的需要。[12]作家採取「戰爭」這個外力作爲小說情境改變一個重力加速度，也成爲影響人物心境的一個不可知的變數。劇中人物的命運：流蘇的「幸福」（或曰「主體性」）的建立和香港的陷落相互依傍；不動聲色的，作家以多義性的命名，建構了「傳奇裡的傾國傾城的人大抵如此」的故事，塑造了一種素樸的平俗，傳達出「不問也罷」的蒼涼。（頁二二一）

第二節　主題分析與情節布局

一、主題分析：情欲與物質的冒險

小說的主題落點於「情欲釋放」交織著「物質安身」的冒險追逐戰。在張愛玲看來，占據了人生大半的光景不過是普通人所擁有的俗性（包括平庸與虛榮）與俗行（包括算計與失敗），這些無不散發著濃稠的人生實味。在〈傾城之戀〉裡，白流蘇謀生，范柳原謀愛；一場男女追尋「出路」的愛情遊戲就此展開：范柳原是個有錢的單身漢，代表著情欲與物質層面的雙重滿足，成爲失婚／單身女郎取悅拉攏的對象。其中比較有趣的是在這段好萊塢式的

11 水晶的說法係源自張愛玲說：「我喜歡反高潮——艷異的空氣的製造與突然的跌落，可以覺得傳奇裡的人性呱呱啼叫起來。」張愛玲：〈談跳舞〉，《華麗緣——散文集一（一九四〇年代）》，頁二一六。

12 陳思和：〈都市裡的民間世界：〈傾城之戀〉〉，《杭州師範學院學報》（社會科學版），二〇〇四年第四期（二〇〇四年七月），頁二十七。

花邊羅曼史中，把戀愛看作高爾夫與威士忌中間的調劑的花心男，[13]卻給了女人以「美妙的刺激」（頁二一一）。而戰爭發生、城市淪陷，是一個關鍵的急轉，白流蘇結了婚，「得以笑吟吟地暫時將生命告一段落」[14]。

小說中，白公館的日子是一曲荒腔走板跟不上生命的調子：權威父權的面貌自私醜陋、古老僵化的傳統又交織著可畏人言的邊鼓邊鑼，親情是淡漠、冷酷、自私的，連母女關係都變得不可相信的陌生，如玻璃罩似的，白流蘇深深覺得「這屋子住不得了」（頁一八一）。作者在此不經意地碰觸了「婦女地位的問題」，反映出當時女子在父權系統的壓抑以及刻板意識形態下遭受人言之吻打擊的可怕。於是，〈傾城之戀〉裡的白流蘇不惜冒險「逃亡」[15]，以自己的婚姻孤注一擲。白流蘇是這樣思考的：「一個女人，再好些，得不著異性的愛，也就得不著同性的尊重。」（頁一八九）因此，一邊挾帶著「鴛鴦蝴蝶派」的通俗言情；一邊調動好萊塢式的浮華喜劇的手法；一邊暗扣著「女性的自我開發」；「白流蘇報仇記」在動情與煽情的界線上擦邊而過，間接給一直受壓迫的讀者群出了一口氣，得到了普遍的喜歡；於是，大時代紀念碑式的書寫出現了缺口，作者把愛置於生的對立面，嘲諷了人生與社會。

這個動聽的而又近人情的故事[16]清楚的接近現實：一切無非是命運環境掌控著、實現了個人的欲望，同時斷然的否決了人類的自主性。然而，這樣的姻緣美滿畢竟不意暴露了人生不可靠與人類的卑弱無力這個更大的缺憾。當我們將籠罩在戰爭中的小說〈傾城之戀〉與張愛玲的散文〈燼餘錄〉對照互讀，[17]可以發現——圍城的日子裡，誰都有什麼都是模糊、瑟縮、靠不住的感覺：「……回不了家，等回去了，也許家已經不存在了。房子可以毀掉，錢轉眼可以成廢紙，人可以死，自己更是朝不保暮。」「而時代的車仍逕自轟轟的往前開，人們坐在車上，在漫天的火光裡也自驚心動魄，這大時代的夢魘掙不脫，儘管再認眞，也只能是一個美麗而蒼涼的手勢，到頭來每個人仍都是孤獨的。」[18]或許因爲這個圍城劫難的經驗

13 迅雨：〈論張愛玲的小說〉，原載一九四四年五月《萬象》第三卷十一期，收入于青、金宏達編：《張愛玲研究資料》（福建：海峽文藝出版社，一九九四年一月），頁一二一—一二三。

14 蘇青：〈讀〈傾城之戀〉〉，附錄於陳子善：〈張愛玲話劇《傾城之戀》二三事〉，《說不盡的張愛玲》，頁五十四。

15 胡蘭成：〈論張愛玲〉，《中國文學史話》（臺北：遠流出版，一九九一年），頁二〇九。

16 張愛玲：〈關於「傾城之戀」的老實話〉，《華麗緣——散文集一（一九四〇年代）》，頁二二六—二二七。

17 吳福輝：〈都會女性感受的世紀之風——談張愛玲的散文〉，收入金宏達主編：《回望張愛玲：鏡像繽紛》（北京：文化藝術出版社，二〇〇三年），頁三六九。

18 張愛玲：〈燼餘錄〉，《華麗緣——散文集一（一九四〇年代）》，頁七十、七十六。

太深刻了，作家和她的人物同一時代，有著亦步亦趨的悵惘。

二、情節布局：遊走於上海與香港之間

〈傾城之戀〉的情節發展是在上海與香港的空間來回移動。一九四一年十二月八日，太平洋戰爭爆發，上海終結了孤島時期，與香港一齊被日軍攻占。在張愛玲作品中，這是少數置入戰爭場景的一個「雙城故事」。

檢視〈傾城之戀〉的空間布局，「城」指向香港和上海，為故事人物居住活動的城市。就敘事發展言，白流蘇離開上海凋敝的家，進入香港淺水灣飯店，主動尋求婚姻愛情的保障與經濟上的安全。這是一個從原生家庭（母親兄長）走向荒野，放置自我的過程。因此，「雙城」不僅於地圖上的標示，更別具象徵意義，出現不同的場所精神。「傾城」便不僅是「城市」的傾覆，也指向了傳統與現代之間歷史時間的顛覆。可說是由傳統保守文化到現代物質文明的變遷體驗，進一步地，更揭示著抽象的「婚姻」之城的出出入入。其中以白流蘇為主的人物心理和活動環繞著香港與上海，分為五個階段：一、議親。二、香港行。三、回上海。四、重回香港。五、守候與團圓。大抵每一個段落都出現經濟利益的衝突（比如：授者與受者的供輸）以及情欲的消長起落（比如：獵者與被獵的撲朔迷離）貫串其間。

在「議親」的第一階段，是白流蘇離婚之後，住在娘家。由於經濟窘迫，靠兄嫂吃飯遭到嫌棄，而有相親再嫁的安排。這個時候，白流蘇面臨經濟、情欲雙線的匱乏。

「香港行」是第二階段，在飯店裡范柳原提供物質消費，與白流蘇兩人忙著談戀愛，此時經濟、情欲兩線走勢上揚，雖然後者的掌握仍然是模糊不定的。其後，白流蘇為了「別枉擔了范太太這個虛名」賭氣重回上海，到第四段含著忐忑與委屈再度接受范柳原的邀約前往香港，可視為經濟、情愛線型雙雙下跌復又拉回。這樣起起伏伏、忽上忽下的模式一直到戰爭真實的入侵了生活，尤其是結尾幾顆炸彈，神然地把白流蘇的夢給圓實了。戰火無情，帶來生活物質的蕭條緊縮，但戰爭在摧毀物質文明的同時，也一併毀掉了人們身上的自私和膨脹的欲望。因而，安聚相守暫且穩定了庸俗世界、平凡生命的浮動不安。而作家正是通過這些情節的虛實反覆、得失無常中傳達出人生的無奈、荒謬與弔詭的消息。

第三節　人物刻畫

一、白流蘇

〈傾城之戀〉如果要換個篇名，那應當是〈白流蘇傳〉了。

小說中，白流蘇自稱「過了時的女人」；而在范柳原的眼裡，白流蘇則是一個「眞正中國女人，是這個世界上最美的，永遠不會過了時。」（頁一九五）他形容她不像這世界上的人，有許多帶著羅曼蒂克氣氛的小動作，像唱京戲的。（頁二〇一）而白流蘇是怎麼觀看自己的呢？在小說中有兩處直描，一次是透過鏡子的「反影自照」：她那一類的嬌小的身軀是最不顯老的一種，永遠纖瘦的腰，孩子似的萌芽的乳。她的臉，從前是白得像磁，現在由磁變爲玉──半透明的輕青的玉。……臉龐原是相當的窄，可是眉心很寬，還有一雙嬌滴滴的清水眼。（頁一八四）

另一次則是在「月光中的遐想」：「……那嬌脆的輪廓，眉與眼，美得不近情理，美得渺茫。」（頁一九九）這是女性的自我審視。於是，結合著看與被看的鋪陳，張愛玲呈現了一種「井邊打水的女人，打水兼照鏡子的生命情調」[19]。白流蘇的形像可說是與京劇裡「光艷的伶人」那一款式疊合在一起出場的。

至於流蘇的性格：「實在是一個相當厲害的人，有決斷，有口才。柔弱的部分只是她的教養與閱歷。」[20]是而，〈傾城之戀〉裡俊男美女的愛戀絕不是痴男怨女那種不食人間煙火、海枯石爛式的愛情。原因是男女主角都太警醒了，二人所處的環境也特別：白流蘇是遭受了不幸的命運，因著離婚遭議，又寄居在花光她的錢、飽受閒氣冷眼的「家」，兄弟妯娌間自私勢利、充滿算計，被壓抑的生活就像荒腔走板的胡琴，原本一向演奏著忠孝節義的，如今咿咿啞啞拉著「哀颯」與「蕭條」。白流蘇繡鞋的針不覺地扎了手，連聽到「吃飯」都覺得刺耳，只覺得自己像是虛浮在「對聯上的字」。這樣的女子渴望著愛情，一旦有人能將她自貧困的淺灘引上青雲，自可理解白流蘇逕自動身赴港的舉止。於是，屈抑的白流蘇一方面極力維持自尊，「不要做被獵的，我們要做獵人」[21]；一方面陷入婚姻困境與追求愛情兩

19 張愛玲：〈羅蘭觀感〉，《華麗緣——散文集一（一九四〇年代）》，頁二二九。

20 張愛玲：〈關於「傾城之戀」的老實話〉，《華麗緣——散文集一（一九四〇年代）》，頁二二六—二二七。

21 張愛玲：〈存稿〉，《華麗緣——散文集一（一九四〇年代）》，頁九十七。

難，因為不純粹「為范柳原的風儀與魅力所征服，內中還摻雜著家庭的壓力——最痛苦的成分」（頁二〇九），就像是壓在冰塊下的熱火。

此外，對於白流蘇煎熬的處境、兩性思維的諷刺，張愛玲還有一些寫實的描寫。舉如：媒人徐太太對自忖沒念過兩年書、肩不能挑手不能提的白流蘇說：「找事都是假的，找個人是眞的。」（頁一八二）以及范柳原的「女人無用」論（頁一九三）、「婚姻就是長期的賣淫」說（頁二〇六）。這一段尤其意有所指：「一個女人上了男人的當，就該死；女人給當給男人上，那更是淫婦；如果一個女人想給當給男人上而失敗了，反而上了人家的當，那是雙料的淫惡，殺了她也還污了他的刀。」（頁二〇八）語態是凜冽的，心情是悲哀的，痛惜之餘自然是不甘長期受抑。

這樣看來，白流蘇絕不願被貼上「棄婦」的標籤，也不願枉擔「情婦」的虛名，她要做的是個「在任何時代，任何社會裡，都能夠夷然地活下去」的「蹦蹦戲花旦」[22]一類型的女人。了解了這一點，我們把眼光調回：從書寫白流蘇到對照張愛玲，隱約可以條理出作家對女性姿勢的描畫與情愛脈落的圈點——女性的自救往往是從壓抑開始，舉凡情愛的快樂與空虛、人性的自私與軟弱、對異性的依附與叛離以及在兩者之中的掙扎、墮落與解放，都要靠自己去實踐、去爭取。

二、范柳原

而與白流蘇「同類」的對手范柳原呢？

由媒人徐太太口中得知，范柳原的出身是個華僑：「他孤身流落在英倫，很吃過一些苦，然後方才獲得了繼承權。……年紀輕的時候受了些刺激，漸漸的就往放浪的一條路上走，嫖賭吃喝，樣樣都來，獨獨無意於家庭幸福。」（頁一八五）這是一個標準的世家紈袴子弟，看夠了四周的那些壞事、壞人，不輕易動眞情也少有幾句實話，每每「自矜風調，思得佳偶」[23]，是個所謂「眞好色」的浪子。[24]范柳原對流蘇曾這樣自剖：「關於我的家鄉，我做了好些夢。你可以想像我是多麼的失望。我受不了這個打擊，不由自主的就往下溜。你……如果認識從前的我，也許你會原諒現在的我。」（頁一九八）這樣一個「頹廢型人物」，自私，機智，伶俐，喜歡「存心挑剔」，而沒有熱情。[25]其實與流蘇有許多地方相

22 張愛玲：〈《傳奇》再版的話〉，《華麗緣——散文集一（一九四〇年代）》，頁一七八。

23 汪辟疆校錄：〈霍小玉傳〉，《唐人小說》（臺北：河洛圖書，一九七四年），頁七十七—八十五。

24 汪辟疆校錄：〈鶯鶯傳〉，《唐人小說》，頁一三五—一五二。

25 胡蘭成：〈論張愛玲〉，《中國文學史話》，頁二一〇。

似——遊戲人生、看重外表、金錢與權勢、不輕易相信別人、不固守常規常法、不高倡道德自律、衡諸現實利益多半能屈能伸。這二個人就像是二條平行磁，彼此相吸卻又保持著距離，始終是在保護自己、防範對方的磁場裡打著窺刺愛情戰。而二人的因緣發展也多有意外：最初，范柳原本是替寶絡物色的對象，卻由跳舞撮合了流蘇與柳原，接下來一路虛虛實實的調情撩意，襯映著眞眞假假的情愛關係。後來戰亂來襲，這一炸，把故事炸出了一個尾巴：在這動盪的世界裡，靠得住只有「她（流蘇）腔子裡的這口氣，一剎那的徹底的諒解，然而這一剎那夠他們在一起和諧地活個十年八年。」（頁二一八）傅雷說這兩個人是方舟上的一對可憐蟲，……「一剎那的徹底的諒解」、「活個十年八年」的念頭成了他們共患難的果實。[26]

此外，范柳原藉著薩黑荑妮公主故意冷落白流蘇，說不吃醋的女人多少有些病態（頁二〇四）；而面對范柳原的閒適，白流蘇逐漸發現他人前親狎的惡毒，瞭悟自己勢成情婦的騎虎難下，乃至萬劫不復的驚心（頁二〇七），這些機心設計添上當事人雙方都極度敏感多變，使得這段謎樣的愛情跌宕起伏。針對這般特殊的感情用事的視鏡描寫，或者說是過度重視挑情的細節，胡蘭成以為：「范的始終保持距離是狡獪，但他當著人和她親狎卻是有著某種眞情的。」[27]高全之則批評這種戀愛戰術：「忽略或簡化了愛情與人性及人性各深刻層面的關係。」[28]張愛玲自己的態度則是：「從陳舊的家庭走出來的流蘇，香港之戰的洗禮並不曾將她感化成爲革命女性；香港之戰影響范柳原，使他轉向平時的生活，終於結婚了，但結婚並不使他成爲聖人。完全放棄往日生活習慣與作風。」[29]因此張愛玲似乎是嘗試著用一種新的方式來處理男女戀愛的問題——一面藉著故事中男女的揣摩試探，凸顯二者之間不安定的愛情，有僞裝的怯弱；一面在看似鬥智的俏皮話中，實隱藏著「眞」的人性，有著抑制著的煩惱。

三、薩黑荑妮公主

水晶認爲薩黑荑妮公主是古印度的天魔女。水晶即以其名字中有一「黑」字，與白流蘇的「白」字，各自形成「黑美人」與「白美人」的對襯。[30]這個「由一群洋紳士，衆星捧

26 迅雨：〈論張愛玲的小說〉，收入于青、金宏達編：《張愛玲研究資料》，頁一二二—一二三。
27 胡蘭成：〈論張愛玲〉，《中國文學史話》，頁二一一。
28 高全之：〈張愛玲的女性本位〉，《幼獅文藝》三十八卷二期（一九七三年八月），頁三一十八。
29 張愛玲：〈自己的文章〉，《華麗緣——散文集一（一九四〇年代）》，頁一一五。
30 水晶：〈試論張愛玲〈傾城之戀〉中的神話結構〉，《替張愛玲補妝》，頁三十七。

月一般簇擁著的女人」的幾次出場，大都通過流蘇的視覺，或從背影（頁一九二）、或從正面（頁一九六、二一八）、或從遠景（頁二〇三）、側影（頁二〇四）刻畫：「……漆黑的長髮，結成雙股大辮，高高盤在頭上。那印度女人，這一次雖然是西式裝束，依舊帶著濃厚的東方色彩。……她的臉色黃而油潤，像飛了金的觀音菩薩。然而她的影沉沉的大眼睛裡躲著妖魔。古典型的直鼻子，只是太尖，太薄一點。粉紅厚重的小嘴唇，彷彿腫著似的。」（頁一九六）寫到與薩黑荑妮公主廝混的情節，明顯的是范柳原藉機使出的激將法（頁二〇三）。這樣三角關係（二女一男）的角色設置——即環繞於男主人公旁的二位女角，無論在形貌身分或性格行事上往往既成相對之勢，又成互補之局，因而形塑成「兼美」形象，與許多愛情故事裡的鋪排類似。比如：賈寶玉的黛玉與寶釵，薛平貴的寶釧與代戰公主等等。萬燕稱這種手法為「女性二重奏」[31]，認為張愛玲筆下在某種女性的背後常常有另一女性的影子，她們像雅與俗、古與今、黑與白永遠是相輔相成的，但沒有好與壞之分。譬如〈紅玫瑰與白玫瑰〉中的王嬌蕊與孟煙鸝、〈心經〉中的許小寒與段綾卿也同屬這種「女性神話與女性生存現實的關係」。

對於小說中或出現求刺激、或萌生感傷濫調的情節，以及男女角色作為調情對象的安排；胡蘭成以為這個故事結局是壯健的，作者刻畫了柳原的與流蘇的機智、伶俐還有自私，「他（范柳原）需要娼妓，也需要女友，而不需要妻。這薩黑荑妮公主對於他毋寧是娼妓，他決不把她和流蘇同等看待。」[32]在傅雷的眼中，這個平凡故事「對人物思索的不夠深刻，華彩勝過了骨幹」，其中人物是「這樣疲乏、厚倦、苟且，渾身小智小慧的人，是沒有能力去擔當悲劇的角色。」[33]正如同他在《貝多芬傳》譯者序的主張：「逃避現實的明哲是卑怯的；中庸、苟且、小智小慧是我們的致命傷。」[34]有愛之深責之切的批評。至於張愛玲對「自己的文章」有著一定堅持，她以為正是這些凡人的集結體的角色，不夠典型、深刻，卻比英雄更能代表這時代的總量。[35]而有趣的是，儘管范柳原似乎並不想眞正的安下他的心，白流蘇多是著落於「愛爲謀生」，在張愛玲短篇小說中，這篇通俗的「香港・戀愛・夢」仍是頗受歡迎喜愛的。[36]

31 萬燕：《海上花開又花落——讀解張愛玲》（江西：百花洲文藝出版社，一九九六年），頁一一六—一二五。
32 胡蘭成：〈論張愛玲〉，《中國文學史話》，頁二一二、二一〇。
33 迅雨：〈論張愛玲的小說〉，收入于青、金宏達編：《張愛玲研究資料》，頁一二一—一二四。
34 傅雷：〈《貝多芬傳》譯者序〉，《傅雷譯文集》（安徽：安徽人民出版社，一九八二年），第十一卷，頁七。
35 張愛玲：〈自己的文章〉，《華麗緣——散文集一（一九四〇年代）》，頁一一六。
36 許子東：《許子東細讀張愛玲》（北京：北京大學出版社，二〇二〇年五月），頁九十六。

第四節　書寫技巧與語言藝術

一、場景設色：上海堂屋的陳腐蕭條與西化城市的異化刺激

〈傾城之戀〉的故事背景從上海遺老家庭，之後遷移到香港，香港部分又分成戰前香港與戰後香港。前者像舞臺劇的開頭，屬於上海地方戲的風格；後者落腳於香港淺水灣飯店，場景完全改變了，是一個徹底異域化的殖民景觀。[37] 盧正珩分析故事中有三次換景，分別帶出三種氛圍，人物命運產生了三重轉變。[38] 一般認為張愛玲正是以她最熟悉的二個生活空間（上海與香港）作為人物活動、情節發展的場域。而令人注意的是張愛玲在結構布置，場景設色上屢屢指涉、映合著情愛、物質與戰爭這些主題。如同張愛玲〈關於『傾城之戀』的老實話〉[39]：是將華美的羅曼斯、對白、顏色、詩意，連「意識」都給預備下了。以下分別選用白流蘇在「上海」傳奇（頁一八三—一八四），與「香港」傳奇（頁一九二—一九三）的兩段描述，就其詞性、動靜、色澤氛圍等方面，一探其選字鋪文及寓涵深淺。

「上海傳奇」部分：從「門掩上了，堂屋裡暗著，門的上端的玻璃格子透進兩方黃色的燈光，落在青磚地上。……琺藍自鳴鐘，機括早壞了，停了多年。兩旁垂著硃紅對聯，閃著

金色壽字團花，一朵花托著一個墨汁淋漓的大字。在微光裡，一個個的字都像浮在半空中，離著紙老遠。流蘇覺得自己就是對聯上的一個字，虛飄飄的，不落實地」到「每天都是這樣的單調與無聊。……孩子一個個的被生出來，……一年又一年的磨下來，……下一代又生出來了。這一代便吸收到硃紅灑金的輝煌的背景裡去，一點點的淡金便是從前的人的怯怯的眼睛」，我們可以看到在上海破落戶白家這個封閉蕭條的場所空間，在詞性的選用上，無論在動詞或是形容詞群裡，大都出現著封閉性、單向、弱化的動詞（如：掩上、落在地上、堆著、刻著、擱著、壞了、停了、垂著、閃著、托著、浮在、離著、交叉（胳臂）、抱住（頸項）、磨、吸收等）；沉滯性、不穩定的形容詞（如：暗著、朦朧、高高下下、淋漓的、虛飄飄的、不落實地、悠悠忽忽、單調與無聊、不希罕的），組構出不安定的氛圍。即便是有「生出」這個動作、「新的」這種正向的形容，也隨即在後文出現逆轉，迅速被消磨毀損。

37 李歐梵：〈張愛玲：淪陷都會的傳奇〉，《上海摩登——一種新都市文化在中國一九三〇—一九四五》（北京：北京大學出版社，二〇〇〇年十二月），頁三〇七—三〇八。

38 盧正珩：《張愛玲小說的時代感》（臺北：麥田出版，一九九四年），頁二〇〇。

39 張愛玲：〈關於〈傾城之戀〉的老實話〉，《華麗緣——散文集一（一九四〇年代）》，頁二二七。

同時，這段場景中的布置裡許多傳統的實物，如門、堂屋，牆、書箱、紫檀匣子、綠泥款識、對聯等等，皆靜靜的滿載著歲月陳舊的痕跡。唯一帶著現代味兒，該走動的琺瑯自鳴鐘又早已壞了，這些都暗示著白家處處瀰漫著古老磨損，又無能面對變遷，只有走入塵封的記憶。而在色澤質地氛圍上，我們除了看到模糊的光影，營造的色澤包括黃色、硃紅、金色、青色、紫色、黑色（墨汁），其中不乏些喜慶的顏色，然而卻被作者以凝滯的、僵化的態勢封鎖了曾有的狀似的輝煌，比如：新生孩子的新的明亮的眼睛、嘴以及智慧，被時光磨損的鈍了，一代一代都被吸收到硃紅灑金的輝煌的背景裡去了。這是以老舊腐朽無力的中式堂屋襯寫出蕭索與悲涼的氣息，寫實的描摹了上海傳統守舊封建家庭的殘餘，預示了女主人公的出走。

「香港傳奇」部分：流蘇從船上甲板看海景：「那是個火辣辣的下午，望過去最觸目的便是碼頭上圍列著的巨型廣告牌，紅的、橘紅的、粉紅的、倒映在綠油油的海水裡，一條條，一抹抹刺激性的犯沖的色素，竄上落下，在水底廝殺的異常熱鬧」，然後「上了岸……翻山越嶺，……土崖缺口處露出森森綠樹，露出藍綠色的海，……一汽車一汽車載滿了花，風裡吹落了零亂的笑聲」（頁一九二），勾勒出憬然不同的風景——香港的新潮、刺激、誇張（甚至是畸形的）與熱鬧的屬性展現在白流蘇（以及讀者）的視框中。

作者在此段場景中所使用的詞性，包括動詞（如：靠岸、上岸、望過去、圍列著、倒映、竄上落下、廝殺、栽個跟斗、叫了、翻山越嶺、進了、遊山回來、載滿、吹落了等）或是形容詞（如：火辣辣的、最觸目的、巨型、油油的、刺激性的、犯沖的、異常熱鬧、誇張的、七上八下、森森（綠樹）、明媚、零亂的（笑聲））無不令人感覺生命力銳發的能量，充滿了變動的、冒險的步調。同時，廣告牌、飯店、汽車等特具現代感的搭景，與海水、土崖、花樹等自然生態並映。一路行走的風景中有撞色的布置——層紅與藍綠的競妍鬥艷、在海水與陸地間竄上落下，無不取鏡明媚，對比強烈；至於山崖盡處的海水，風中吹落笑聲等從視覺、觸覺到聽覺，渲染出明亮與流動的消息。也難怪當流蘇一進香港的淺水灣飯店的房門，便不由得向窗口筆直走過去。「那整個的房間像暗黃的畫框，鑲著窗子裡一幅大畫。那澎湃的海濤，直濺到窗簾上，把簾子的邊緣都染藍了」（頁一九三），這眞是如畫如夢，騰挪出了一個現代化、開放、自由、流動的空間。就在這樣新奇的、異國情調的環境裡，被釋放的個體心靈展開了一段不同於白公館的時間節奏、記憶的生命歷練與摸索。「流蘇想著，在這誇張的城市裡，就是栽個跟斗，只怕也比別處痛些，心裡不由得七上八下起來。」（頁一九二）李歐梵談到張愛玲用的是一個中國舊戲臺的搭法，卻又把它作爲現代反諷式的處理。其中舊戲臺的道具帶著頹廢感與蕭條色，而人物也都是神話傳奇式的角色，構成了老時光與未來想像的對照映襯的情趣。40

二、文字取譬

㈠情欲文字機巧風趣

〈傾城之戀〉裡男歡女愛攻防戰裡的愛恨嗔痴，似眞還假。這些情欲文字在西式的浪漫調情中不忘帶著點中式的家庭倫理，多半是透過臆想猜測來完成，張愛玲寫來清淺有致、機巧風趣。比如在這場愛情遊戲中，二人的言談對話，不是玩笑著說，41就是拐著彎子說，42屢屢虛實相錯，暗測對方的情意，不意正洩露相愛又怕受傷害的心情。要不然就是說些聽不懂的話；43二人在好好壞壞的對待之間拉扯，二人都主張精神戀愛，又要求著獨占欲，連帶一些連自己都難以理解的苛求與傻話都出籠了。

至於戀愛中的女性的情緒起伏與心理變化，張愛玲以女性之筆貼近女性內心，微妙細膩。如寫白流蘇秉持著「婚姻經濟觀」，與油滑浪子相處，初是提心弔膽、矜持不安，而後如臨大敵，深怕范柳原冷不防的襲擊，到期待落空，覺察他竟維持著他的君子風度，這反倒使她覺得不安，彷彿下樓踏空了一級，若有所失，後來，也就慣了。（頁二〇二）同時白流蘇以爲：精神戀愛的結果是結婚，而肉體之愛往往就停頓在某一階段，很少有結婚的希望。

（頁二〇〇）對此，由於不同的時代、不同的文化觀，自然出現不同的理解認知。堯洛川以爲：〈傾城之戀〉對白與寫法很特別，有西洋作風，而以中國固有文法寫出，心理與色彩描

40 李歐梵：〈張愛玲：淪陷都會的傳奇〉，《上海摩登——一種新都市文化在中國一九三〇—一九四五》，頁三一四—三一五。

41 舉如范柳原說白流蘇的特長是低頭，以低頭來讚美白流蘇的美（頁一九九）。說白流蘇穿得像藥瓶，又附耳一句「你是醫我的藥」（頁二〇九）。

42 范柳原在舞場中說：「可以當著人說的，我完全說完了。」……「有些傻話不但是要背著人說的，還得背著自己，讓自己聽了也怪難爲情的，譬如說我愛你，我一輩子都愛你。」（頁一九四）又如范柳原說：「他管不住她，你卻管得我呢？」（頁二〇四）炸彈來了，白流蘇有些愴然：「炸死了你，我的故事就該完了。炸死了我，你的故事還長著呢！」范柳原笑道：「你打算替我守節嗎？」（頁二一五）

43 「牆與地老天荒」這段文字，是由這堵牆的存留推演到也許你我都會對對方留有一點眞心（頁一九八、二一八）。又如范柳原要白流蘇做個對他人冰清玉潔，而對范是個富於挑逗性的女人。又要求白流蘇對別人壞，獨獨對范自己好。白流蘇則回答，自己若是個徹底的好女人，根本不會引起范的注意。（頁一九五）另如范柳原焦躁地思索著：我自己也不懂得我自己，但又哀懇著白流蘇：可是我要你懂得我。（頁一九九）

寫很特殊，特別有引人的力量。[44]而傅雷則不以為然，說這是一場「文字遊戲」，「幾乎占到二分之一篇幅的調情，儘是些玩世不恭的享樂主義者的精神遊戲；儘管那麼機巧，文雅，風趣，終究是精練到近乎病態的社會的產物。」[45]然而，二者都肯定了張愛玲的文字技能。

在浪漫喜劇中，調情只會導致誘引。[46]小說中幾處情愛纏鬥，情節文句帶著美與溫存，讓人物與讀者沉淪。包括：玻璃杯裡橫斜有致的茶葉引發原始森林綠色的邀約（頁二〇一），俏皮曖昧，充滿了誘惑；以及挾帶著現代文明色彩的幾通深夜「電話」（頁二〇五－二〇六）撩亂人意，如同「輾轉反側、寤寐思服」的現代版。當「死生相悅」的企慕情境出現，交錯迷離的時間感、愛情通俗劇的架式已成。當中高潮的點畫當屬在鏡子之前的「情欲釋放」：這朝夕相盼的一場暈天眩地的親吻，「然而他們兩人都疑惑不是第一次，……流蘇覺得她溜溜走了個圈子，倒在鏡子上，背心緊緊抵著冰冷的鏡子，他的嘴始終沒有離開過她的嘴，他還把她往鏡子上推，他們似乎是跌到鏡子裡面，另一個昏昏的世界裡去了，涼的涼，燙的燙，野火花直燒上身來。」（頁二一〇）在這一刹那，她心中只有他，他也只有她。而在「鏡子」這個界點上，現實與幻想、清醒與昏眩、冰涼與燒燙的感覺混雜難分。此處由文字攝影機取鏡人物，可以說是一種視覺自戀的「雙重拍攝」[47]。情欲如水沸火騰，寫來纏綿沉醉。

㈡取象設譬別具特色

1. 野火花

極明顯的，張愛玲借用了花的怒放與火的烈焰聯想，進而擬仿情欲的放肆：「野火花……紅得不能再紅了。紅得不可收拾，一蓬蓬一蓬蓬的小花，窩在參天大樹上，壁栗剝落的燃燒著，一路燒過去，把那紫藍的天也薰紅了。」（頁一九七）從自然風景擬喻人物內心，文字成了一張風景畫，與〈第一爐香〉的野杜鵑一樣，催活了摧枯拉朽的情欲。

2. 海水（水分）、太陽與葉子的連結

「口渴的太陽汨汨的吸著海水，漱著、吐著、嘩嘩的響，把人的水分也給喝乾了，成了

44 〈「傳奇」集評茶會記〉，《新中國報》社於一九四四年八月二十六日在上海康樂酒家舉辦的談話會，原載於《雜誌》第十三卷第六期，一九四四年九月，收入唐文標主編：《張愛玲資料大全集》，頁二四六—二五一。

45 迅雨：〈論張愛玲的小說〉，收入于青、金宏達編：《張愛玲研究資料》，頁一二一。

46 李歐梵：〈張愛玲：淪陷都會的傳奇〉，《上海摩登——一種新都市文化在中國一九三〇—一九四五》，頁三一四。

47 李歐梵：〈張愛玲：淪陷都會的傳奇〉，《上海摩登——一種新都市文化在中國一九三〇—一九四五》，頁三一四—三一五。

金色的枯葉子，輕飄飄的。流蘇感到那怪異的眩暈與愉快。」（頁二〇二—二〇三）這三者的互動指向情愛、男人與女人，說明「狂熱的愛情如烈陽般是會燒乾人的」。類似的比喻，還有嬌滴滴的清水眼（頁一八四）訴諸秋波橫流；與低頭的特長，聯繫著「那溫柔恰似一朵水蓮花不勝涼風的嬌羞」的詩情，都使人眼目一亮。

3. **牆**

〈傾城之戀〉裡的那一堵「牆」令人極難遺忘。

「牆」在小說中由外而內出現三次，第一次是「柳原靠在牆上，流蘇也就靠在牆上，……道：『這堵牆，不知爲什麼使我想起地老天荒那一類的話。……有一天，我們的文明整個的毀掉了，什麼都完了——燒完了、炸完了、坍完了，也許還剩下這堵牆。流蘇，如果我們那時候在這牆根底下遇見了……流蘇，也許你會對我有一點眞心，也許我會對你有一點眞心。』」（頁一九八）

第二次，出現於對話裡：冬季的晴天是淡漠的藍色。野火花的季節已經過去了。流蘇道：「那堵牆……。」柳原道：「也沒有去看看。」流蘇嘆了口氣道：「算了罷。」（頁二一六）

第三次，在空襲中：「流蘇……確實知道淺水灣附近，灰磚砌的那一面牆，一定還屹然站在那裏。……她彷彿做夢似的，又來到牆根下，迎面來了柳原。……在這動盪的世界裡，錢財、地產、天長地久的一切，全不可靠了。靠得住的只有她（流蘇）腔子裡的這口氣，還有睡在她身邊的這個人。……」（頁二一八）

這三段文字運用著「一堵牆」的意象作喻，終極期待著正是「牆根底下遇見」的那一點「眞心」。其中地老天荒那一類的話，就是柳原在深夜電話裡「死生契闊，與子相悅。執子之手，與子偕老」的告白。那也是戰亂的時代裡，士兵被迫離鄉出征，思歸不得的古老的情思盟誓，成爲〈傾城之戀〉中「一堵灰磚砌成的牆壁」的原型所自。48此處作家巧妙的連繫著人物的心理時間與眞實時間：由於戰爭所帶來殘酷的毀滅使他們備感虛幻空無。前一剎那的覺醒早已遺忘，他們從痲痺的當下探頭，居然瞥見了一角未來的歷史。這彷彿是從「平凡

48《詩經・邶風・擊鼓》中「擊鼓其鏜，踴躍用兵。土國城漕，我獨南行。……死生契闊，與子成說。執子之手，與子偕老。……」前四句中土國是「役土功於國」，「役土功」無非就是修牆築池，以防外侵的勞役。而後四句〈傾城之戀〉裡改成「與子相悅」，爲愛的誓言。由此可推其間文句的象徵內涵（連結戰爭與愛情），和《詩經》原作饒具相關性。參見屈萬里：《詩經詮釋》（臺北：聯經出版，一九九三年五月），頁五十四。

的田野中忽然現出一片無垠的流沙。但也像流沙一樣，不過動盪著顯現了一剎那」[49]，然而不論在現實中、在夢境中，牆一直在，這使得他們有靠得住的踏實。

4. **跨官覺的比擬對照**

比如描形蚊煙香的視覺畫面，「流蘇蹲在地下摸著黑點蚊煙香，……火紅的小小的三角旗，在它自己的風中搖擺著」（頁一八九），暗喻流蘇向傳統宣戰的開始；另「輕纖的黑色剪影零零落落的顫動著，……像簷前鐵馬的叮噹」（頁一九七），「極高極高的牆，望不見邊，冷而粗糙，死的顏色」（頁一九八）的死寂氣氛的伏筆，再到「戰爭種種尖銳的聲音」——包括飛機盤旋的聲音、流彈聲、炸彈開花聲、轟炸聲、驚叫聲、悲涼的風叫聲等（頁二一三）狀聲的戰爭場面，無一不緊縮著、切斷著人類的神經，直挫靈魂的深處。根據張愛玲事後回憶那是珍珠港戰爭時，她到淺水灣去看母親的一個實經驗。在那場戰爭中，無處可逃的人們靠在飯店大廳牆邊躲砲彈，像一幅古老的波斯地毯，織上了各色人物，被砲子兒「拍拍打打」，就像毯子掛著撲打灰塵，[50]打得上面的人走投無路，只得聽天由命。這些面對戰爭死亡的文字描述，凸顯了人類潛藏心底的做不了主的驚慌無奈與虛空絕望。奇妙的是，戰火既讓欲望決了堤，也讓欲望洩了洪。無論就個人命運的掌控或對比整個大時代的動亂，原來走在危險而僥倖的鋼絲把戲的白流蘇一方面感到自己微不足道，一方面從種種束縛中意外的被鬆了綁。受不了朝不保暮，「急於攀住一點踏實的東西，因而結婚了」[51]，至此，反諷的趣味被提煉了出來。

此外，忽而主打忽而旁襯的是貫串全場的喑啞、淒涼的胡琴調子，[52]像話又說回來了，遠兜遠轉，依然回到人間，[53]這個淡出淡入的技巧，外化了主角的綿綿不絕的、沉澱的憂傷；與首尾各點一次蚊香煙的動作，前呼後應，都在巧思設譬中描繪眞實的人性，獨特地顯現了張腔的力道。陳思和曾說：「文學是需要一點天眞的，需要一點眞性情。現實生活中得不到的東西放在文學作品裡加以想像，常常能夠給人以溫馨的感覺，而太世故了，把一些想像的事物看得太穿，反而就沒有意思了。而〈傾城之戀〉則是一個例外，張愛玲很難得地寫了一場對男女主人公來說都是有血有肉的、充滿現實感的愛戀故事。」[54]

49 迅雨：〈論張愛玲的小說〉，收入于青、金宏達編：《張愛玲研究資料》，頁一二一。

50 張愛玲：〈回顧〈傾城之戀〉〉，《惘然記——散文集二（一九五〇—八〇年代）》，頁十六。

51 張愛玲：〈燼餘錄〉，《華麗緣——散文集一（一九四〇年代）》，頁七十。

52 余斌：《張愛玲傳》（臺中：晨星出版，一九九八年），頁一六五。

53 張愛玲：〈談音樂〉，《華麗緣——散文集一（一九四〇年代）》，頁一九九。

54 陳思和：〈都市裡的民間世界：〈傾城之戀〉〉，《杭州師範學院學報（社會科學版）》，二〇〇四年第四期（二〇〇四年七月），頁二十三。

第五節　文本與劇本之間

首就文本與劇本的改編觀察：一九四四年，張愛玲親自將小說〈傾城之戀〉改編為話劇，同年十二月十六日在上海新光大劇院上演。上演持續一個月，共演八十場，頗獲好評，被認為是一齣成功的浪漫喜劇。張愛玲自言為〈傾城之戀〉的戲寫宣傳稿子的時候，第一個在腦子裡浮起的題目就是「傾心吐膽話傾城」[55]。當初在上海演出話劇《傾城之戀》的劇本原稿目前未見，但藉由當初的演出特刊可見其四幕劇的本事。[56]而由現存張愛玲本人的二篇關於〈傾城之戀〉的自敘文字[57]以及張愛玲姑姑張茂淵的〈流蘇與柳原的話〉，另外包括柳雨生（柳存仁）、白文、蘇青、霜葉、實齋（司馬斌）、應責、麥耶（董樂山）、童開、沙岑、無忌、陳蝶衣、左采、金長風、沈葦窗和蘭（關露）等名家劇評，可一窺概貌。其間評論褒貶不一，有的說「慶幸這劇本出於作者自己的手，這樣它便具備了藝術應有的整體的美，完整的統一」（應責，頁一〇六）；有的說「《傾城之戀》是好小說，但是好小說不一定就是好劇本，……我們需要的是直接有益於國計民生的戲劇，我們不希望僅僅供於貴族階級欣賞的戲劇」（無忌，頁一一二）；有的稱讚「這戲無疑地仍舊不失為一九四四至四五年間的一齣好戲——重頭的、生動的、有血肉的哀艷故事」（柳雨生，頁一一八）；有的批評「全劇的意識模糊得很，……缺乏了積極性，實在是一個並不爽快的戲」（金長風，頁一二七、一二九）。[58]而陳子善認爲：綜觀一部中國現代文學史，優秀小說改編成話劇仍然獲得成功的範例實在乏善可陳……與《阿Q正傳》、《子夜》、《魯男子》相比之下，張愛玲的〈傾城之戀〉顯得與衆不同。[59]綜括而言，由於小說文本中對話流暢以及應用舞臺、電影的手法，這部「動的〈傾城之戀〉」的演出在上海確是一樁盛事，而張愛玲對四十年代話劇的發展，自有不可抹殺的貢獻。[60]

55 張愛玲：〈我看蘇青〉，《華麗緣——散文集一（一九四〇年代）》，頁二七九。

56 陳子善〈發掘張愛玲四〇年代史料隨想〉一文提及〈《傾城之戀》本事〉載於話劇《傾城之戀》上演特刊，此本事見《印刻文學生活誌》創刊十一號（二〇〇四年七月），頁四十七—五十一。

57 張愛玲：〈關於「傾城之戀」的老實話〉、〈羅蘭觀感〉，《華麗緣——散文集一（一九四〇年代）》，頁二二六—二二七、二二八—二二九。

58 以上係「《傾城之戀》演出特刊評論選」文字。陳子善編：〈話劇電影評說〉《張愛玲的風氣——一九四九年前張愛玲評說》（濟南：山東畫報出版，二〇〇四年），頁一〇一—一二九。

59 陳子善：〈張愛玲話劇《傾城之戀》二三事〉，《說不盡的張愛玲》，頁五十二。

60 陳子善認爲當時只有秦瘦鵑的《秋海棠》可以比擬。參見陳子善：〈張愛玲話劇《傾城之戀》二三事〉，《說不盡的張愛玲》，頁五十二。

一九八四年，上海邵氏兄弟有限公司將〈傾城之戀〉小說改拍電影，由許鞍華導演，周潤發、繆騫人主演，這部片子賣的就是張愛玲小說的題目。[61]

次論及文本的承襲與影響，周瘦鵑曾經讚美張愛玲的作品風格頗似英國名作家Somerest Maugham（毛姆），這一點張愛玲自己也是承認的。[62]劉鋒杰曾比較評析了〈傾城之戀〉與毛姆的短篇〈天作之合〉：「在故事的結局上，作家無非是表達著：不可冥知的生存機會的獲得，或許緩解了現階段的矛盾或衝突，但人生無可逃遁的本質卻始終存在著，構成惘惘的威脅。」[63]而在毛姆的《佛羅倫斯月光下》[64]，寫一個美麗新寡的女子瑪麗周旋在事業有成者的禮貌痴情、名聲不佳的浪蕩子的浪漫挑逗、以及年輕小提琴手的憐憫柔情三者之間，最後她選擇了一個「壞胚子」結婚。冒了這個大險，只是一個理由，「這就是生命的目的」，而「拒絕愛情就是拒絕生命」。比照〈傾城之戀〉中的白流蘇：把自身的命運當作賭注，靠異性的愛來下贏這一盤棋，作家們都挑選了謀生也謀愛的劇碼。

另有取材自〈傾城之戀〉的續寫之作。一九九八年，李歐梵執筆的《范柳原懺情錄》[65]出版，寫范柳原向白流蘇的懺情告白。是集書信、日記、懺情錄等文類，以「後現代」筆法（虛構性和互文性）表現的後〈傾城之戀〉的想像與戲仿的懷舊文本。二〇〇五年，于青發表《續傾城之戀：香港的白流蘇》[66]，全書分成十個章節，內附精美插圖，隱隱以張愛玲為模本為白流蘇作結。主線使用意識流手法交錯白流蘇的述憶今昔，而輔助情節則與范柳原對白流蘇的懺情自悔形成互文。這是由不同作家重新描寫和處理前文本的情境——戀在傾城之後，表現類似身分的人物類型——白流蘇與范柳原，以及重現文本中反覆出現的母題——蜉蝣人間的愛情，做了有機組合的再現，形成三篇小說似獨立又相連。可見李歐梵與于青對范柳原與白流蘇的喜歡、〈傾城之戀〉的流行與張愛玲的迴響。

總結而言，也許〈傾城之戀〉中沒有真正的歡暢，也沒有刻骨的悲哀。[67]然而塵世中兩

61 鄭樹森：〈改編張愛玲〉，陳子善編：《記憶張愛玲》（濟南：山東畫報出版社，二〇〇六年三月），頁二一六。

62 周瘦鵑：〈寫在《紫羅蘭》前頭〉，唐文標編：《張愛玲資料大全集》，頁三〇五—三〇九。

63 劉鋒杰：《想像張愛玲——關於張愛玲的閱讀研究》（合肥：安徽教育出版社，二〇〇四年），頁四四六—四四九。

64 毛姆（Somerset Maugham）著，盧玉譯：《佛羅倫斯月光下》（*Up at the Villa*）（臺北：皇冠文化出版，二〇〇一年）。

65 李歐梵：《范柳原懺情錄》（臺北：麥田出版，一九九八年十二月）。

66 于青：《續傾城之戀：香港的白流蘇》（臺北：印刻出版，二〇〇五年一月）。

67 迅雨（傅雷）：〈論張愛玲的小說〉，收入于青、金宏達編：《張愛玲研究資料》，頁一二一。

個小人物的反覆妥協或許就是這人生無可逃遁的本質，而在平淡瑣碎的生活裡，這種彼此妥協的快樂結局，幾乎可推斷是短暫的。張愛玲藉著揭示人性中的自私自利，留給讀者一串未知、不可解的刪節號，建構了掩蓋在凡俗生活之下的另一種悲劇審美。讀者如果只停留在對柳原與流蘇的俏皮話的玩味與讚賞上，將會使得作者感到寂寞吧。[68]

68 胡蘭成：〈論張愛玲〉，《中國文學史話》，頁二一二。

延伸閱讀

- 于青：《續傾城之戀：香港的白流蘇》，臺北：印刻出版，二〇〇五年一月。
- 水晶：〈試論張愛玲〈傾城之戀〉中的神話結構〉，《替張愛玲補妝》，濟南：山東畫報出版社，二〇〇四年。
- 余斌：《張愛玲傳》，臺中：晨星出版社，一九九八年。
- 吳福輝：〈都會女性感受的世紀之風——談張愛玲的散文〉，金宏達編：《回望張愛玲：鏡像繽紛》，北京：文化藝術出版社，二〇〇三年。
- 李歐梵：《范柳原懺情錄》，臺北：麥田出版，一九九八年十二月。
- 李歐梵：〈張愛玲：淪陷都會的傳奇〉，《上海摩登——一種新都市文化在中國一九三〇—一九四五》，北京：北京大學出版社，二〇〇〇年十二月。
- 胡蘭成：〈論張愛玲〉，《中國文學史話》，臺北：遠流出版，一九九一年。
- 唐文標主編：《張愛玲資料大全集》，臺北：時報出版，一九八四年。
- 耿德華著，王宏志譯：〈抗戰時期的張愛玲〉，鄭樹森編：《張愛玲的世界》，臺北：允晨文化出版，一九九〇年。

■陳思和：〈都市裡的民間世界：〈傾城之戀〉〉，《杭州師範學院學報（社會科學版）》二〇〇四年第四期（二〇〇四年七月）。

■劉鋒杰：《想像張愛玲——關於張愛玲的閱讀研究》，合肥：安徽教育出版社，二〇〇四年。

■盧正珩：《張愛玲小說的時代感》，臺北：麥田出版，一九九四年。

第八章

只活那麼一剎那——〈封鎖〉

第一節　小說發表與張胡情緣

一、發表

一九四三年十一月，蘇青主編的《天地》月刊第二期刊出了張愛玲的〈封鎖〉[1]。一九四四年九月，收入上海雜誌社出版的《傳奇》短篇小說集以及一九五四年七月香港天風出版社出版的《張愛玲短篇小說集》（由《傳奇》改名）。一九八四年六月，唐文標主編《張愛玲資料大全集》中收錄了《天地》原刊〈封鎖〉的全部影印頁。[2]後來張愛玲刪改〈封鎖〉的結局，收入現行由臺北皇冠文化發行的版本。二〇〇〇年，孔慧怡主編的張愛玲小說英文集《「留情」與其他故事》[3]收錄了皇冠版〈封鎖〉的英譯。值得一提的是，在蘇青辦的《天地》月刊第二期，同時刊登胡蘭成的隨筆〈「言語不通」之故〉與張愛玲的〈封鎖〉，張胡因此牽連相識，而蘇青與張愛玲更是相交相知，聲氣相求，互有賞譽，[4]都成了「亂世裡的盛世的人」[5]。

二、張胡情緣

〈封鎖〉是胡蘭成「驚識」張愛玲之作，就是這篇在特殊的時間以及被凍結的空間中的小市民狂想曲的牽線，成就了胡蘭成與張愛玲的一段情緣。

當時在汪偽政權中縱橫捭闔的胡蘭成，原本在汪精衛的喉舌報《中華日報》社論委員會任總主筆，先與吳四寶交好，並與日本軍人政要相交，後來聯手熊劍東除去李士群，又與

1 張愛玲：〈封鎖〉，《傾城之戀——短篇小說集一（一九四三年）》（臺北：皇冠文化出版，二〇一〇年六月）。以下文本引用直標頁碼，不復作註。

2 唐文標編：《張愛玲資料大全集》（臺北：時報文化出版，一九八四年），頁七十八—八十三。

3 Eileen Chang, *Traces of Love and Other Stories*, edited by Eva Hung, published by Research Centre for Translation, Hong Kong: Chinese University of Hong Kong, January 1, 2000.

4 蘇青在「女作家聚談會」裡直言目前女作家裡只看張愛玲的文章。張愛玲則盛讚蘇青作品的特點是「偉大的單純」。參見新中國報社舉辦「女作家聚談會」（一九四四年三月十六日），收入唐文標編：《張愛玲資料大全集》，頁二三七—二四五。

5 張愛玲：〈我看蘇青〉，《華麗緣——散文集一（一九四〇年代）》（臺北：皇冠文化出版，二〇一〇年四月），頁二八〇。

周佛海產生嫌隙。一九四三年，因爲一篇文字直言「日本帝國主義必敗，而南京政府亦將覆沒」成爲導火線，招罪被拘押，後來得到日本友人池田向僞政權施壓搭救脫險，自此與南京政府緣盡而離。一九四四年初被釋放，暫時在南京賦閒養病。胡蘭成在《今生今世》裡這樣寫著：「前時我在南京無事，書報雜誌亦不大看，卻有個馮和儀（蘇青）寄了《天地》月刊來，……就在院子裡草地上搬過一把藤椅，躺著曬太陽看書。先看發刊辭，……翻到一篇〈封鎖〉，筆者張愛玲，我才看得一二節，不覺身體坐直起來，細細地把它讀完一遍又讀一遍。……我仍於心不足。」於是向蘇青索了地址，去拜訪張愛玲。

一九四四年二月，胡張兩人相見，胡蘭成展開對張愛玲的追求，很快就成爲戀人。同年八月，二人簽訂終身，結爲夫婦。對民國女子張愛玲，借用胡蘭成的話是「我只覺世上但凡有一句話，一件事，是關於張愛玲的，便皆成爲好。」「而好的東西……卻是叫人覺得稍稍不安。」[6]而就張愛玲而言，這是她的初戀，充滿著眞情與激情。

第二節　故事內容與命名

一、故事內容

某一天，在上海市區，日軍實行地區封鎖，行駛中的電車被迫停了下來，於是一切似乎都隨之停頓了，切割出一個封閉的時空。車廂裡兩個「扁的小紙人」：一個對婚姻不滿的銀行會計師呂宗楨和一個憋屈待嫁的年輕的英文助教吳翠遠相遇了，他們長期被禮教潛壓的欲望在異乎常態的封鎖間掙脫而出。兩人由原本假意調情，到將計就計、逸出常軌，發生了短暫的、互補的、自以爲是的「眞」愛。然後封鎖解除了，一切回到原點。結果，上海城市就是打了一個盹，一場放恣的戀愛——不過是合作了一場愛情夢，到頭來夢醒情空。誠如譚惟

6 本段文字整理編述，參見胡蘭成：《今生今世》（臺北：三三出版，一九九〇年），上冊，頁二四六—二五五、二六四—二六九、二七三—二七四、二八五。

翰所說：「封鎖」像獨幕劇，以電車做背景，以最經濟的手法來表演一個故事。7

二、故事命名

日軍占領上海時期，「封鎖」是「家常便飯」，日本軍隊以清查抗日活動為名，或逮捕特務等破壞分子時，管制特定區域，經常在南京路、浙江路等繁華街道與閘北、楊樹浦等人口密集的地方實施封鎖，嚴禁市民活動。8在張愛玲小說〈色，戒〉裡，女主角王佳芝要離開暗殺現場時，就有一段封鎖的實況描述：「三輪車還沒到靜安寺，她聽見吹哨子。『封鎖了。』車夫說。一個穿短打的中年人一手牽著根長繩子過街，嘴裡還銜著哨子。對街一個穿短打的握著繩子另一頭，拉直來攔斷了街。有人在沒精打采的搖鈴。馬路闊，薄薄的洋鐵皮似的鈴聲在半空中載沉載浮。」9除此之外，碰上轟炸，或防空演習、重要人物路過等，都會封鎖。只要警笛一鳴，封鎖線內，人車一律禁止通行。散文〈燼餘錄〉裡曾形容遇到空襲時的空電車停在街心，有一種原始的荒涼。10

〈傾城之戀〉與〈封鎖〉是張愛玲小說中少有的兩篇涉及戰爭情節描寫的，而人物遭遇大不相同，前者留下了范柳原，曲全了傾城之戀；後者卻崩壞了呂宗楨，重回人欲的封鎖。就情節場景而言，這是發生於殖民城市在戰亂中封鎖的時空，描述著停駛的電車裡一對男女一場戲劇化的邂逅；就象徵意義探討，作家是穿過現實的世界，叩問著人類心靈的封鎖與釋放的過程，尋找人性的純眞，卻挖掘了人性的不徹底。而這段在「非常狀態」的空間的「心靈探險史」[11]，因著空襲警報的「封鎖」開合始終，一如小說的命名。

7 參見〈「傳奇」集評茶會記〉，上海雜誌社舉辦，一九四四年八月二十六日於上海康樂酒家舉辦的談話會，原載於《雜誌》第十三卷第六期，一九四四年九月，收入唐文標編：《張愛玲資料大全集》，頁二四九。

8 劉惠吾編著：《上海近代史》（上海：華東師範大學出版社，一九八七年），上冊，頁四〇八。

9 張愛玲：〈色，戒〉，《色，戒——短篇小說集三（一九四七年以後）》（臺北：皇冠文化出版，二〇一〇年六月），頁二〇七—二〇八。

10 張愛玲：〈燼餘錄〉，《華麗緣——散文集一（一九四〇年代）》，頁六十七—六十八。

11 迅雨：〈論張愛玲的小說〉，原載一九四四年五月《萬象》第三卷十一期，收入于青、金宏達編：《張愛玲研究資料》（福建：海峽文藝出版社，一九九四年一月），頁一二八。

第三節　主題分析

一、人性的探微

〈封鎖〉發生的背景正值中日戰爭，上海地區淪陷的特殊時空——處於新與舊、中與西、失落與追尋、全與不全的交會轉折點上，張愛玲以書寫浪漫傳奇崛起於上海文壇，敏銳早熟的她在臨摹生命的圖案時，極擅長於心理分析，探討人性的幽微，她試圖通過紅塵男女見證俗世間蜉蝣的情感與倉促的生命，找尋通常的人生回響。因此，小說中所呈現的社會剪影、人生百態，實際上就是市井小民的生存困境的實錄。

倘若從佛洛伊德的三重人格結構——本我（id），自我（ego），超我（superego）觀察：男女主人公都長期處於不調和的矛盾中，他們壓抑「情欲/性本能」，無法依循本我「快樂原則」活動；在現實原則的「閹割」、道德原則「好」的包圍中被合理化、規格化，像釘住的蝴蝶、死在屏風上的鳥。突然有一天，戰爭的封鎖出現了一個「眞空」，隔離了道德文明的現實環境，他們的心靈得以突破虛僞的障蔽，從苦悶的夾縫中掙脫出來，沒有瑣碎的日常，沒有煩叨的人情，兩人竟然戀愛了。接著封鎖結束，那一瞬間，活過的人死去了，短暫的激情如泡沫般消失。連鬧劇都算不上的，就是無情與幻滅。這讓我們察覺：當欲望與現實交手，人們無所遁逃，這場人性的實驗所暴露的盡是軟弱、自私、愚蠢、不堪，隱喻人生是帶著苦味的。張愛玲藉著穿越「現實」的迷霧，構築了一個更「眞實」的世界。

二、真與好的價值觀

小說中，張愛玲改變傳統意識中好人與壞人的對立模式，將文明社會的二元對立的體系——眞與僞，置換爲眞與好（善）的對照，瓦解了對現代性話語虛構的主體自我的價値構建。亦即「在〈封鎖〉社會價値體系裡，人們遵從內在生命眞的要求，則違反了社會和他人的標準，在外面反映爲惡；如果戴了僞的假面具，就會被他人看作好（善）」[12]。舉以吳翠遠的生活作例，她長期處於一個內在世界的標準與社會價値相反的框框裡，一個封鎖，讓她面臨著一「好」與「眞」需擇其一的兩難。以下即觀察她所歷經「封鎖」的心路歷程。

12 邵迎建：《傳奇文學與流言人生》（北京：生活・讀書・新知三聯書店，一九九八年），頁九十三—九十四。

(一)封鎖之前：不快樂的「好」

她是一個好女兒，好學生。她家裡都是好人，天天洗澡，看報，聽無線電向來不聽申曲滑稽京戲什麼的，而專聽貝多芬瓦格涅的交響樂，聽不懂也要聽。世界上的好人比眞人多……翠遠不快樂。（頁一六八）

翠遠抿緊了嘴唇。她家裡的人——那些一塵不染的好人——她恨他們！他們哄夠了她。他們要她找個有錢的女婿！（頁一七四）

這兩段文字描述了翠遠「待字閨中」的聖女的生活規格，趨向於一切高水準、美好的量身設計。要求她的表現就是一個「好」字，但是她不快樂，她恨他們，她對「好」反感，因爲這訂製出的是剩女的尺寸。

(二)封鎖期間：由「好」到「真」的引渡

翠遠從「呂宗楨擱在報紙包上的那隻手，從袖口裡出來，黃色的，敏感的」，感覺他是一個「眞」的人！——不很誠實，也不很聰明，但是一個眞的人！（頁一七一）她渴望成爲「他生命的一部份」（頁一七五）。但是，當宗楨用苦楚的聲音向她說：「不行！這不行！我不能讓你犧牲了你的前程！你是上等人，你受過這樣好的教育……我——我又沒有多少錢，我不能坑了你的一生！」（頁一七四）她驚覺到：錢，還是錢，終歸又回到錢的問題，翠遠的心向下墜落著。她清楚的知道以後她多半是會嫁人的，她的選項將重回「有錢的女婿」的世俗標準，她的丈夫決不會像一個萍水相逢的人一般的可愛，一切再也不會像這樣自然。這時候，宗楨不再是那個跟她一起「活」過的人，她看著他倒退著，退回芸芸衆生中的「好人」之一，於是，「世界上的好人又多了一個」（頁一七五），這趟由「好」到「眞」的引渡是愚蠢的失敗了，翠遠把她的眼淚唾到他臉上。

㈢封鎖解除：回歸於「好」的虛無

宗楨突然站起身來，擠到人叢中，不見了。翠遠偏過頭去，只做不理會。他走了。對於她，他等於死了。（頁一七五）

電車裡點上了燈，她一睁眼望見他遙遙坐在他原先的位子上。她震了一震——原來他並沒有下車去！她明白他的意思了：封鎖期間的一切，等於沒有發生。（頁一七六）如果「噢，你也在這裡嗎？」是一個告別，那麼「他並沒有下車去」就是一記耳光。翠遠發現她所接受的不過是一個男人的調情，而且硬生生地被抹去了，這自以爲是的愛立刻變得穢褻了，她只活了那麼一剎那。

於是，在這個人爲的斷裂的時空，原欲獲得解放，本我活躍，抽離「好」的束縛，顯現「眞」的一面；一旦封鎖解除，世俗規範進駐，超我重新掌握主導權，建構起好的秩序。

這樣的對立鬥爭，一方面呈顯著現實世界中人與人充滿隔閡和虛僞；另一方面又令人警覺：「眞」所指的乃是內心的、自我感覺的眞實，在亂離中偶然的逸出原是社會錯亂的一部分。那麼，意外相逢相知，這不近情理、不是出於眞愛的艷遇便也就沒有什麼可議的了，反而成了一種喘息。在這短暫虛無的片刻，靈魂打個盹兒，同命相憐之間的情感宣洩竟出現了一點「眞心」[13]，這才眞是一種諷刺，而張愛玲在諷刺中有著善意。

三、婚姻觀

〈封鎖〉也揭露了當時的婚姻意識。一般社會印象中，女子待嫁要趁早，久留不得，而對象依舊是在金錢上考量。「因爲女人以失嫁爲最可怕，過時不嫁有起生理變態的危險。而且還要注意的是：知識淺的還容易嫁人，知識高的一時找不到配偶，無可奈何的補救辦法是找個情人來補救」[14]，翠遠眞就是一個活生生的例子。而男子的婚姻觀更是彈性，呂宗楨有了家庭，還不忘高等調情，好給自己留下一些年老時的回憶，當然他也注意到女性的美貌這個條件，或許還包括著性本能的需求，同時，金錢也是至關重要的。

而故事裡，董培芝這個角色安排，是宗楨爲了躲避一心盤算追求女兒的某親戚的兒子，才因緣際會的注意到了吳翠遠。這位惹人厭的董培芝打的如意算盤就是想娶個略具資產的小姐作爲上進的基礎，這說明了婚姻可以跟愛情無關，不過是條晉身的捷徑。因此，張愛玲小說中詮釋婚姻職業病的藥方是：以金錢維繫婚姻及生活，仍是婚姻建構的基礎概念，排除了單純因愛情滋養婚姻的可能。

第四節　人物刻畫

張愛玲一向沿用舊小說的全知觀點羼用在場人物視點鋪陳情節[15]、刻畫人物。「生命的切片檢查」類的小說也不例外。她以爲這社會中，極端者畢竟不多，多是些不徹底的人物。

13 張愛玲：〈傾城之戀〉，《傾城之戀——短篇小說集一（一九四三年）》，頁一九八。

14 參見〈蘇青張愛玲對談記——關於婦女、家庭、婚姻諸問題〉，《雜誌》記者訪問，一九四五年二月二十七日下午於張愛玲女士寓，原載於《雜誌》第十四卷第六期，一九四五年三月，收入唐文標編：《張愛玲資料大全集》，頁二七一。

15 張愛玲：〈表姨細姨及其他〉，《惘然記——散文集二（一九五〇—八〇年代）》（臺北：皇冠文化出版，二〇一〇年四月），頁一三〇。

張愛玲是運用互映互補的方式營造筆下人物的形象，記述他們的活動，冷靜而客觀的描述出人物角色的假面，勾勒他們受限的情境。值得注意的是，其間角色人物多是由他們的缺點而非由其優點被讀者指認出來。封鎖狀況中的男女是渴望和渴望的對象的錯位，他們各自有著各自的限制：女主角英文教師吳翠遠是「匱乏」的——缺少一個有錢的對象（女婿）；而當會計師的男主角呂宗楨是「不足」的——一個齊齊整整穿著西裝戴著玳瑁邊眼鏡提著公事包的人，整天像烏殼蟲似的爬來爬去，汲汲營營於生活；他已經結了婚，有個一點也不為他著想的夫人，而且他十分不滿意她的沒受過高等教育。是而，渴望愛情的翠遠自作多情，而渴望調情的宗楨將計就計，他們合作演出了一場西式男女快速的、短暫的、自以為是的一場滑稽的愛情戲。16

一、吳翠遠

作家描寫人物一向用詞鮮活，下筆俐落，善於用具體比喻抽象。〈封鎖〉中對於吳翠遠這樣一個沒有輪廓、模稜兩可的女人，張愛玲用了三種譬喻，就讓她別具特色，使得讀者過目難忘。一是沒有結婚的翠遠像「擠出來的牙膏沒有款式」（頁一七〇）：髮式千篇一律，長相不難看，是淡淡的、鬆弛的、彷彿怕得罪了誰的美的女人。（頁一六七）二是她看上去就像一個「教會派的少奶奶」（頁一六七）：唯恐喚起公衆注意似的，穿著一身複製著訃聞版式滾藍邊的白洋紗旗袍。三是她的生命款式就好像「聖經的翻譯本」，從希伯來文、希臘文、拉丁文、英文、國語、上海話，每轉譯一個階段都有點隔膜（頁一六八），是連自己也無法決定的。

翠遠出身於一個新式的、帶著宗教背景的模範家庭，竭力鼓勵女兒用功讀書。而翠遠也爭氣，大學畢業後，留校擔任英文助教，打破了女子職業的新紀錄。但她沒有出過洋，又是中國人教英文，被認為資歷不相當，在學校裡受到貶抑。又因著認眞讀書，耽誤了結婚的機會，因此家裡「寧願她當初在書本上馬虎一點，勻出點時間來找一個有錢的女婿」，這樣擔負著女結婚員為當務的使命，使她無奈的生存著。

直到碰上封鎖時的呂宗楨，第一次感知了「眞」的人與「眞的生命」，她原是渴望刺激的，了解到原來她的靈魂裡也有愛。另一方面，更滿意於傾洩了被「好」圈限的不滿——呂宗楨不但沒有錢，又是個有婦之夫，氣氣他們也好。

16 夏志清：〈《中國現代中短篇小說選》導言〉，《夏志清文學評論集》（臺北：聯合文學，一九八七年），頁八十三。

儘管宗楨的眼中，翠遠是個可愛的女人，然而一旦碰觸到社會慣用的金錢價值觀，「愛」立刻向現實棄械投降。當封鎖開放了，電車噹噹的往前開，而這個乖巧順服的女孩，「宛若冬天從嘴裡呵出來的稀薄的一口氣，你不要她，她也就悄悄的飄散了。」（頁一七三）

二、呂宗楨

呂宗楨，華茂銀行的會計師（頁一六五），每天沒頭沒腦的忙，抱怨著工作的壓力：「早上乘電車上公事房去，下午又乘電車回來，也不知道為什麼去，為什麼來！我對於我的工作一點也不感到興趣。說是為了掙錢罷，也不知道是為誰掙的！」（頁一七一）同時對家庭他也不滿，嫌棄太太的學歷不高，連小學都沒有畢業，更認為太太是不懂體恤、不夠體貼、不能理解他的。在平時，他是會計師、孩子的父親，是家長，是車上的搭客，是店裡的主顧，長期現實生活的磨難，使得呂宗楨疲憊不堪。

趁著封鎖，現實與道德被棄了甲曳了兵，他得到了喘息的機會，他看見一個為他臉紅、微笑的女人，原欲蠢蠢欲動：「宗楨沒有想到他能夠使一個女人臉紅，使她微笑，使她背過臉去，使她掉過頭來。……對於這個不知道他的底細的女人，他只是一個單純的男

子。」（頁一七三）

於是，這對男女萍水相逢了。單純的男子需要一個「原諒他，包涵他的女人。」（頁一七三）而沒有款式的女人喜歡「不很誠實、不很聰明，但是一個眞的人。」（頁一七一）雙方都開始注意到自己的渴望以及不足的地方，雙方都希望成爲對方生命中的一部份。（頁一七三、一七五）這一段情節裡，張愛玲以對話以及心理分析鋪陳著一個新時代的知識女性以及步入中年的白領階級的情欲與煩惱，並反覆扣敲著「眞」與「好」的價值底線。關鍵在戰爭的裂隙裡，兩人的一見鍾情是鏡花水月一場。當封鎖解除，男主人公坐回原來的位置，回到現實生活中，繼續扮演著「循規蹈矩」的木偶。

此外，電車中還有一些其他的人：有沒有受過什麼教育，或還不能維持溫飽的貧苦群衆，比如開電車的人沒有完的在兩條蠕蠕的車軌上前進，而他不發瘋；有唱著「可憐啊可憐！一個人啊沒錢！」的山東乞丐，人們聽慣了這一聲接著一聲，竟是漠然的；還有一個剃著光頭的老頭子，整個的頭像一個核桃，他的腦子就像核桃仁沒有多大意思；一個胸懷大志的清寒子弟，一心鎖定千金小姐的婚姻攻略術的表姪董培芝；醫科學生在忙著修改人體骨骼的簡圖；公事房裡回來的人則嘟囔著「東風西漸」……作家以冷靜客觀之筆速寫了城市中的庸俗人物，他們俱以有板有眼的小動作代替了「思想」。

這是〈封鎖〉時電車裡的衆生浮圖。這些主角襯角們是平凡、微不足道的，他們的命運處境或是陰鬱無望，或充滿矛盾諷刺；他們也不是壞，只是沒什麼出息、不乾淨、不愉快。他們有什麼不好，張愛玲都能原諒，有時候還喜愛，就因爲他們存在，他們是眞的，是這時代的廣大的負荷者。夏志清曾說：張愛玲在五四的憤怒浪潮（憤怒於傳統與腐敗）中算是程度較弱的作家。由於張愛玲把舊社會的種種醜態視爲其小說人物因求生存而必須接受的情況，其創作的興趣在小說人物所處的荒謬的處境中遭遇的失敗或勝利，而不是荒謬環境之本身。[17]因此，作家筆下的這些角色註定走向不可避免的宿命，時而出現矛盾的行爲以逃離挫敗不足；時而黯淡的辯護自己能力之微薄；時而自我解嘲自己生命的短暫；但都離不了幻滅屈從。這樣的錯位自然延伸出一種背離現實的弔詭。張愛玲以爲「這樣寫是更眞實的。……儘量表現小說裡人物的力，不能代替他們創造出力來」[18]，他們沒有悲壯，只有蒼涼。而在自憐自傷之餘，他們懂得：掌握現時的安穩才是最緊要的。從這個角度而言，〈封鎖〉與徐志摩的〈偶然〉或許都期許「在交會時互放的光亮」，而張愛玲的小說裡別有寧靜的悲苦與幻滅的憂傷。

第五節　書寫技巧與語言藝術

一、生命的切片檢查

〈封鎖〉是一篇精緻的短篇，故事發生的場景以電車停駛起，電車復行收；電車在平行的車軌上進行原是永遠不會斷的，但是封鎖了，市聲由嘈雜變得完全安靜了，切出特殊的時空，二個受限於「好」的框架的男女邂逅了，突破心靈的封鎖，發展出「眞」情。情節是一步步依照時序——封鎖之前、之時、之後鋪展開來，中間交插一些人物個體補充性敘述，獨立於停滯時空中的補白。最後結束於「飛花似夢、夢過無痕」，演出了一齣荒謬劇。作家在此採用了一種精要的記錄生活、詮釋生命的方式——「生命的切片檢查」。這是種不同於曲折傳奇筆法，而是一種藉著簡單的情節貫串全局的書寫，如同年輪與樹齡的察照，展現的是一種極平俗而瑣碎的生命圖式。唐文標指出：「張愛玲的小說……常說的只是一天、二天

17 夏志清：〈《中國現代中短篇小說選》導言〉，《夏志清文學評論集》，頁八十五—八十六。

18 張愛玲：〈自己的文章〉，《華麗緣——散文集一（一九四〇年代）》，頁一一六。

內的小故事，悠然的滿足在這橫切面色的景觀中，一種小市民的生命規範，……可以重複的賤生在任何一角肥膩膩甚至於骯髒的土地上，而且可以毫不動人地長出美麗嬌艷的花」[19]。張愛玲在這個由無到有又歸零的人生切片裡，利用文明世界被封鎖、人的心靈得以釋放的剎那，以生命中的「眞」和文明中的「好」的價值論述，刻畫出人們在物質與精神、欲望與成規的邊界，陷入取捨的兩難；加上她的文字輸送始終是辛辣的，帶著殘酷、痛苦與孤寂的現代感，每每於衝撞刺激中提供人們靜下來思索生命情境的契機。夏志清指出：作家寫出小人物麻木於生活的複製、平庸生活裡沒有悲劇與喜劇的截然界線，小說裡泛著契訶夫的色調。[20]包括莫泊桑、歐・亨利、毛姆的小說無不具有這種魅力，張愛玲亦是如此。

二、空間的切割術

人是小說家的主題。沒有空間他們無處容身，而意象則是他們表演必備的服裝道具。尤其作家身處的是一個大而破的時代，都市文明高度發展，對社會的變遷不能無動於衷；在她的小說中，故事情節中的空間布置極爲多元。作家往往利用「空間的創造與使用爲自我的觀點定位，擴大了敘事體（narrative）的可能性。此外，空間之所以在張愛玲的小說中占有極大的重要性，是因爲它還認知了變遷社會中私人空間所占領的地位。……而這些空間的類型包括有故事人物能夠游走活動的靜態空間，敘事體本身結構裡情節轉移的動態空間（如時空的跳躍），以及虛構的心靈空間」21。

〈封鎖〉是個短篇，短篇小說其實安排不了多少場景，既沒有經典戰役那麼令人震動，亦不見恐怖屠殺那麼腥羶，所以未由情節曲折取勝，而專重描繪某種人物、某種環境中的某種心情——在此，即是取日常環境中居住行走的靜態空間作例，由於時間性的折斷，忽然突出了一個實踐性的空間。於是借著象徵手法，掌握通過心靈空間的動靜虛實的變動，呈現了小市民的煩惱與欲求。

其中，「電車」是一個極爲重要的空間，它本來是都市市民習以爲常、離不了的交通工具，是現代城市物質文化的一個表徵。長年住在鬧市裡的張愛玲自言，「喜歡聽市聲，是非得聽見電車響才睡得著覺的」，在她的記述裡，「行馳著的電車像淡淡的白條子——平行

19 「生命的切片檢查」參見唐文標：〈「十八春」原文書影前記〉，唐文標編：《張愛玲資料大全集》，頁一七三。

20 夏志清：〈《中國現代中短篇小說選》導言〉，《夏志清文學評論集》，頁八十六。

21 蔣翔華：〈張愛玲小說中的現代手法——試析空間〉，《聯合文學》第十卷第七期（一九九四年五月），頁一四九—一五〇。

的，匀淨的，聲響的河流，汩汩的流入下意識裡去」22。而在〈封鎖〉中，作家一面利用車軌的前移、抽長與縮短，象徵沒有止盡的單調乏味的俗世人生的旅程；一面將一個原本流動的城市風景線，變爲因「封鎖」而出現的凝滯封閉的空間。電車上的人全被圈禁了，包括開電車的，以及公事房裡的人、乞丐、老頭，中年夫婦，董培芝、呂宗楨以及吳翠遠等等乘客，只得各自想法對應，打發這段乍似靜止的時光。

在故事中，城市封鎖的啓動與解除與城裡人的思想活動是一併經由聽覺和視覺協力展示的。「封鎖」之前隨著電車的行駛，都市生活呈直線條徐徐地前進著：「開電車的人開電車，在大太陽底下，電車軌道像兩條光瑩瑩的，水裡鑽出來的曲蟮，抽長了，又縮短了；抽長了，又縮短了；就這麼樣往前移……沒有完，沒有完……。」（頁一六四）接著，「封鎖了，搖鈴了。『叮玲玲玲玲玲，』每一個玲字是冷冷的一小點，一點一點連成一條虛線，切斷了時間與空間。」（頁一六四）作者以形符虛線、音符鈴聲，畫出界線，切斷時間與空間，從混亂到靜止，從有聲到無聲，「街上漸漸地也安靜下來，……人聲逐漸渺茫，像睡夢裡所聽到的蘆花枕頭裡的窸窣聲。這龐大的城市在陽光裡盹著了，……——大白天裡！」（頁一六四）成規世界由此出現隙縫（靜態空間），紅塵兒女得以開啓生命中另一扇空白（虛構空間）。

最後「封鎖」開放了。「叮玲玲玲玲玲」再度對應著冷冷的一點一點連成一條虛線，切斷了時間與空間。「一陣歡呼的風颼過這大城市，電車噹噹噹往前開了。……他們一個個的死去了。……封鎖期間的一切，等於沒有發生，整個上海打了一個盹，做了個不近情理的夢。」（頁一七六）

通常在敘事體中，靜態空間是最基本的組織，由這類空間來做一個主題的開頭是適當合理的。作家策動一個跨感官性及跨媒介性的敘事模式，使讀者馬上感到「封鎖」的「切斷」和「停頓」的效果。[23]她的故事變成了靈魂的潛望鏡，由內而外，照亮了現實——在被圈制住的短短時間裡，狹小的電車成了舞臺，展演著黃粱人生。而這個外在身體行動的受限空間卻造成內在心靈的釋放，所提示的價值觀照亦是一個對峙：「好」與「真」[24]，連帶著結局乃至情節的推演儼然形成一種二元：欠缺的願望變成真的戲碼，真的戲碼又恍然如「夢」，「戲如人生」與「人生如夢」平起平坐，「現實」與「夢境」錯肩而過。佛洛伊德說：夢是「滿足願望」的象徵。小說中所完成的「夢中遂願」僅僅是「他們只活那麼一剎那」、「但

22 張愛玲：〈公寓生活記趣〉，《華麗緣——散文集（一九四〇年代）》，頁三十六。

23 周蕾：〈技巧、美學時空、女性作家——從張愛玲的〈封鎖〉談起〉，收入楊澤編：《閱讀張愛玲——張愛玲國際研討會論文集》（臺北：麥田出版，一九九九年），頁一六五。

24 邵迎建：《傳奇文學與流言人生》，頁二三五。

畢竟活過了」（頁一七六）。而「夢境文本」往往具有多重目的，夢解決了不同人的各種願望，這些願望解決著個體所不能滿足的問題。

在這裡終點就是起點，封鎖期間發生的一切被凍結了，留給主角人物以及讀者的只會是一串串句點，成爲平行的背景。末了，「開電車的人卻不發瘋」，「放聲唱著沒錢的歌」是反筆作收——以冷漠無情之筆寫活過的人死去了，重新還原了渾沌的人間世情。

三、「多一點」的美學

李歐梵對張愛玲小說技巧中的「多一點」曾解釋：「幾乎是一個無處不在的敘述聲音，這聲音不僅在角色身上盤旋或進入角色身上，還不停地以一種親密而困惑的語調對他們作出評論。……彷彿它出自一個老練的旁觀者之口；但它也點評瑣屑的細節，有時還在意想不到的時候出現。在這樣的時候，敘述語言就立刻出人意料地轉入想像和比喻中去。」[25]

〈封鎖〉中，張愛玲借由空間（環境）設置、行動刻畫，以象徵借喻的手法寫飲食男女之大欲。利用封鎖切斷現實，提供男女主人公產生激情的眞空狀態，「讓生命來到你這裡」；又通過敘事與凝視兩種活動，[26]觀察普通人物的外部活動和內心思維，使欠缺的與渴望的，在自我的想像中完成。前者如：呂宗楨在麵食攤子上買的用報紙包的「菠菜包子」印上了鉛字——轉載了「訃告……申請……華股動態……隆重登場候教……」等字眼兒，就帶點開玩笑性質。……接著他從「包子上的文章看到報上的文章，……他在這裡看報，全車的人都學了樣，有報的看報，沒有報的看發票，看章程，看名片。任何印刷物都沒有的人，就看街上的市招。」（頁一六六）正是經由男主人公的「看」到周遭之人有樣學樣的「看」；藉著「看」與「被看」（人與物、人與人、角色與讀者），他們得以填滿可怕的空虛，免於活動他們的腦子，因爲「思想是痛苦的一件事」（頁一六六）。這裡的「菠菜包子」不只在於食的功能（解飢），是聯合著上下文，提供著回響、弦外之意。作家正是以「審視世情」作爲書寫布置，襯墊著情眞意新爲基底，記錄著凡人性的「生存者文學」——即覺察到自己的不夠、人生的不安，選擇屈從忍耐，像烏殼蟲一般的爬著。內心的思維如：他們戀愛了。他告訴她許多、無休無歇的話，可是她並不嫌煩。戀愛著的男子向來是喜歡說，戀愛著的女人則不大愛說話，因爲她知道；男人徹底地懂得了一個女人之後，是不會愛她的。

25 李歐梵：〈張愛玲：淪陷都會的傳奇〉，《上海摩登——一種新都市文化在中國（一九三〇—一九四五）》（北京：北京大學出版社，二〇〇〇年十二月），頁二三六。

26 周蕾：〈技巧、美學時空、女性作家——從張愛玲的〈封鎖〉談起〉，收入楊澤編：《閱讀張愛玲——張愛玲國際研討會論文集》，頁一六七。

（頁一七三）這是女主人公對情愛的浮動不羈的解讀：「翠遠對於愛情的感覺是帶著自嘲的。……總是為著社會壓力所迫而渴望愛情來臨；但又同時知道愛情的虛浮性，理解男性的不可靠。」[27]作家和她的人物始終都在「真的」、「好的」價值觀照中困惑著。

此外，在意象借喻上的奇新精采，極擅長將抽象難宣的以具體化、實物化的比擬呈現，使得作家筆下的景物與人物、外部與內裡的關係出現視覺性極強的並置。如：女主人公像擠出來的牙膏（頁一七〇），像「教會派的少奶奶」（頁一六七），生命款式像「聖經的翻譯本」（頁一六八）有文字誇張的變音；至若「她的臉像一朵淡淡幾筆的白描牡丹花，額角上兩三根吹亂的短髮便是風中的花蕊」（頁一七三），淡彩細筆，描摹入畫。

由於張愛玲是個世情的叛逆者，對都市生活的戲劇化有著獨特理解，她個人「失落者」的感情意識，使她的書寫表現了對現存生態否定中的欣賞。[28]譚正璧說：「〈封鎖〉的題目確是挺現實了，可是內容所寫一對在電車上邂逅的男女霎時的羅曼司，如果沒讀過性心理學一類書本，或自己也曾有過同樣變態心理的人，一定會疑惑這是作者自己在瘋狂中所發的囈語。」[29]史書美則以為：「張愛玲刻意描繪呂之愛欲之片刻爆發，有著相當濃厚、誇張的通俗劇（melodrama）的特性。……〈封鎖〉因此可以看作是一個隱喻，一種被壓抑的慾望得以暫時釋放和迸發的時空隱喻。」[30]於是，就在這個特別的時空格子裡，作家無意的生發了一對都市男女遐想的私情，以寓言式書寫了一個到頭來什麼彷彿都沒發生的故事。作品通體的情調是擠挨著嘈雜的市聲與熱騰騰的人氣，現實都市男女通過特殊如夢幻般的生命經歷而重新認識自我，演繹了無望的人生「苦」劇。其中種種的矛盾與不眞實一直是與我們內心的世界合拍的，只是我們從未曾清醒的審視自我。

第六節　小說原稿與修正版本

〈封鎖〉原發表於一九四三年十一月《天地》月刊第二期，小說原稿的結尾還附有二個小段落：

27 周蕾：〈技巧、美學時空、女性作家——從張愛玲的〈封鎖〉談起〉，收入楊澤編：《閱讀張愛玲——張愛玲國際研討會論文集》，頁一六九。

28 于青：《張愛玲傳》（廣州：花城出版社，二〇〇八年），頁九十六。

29 譚正璧：〈論蘇青及張愛玲〉，收入唐文標編：《張愛玲資料大全集》，頁三三〇。

30 史書美：〈張愛玲的慾望街車——重讀《傳奇》〉，收入金宏達主編：《回望張愛玲：鏡像繽紛》（北京：文化藝術出版社，二〇〇三年一月），頁二三二。

呂宗楨到家正趕上吃晚飯。他一面吃一面閱讀他女兒的成績報告單，剛寄來的。他還記得電車上那一回事，可是翠遠的臉已經有點模糊——那是天生使人忘記的臉。他不記得她說了些什麼，可是他自己的話他記得很清楚——溫柔地：「你——幾歲？」慷慨激昂地：「我不能讓你犧牲了你的前程！」飯後，他接過熱手巾，擦著臉，踱到臥室裡來，扭開了電燈。一隻烏殼蟲從房這頭爬到房那頭，爬了一半，燈一開，它只得伏在地板的正中，一動也不動。在裝死麼？在思想著麼？整天爬來爬去，很少有思想的時間罷？然而思想畢竟是痛苦的。宗楨撚滅了電燈，手按在機括上，手心汗潮了，渾身一滴滴沁出汗來，像小蟲子癢癢地在爬。他又開了燈，烏殼蟲不見了，爬回窠裡去了。31

相對前文描寫電車上人群以學樣看報打發無聊空虛，以免除思想這件痛苦的事，此處烏殼蟲的版本再次提及「思想畢竟是痛苦的」，暗喻著呂宗楨回到家做了好人，就像一隻爬來爬去、很少有思想時間的烏殼蟲，是相當不堪的諷刺。後來出書時，呂宗楨回到家中這「烏殼蟲」開燈關燈一節文字全部刪去，故事以首尾相應的方式停留在「開電車的放聲唱道：『可憐啊可憐！一個人啊沒錢！』」的詠嘆調中結束。對此，高全之以爲：故事場景因此簡化爲電車本身。周遭筆墨由車廂內部朝外描繪，有單一的敘述立足點，故事空間變小，此其一；

故事時段剔減為封鎖開始至結束的當刻的片段，故事時段得以濃縮。此其二；限制時空跨距，配合了凸顯特定人生頃刻經驗的原始目的，此其三；如此改動係基於小說藝術的需求，或關切重點的轉移，意義重大。[32]

檢視這篇「現實背景裡的一種夢幻敘述」[33]，其中包括了現世的安穩與原欲的飛揚以及各種情境的摺疊：實境與幻境的交錯，喜劇與悲劇的共生，虛偽的享樂與真實的愁苦。是在離奇中見普通，在特異中見平凡的書寫中揚奏出一種小市民的生命規律，帶著一種非個人的深刻悲哀。因此，無論是哪一種版本收束，都顯現了張愛玲對於人生的愚妄與荒謬、生活的瑣碎與無聊、生命的感傷與空洞的一種解剖與觀照——人生的結局中，壯年夭折，老了，一切退化了，都是個悲劇。但人生下來，就要活下去，生和死的選擇，人當然是選擇生。[34]另

31 原刊的未刪稿末段，收入唐文標主編：《張愛玲資料大全集》，頁八十三。

32 高全之：〈百世修來同船渡——〈封鎖〉的瞬間經驗〉，《張愛玲學》（臺北：麥田出版，二〇〇三年三月），頁六十八—六十九、七十三。

33 李歐梵：《上海摩登——一種新都市文化在中國（一九三〇—一九四五）》，頁三〇四。

34 殷允芃：〈訪張愛玲女士〉，收入金宏達主編：《回望張愛玲：昨夜月色》（北京：文化藝術出版社，二〇〇三年），頁三一九。

一方面，小說中浮影翩翩的是人物的自憐、矛盾與淡漠，他們都不快樂，各有各的心事——這些人既不是意志堅定的英雄角色，亦不復是標準的善良人民，他們多是些不徹底的小人物，愚昧而缺乏自信，但究竟是認眞的。尤其是處在亂離中，面對死亡與幻滅的隨時可至、無處不在，他們是恐懼的。他們有時表現出固執不通的任性，但大多時候是無動於衷的淡漠，對世事無情。是而，這篇〈封鎖〉透過邂逅，張愛玲做了文學性與哲學性的闡釋，認爲最靠不住的恰恰是人自己，難怪夏志清要說張愛玲是個「無情世代」的先覺者。[35]

35 夏志清：〈蔣曉雲小說裡的眞情與假緣——《姻緣路》序〉，《夏志清文學評論集》，頁二五二。

延伸閱讀

- 史書美：〈張愛玲的慾望街車——重讀《傳奇》〉，金宏達主編：《回望張愛玲：鏡像繽紛》，北京：文化藝術出版社，二〇〇三年一月。
- 李歐梵：〈張愛玲：淪陷都會的傳奇〉，《上海摩登——一種新都市文化在中國（一九三〇—一九四五）》，北京：北京大學出版社，二〇〇一年。
- 周蕾：〈技巧、美學時空、女性作家——從張愛玲的〈封鎖〉談起〉，楊澤編：《閱讀張愛玲——張愛玲國際研討會論文集》，臺北：麥田出版，一九九九年。
- 邵迎建：「第三章《傳奇》的世界㈠：三「封鎖」的世界——〈封鎖〉」《傳奇文學與流言人生》，北京：生活．讀書．新知三聯書店，一九九八年。
- 高全之：〈百世修來同船渡——〈封鎖〉的瞬間經驗〉，《張愛玲學》，臺北：麥田出版，二〇〇三年三月。
- 唐文標主編：《張愛玲資料大全集》，臺北：時報出版，一九八四年。
- 殷允芃：〈訪張愛玲女士〉，收入金宏達主編：《回望張愛玲：昨夜月色》，北京：文化藝術出版社，二〇〇三年。

■張健：〈雙重的封鎖〉，《張愛玲新論》，臺北：書泉出版社，一九九六年一月。

■董挽華：〈從〈封鎖〉看〈封鎖〉的境界〉，《幼獅月刊》第三十五卷第六期（一九七二年六月）。

■蔣翔華：〈張愛玲小說中的現代手法——試析空間〉，《聯合文學》第十卷第七期（一九九四年五月）。

第九章

第二天又變了個好人——〈紅玫瑰與白玫瑰〉

〈紅玫瑰與白玫瑰〉初登於一九四四年五月至七月《雜誌》月刊第十三卷第二至四期。[1]一九四七年收入上海山河圖書公司出版《傳奇》增訂本。其中經過改動，刪去原文起首「振保叔叔的話我句句聽明白了，便是他所沒有說的，我也彷彿是聽見了」的聽述者套路，直接是男主人公的出身、形象、性格的刻畫，一氣呵成地進入了振保視角所張望的世界。二〇一〇年六月，收錄於臺北皇冠出版社再版的《紅玫瑰與白玫瑰——短篇小說集二（一九四四—四五年）》[2]，並加收五幅張愛玲親筆手繪的人物插圖（頁一七八—一七九）。這個「女人喜歡振保的故事」不見得完全是吹，根據水晶在一九七一年六月夜訪張愛玲的時候，張愛玲曾經披露〈紅玫瑰與白玫瑰〉的創作也是「各有其本」的，佟振保和白玫瑰這兩個人她都見過，而紅玫瑰只是聽過。[3]

第一節　故事內容與命名

一、故事內容

小說中，出身寒微的男主人公佟振保不願意一輩子死在一個愚昧無知的小圈子裡，因此自己爭取自由，刻苦去愛丁堡讀念書，回到上海後學以致用，在外商染織公司任職。時間大約在一九三〇、一九四〇年代，他站在世界之窗的窗口，生命的扇面一片空白，正等待揮墨落筆。（頁一三〇—一三一）

接續的情節在先後出現於他生命中的幾個女性情愛關係間順時展開：包括旅遊歐洲時的花錢尋歡，遇上結束了自己的「童男子」的巴黎妓女；在英國與華僑姑娘玫瑰的柳下惠式的初戀；回到上海，勾搭上朋友王士洪的太太王嬌蕊，發展出倫常社會中絕不肯原諒的情愛；而後，振保為著崇高道德的緣故拋棄王嬌蕊，回過頭來娶了個嫻靜柔順卻思想空洞的女人孟煙鸝為妻。當然，他遇到的事不是盡合理想的。離了婚的情婦王嬌蕊，嫁了別人，再見的時

1 原版本及插圖參見唐文標主編：《張愛玲資料大全集》（臺北：時報文化出版，一九八四年），頁八十四—一一一。

2 張愛玲：〈紅玫瑰與白玫瑰〉，《紅玫瑰與白玫瑰——短篇小說集二（一九四四—四五年）》（臺北：皇冠文化出版，二〇一〇年六月），頁一三〇—一七七。以下文本引用直標頁碼，不復作註。

3 水晶：〈蟬——夜訪張愛玲〉，《替張愛玲補妝》（濟南：山東畫報出版社，二〇〇四年五月），頁十九。

候成了一個抱著孩子、肥胖的庸俗婦人；而原以爲是宜室宜家的正經女人孟煙鸝卻出了軌，與裁縫師有染。這樣的發展讓這個被傳統觀念束縛、一向精算著婚姻與愛情的男人感覺難堪不平與悲傷失落。然而，爲了面子，他活在無盡的虛僞中——在現實生活裡，他砸不掉自造的家，他的妻，他的女兒。末了，他嘆了一口氣，調理幾下自己，於是偏離的回歸於正軌，萬物各得其所。整個故事就歸整出這樣一個最合理想的中國現代人物。

二、故事命名

小說以「玫瑰」命名別具意義，源起於「振保認識了一個名叫玫瑰的姑娘，因爲是初戀，所以他把以後的女人都比作玫瑰。」（頁一三四）由於「玫瑰」花容嬌艷多姿，芳香帶刺，張愛玲在這裡處理男女情愛，開門見山地選擇了「玫瑰」這個符號代表女性。一方面結合著刻板印象中的顏色區分——「紅」代表熱情，挑戰常規，有自由、招搖的任性；「白」代表純潔，馴服道德，是規矩、羞縮的呆板；同時比附著與父權社會下觀看女性的分類指涉，意圖伸張主權。比如：「貞」與「淫」、「節」與「烈」的行爲特質，「正經女人」與「娼妓」的認知鑑別，「妻子」與「情婦」的角色身分，「天使」與「妖女」的形象塑造，組構了「玫瑰」一族。其中狂野的紅玫瑰和平乏的白玫瑰分別成爲作家筆下男主人公的情婦王嬌蕊、妻子孟煙鸝的代號。然而，一旦當男人徹底地懂了一個女人之後，是不會愛她的，因爲「娶了紅玫瑰，久而久之，紅的變了牆上的一抹蚊子血，白的還是『床前明月光』；娶了白玫瑰，白的便是衣服上沾的一粒飯黏子，紅的卻是心口上一顆硃砂痣。」（頁一三〇）在這裡，作家在分類命名、人物情節間引線穿梭，不僅僅於搬弄啼笑、敷衍奇情；而是通過符號「玫瑰」隱喻女性在宗法父權制度下的壓抑與反撲。其中，「紅白對抗」裂解了佟振保的眞與好的世界；「紅白變色」嫁接了女性的焦慮與自覺。彷彿〈第一爐香〉中彈唱的「夏天最後的玫瑰」餘音嫋嫋，到此青出於藍。藉著強調對人物的撫摩塑造，由其內在生命凸露人性，施張男女情愛，帶出了他們的生活。

第二節　主題分析

一、意志、情欲與虛榮的鬥爭

傅雷曾闡述文學作品中最令人感興趣的題材是鬥爭，同時肯定張愛玲的情欲書寫，爲當時的文壇彌補了空缺。就鬥爭的範圍言：他以爲作家的對象多半是外界的敵人：宗法社會，舊禮教，資本主義……，可是人類最大的悲劇往往是內在的外來的苦難，比如說情欲主宰之下所招致的禍害。[4]觀察〈紅玫瑰與白玫瑰〉是在恩怨爾汝的情節中，反覆探測「人類自我的追尋，人性眞實的刻畫，甚至人生情境的無助與掙扎」的底線。故事中的男女主人公的活動脫離不了情欲因素的控制與鬥爭，就像拉岡（Jacques Lacan, 1901-1981）「去來遊戲」[5]裡的線軸，「情欲」的匱乏施捨不過是一場迂迴作戰：欲放實收，欲去還回。從鬥爭的舞臺上看，佟振保對於自我完整性的誤認，一再相信自我人格的完美，道德價値的高尙以及主體的完整；以致在紅玫瑰與白玫瑰的取捨過程裡，屢屢面臨「情欲需求」與「倫理價値」的分裂、「自由」與「壓抑」的矛盾、「面子」與「裡子」的衝突，無法解決。他養著鳥，想著花；戴著「虛榮」、「僞善」的面具，實踐「道德」與「理想」，汲汲營營地力圖做自己絕對的主人而失敗了。相較於《紅樓夢》的賈寶玉失了玉、捨了寶，出離了白茫茫的大地，後者留下了「歇手」的從容。

無疑地，這也是個「意志」與「情欲」的交手與對決。無論是紅玫瑰、白玫瑰乃至佟振保都意圖分別在道德與情欲中安置自我的秩序與快活，卻由於盲目的愛欲（libido）本能的作用，每每自陷於光明黑暗、正直邪惡、建設破壞、圓滿缺損、犧牲報復的渦流。其中無論是遊戲人間的女子，終被捨棄；或是從夫如天的女子，終受冷落；乃至情婦從良、賢妻出軌，都是一種屈抑的愛情。而好男人的口碑便這樣心心虛虛的建立；顫顫危危的支撐著。於是，在這場緊扣著意志、情欲與虛榮的鬥爭中，作家從變調的情愛探討了人性矛盾與人生愚妄：「丈夫在外面有越軌的行動，他的妻是否有權利學他的榜樣？」[6]婦德問題與爲妻之道的爭辯隱隱浮現，充滿戲劇性的反諷。另一方面，作家執筆於「飲食以求個體之生存，男女以求種族之生存」[7]的素材體察人生；試圖在殘酷現實中測試世間的眞情與智慧，不意卻說明了生存法則的弔詭，點出「人的生存不該僅僅是一種盲目意志推動的結果，而應產生一種自主性的選擇」。

4 迅雨：〈論張愛玲的小說〉，原載一九四四年五月《萬象》第三卷十一期，收入于青、金宏達編：《張愛玲研究資料》（福建：海峽文藝出版社，一九九四年一月），頁一一六。

5 周英雄：《小說・歷史・心理・人物》（臺北：萬象圖書出版，一九八九年），頁一三六—一三七。

6 張愛玲：〈借銀燈〉，《華麗緣——散文集一（一九四〇年代）》（臺北：皇冠文化出版，二〇一〇年四月），頁五十七。

7 周作人以爲：「飲食以求個體之生存，男女以求種族之生存，這本是一切生物的本能。」周作人：〈中國的思想問題・藥堂雜文〉，《周作人自編文集》（石家莊市：河北教育出版社，二〇〇二年一月），頁十四—十五。

二、「對」的世界的建造、動搖與修復

審視〈紅玫瑰與白玫瑰〉中，「對」的世界的建造與傾覆著實反映在佟振保的「主控」意識——即「袖珍世界裡，他是絕對的主人」（頁一三三）之下。佟振保走在舊式生活的邊沿上，骨子裡仍然受到傳統禮教森嚴的影響，他自認是個「正經人」，「將正經女人與娼妓分得很清楚」（頁一三三）；同時他又出過洋，接受過西方文明的教養、個人主義的洗禮，使得「與熱烈的情婦尋歡作樂，與聖潔的妻維持養家育子的婚姻」的理想彷彿是理所當然的。然而，在那他極力捍衛主權的場域裡，屢屢存在著「好」與「眞」的價值轇轕，糾纏著「本我」與「超我」的鬥爭。佟振保擺盪其間，在宣示自我的男性主權上屢屢挫敗——不僅無能主宰他人，甚至發生自我認同分裂的危機，「對的世界」的價值體系瓦解，淪爲一個空洞的敘述。

從巴黎召妓開始，佟振保一手打造著「對」的履歷：第一次，這樣一個穿著紅襯裙的法國妓女的體味、動作，乃至從鏡子裡看到一張反射出來的森冷的男人古代士兵的臉，給他烙下感覺不對、極不舒服的印記——他在她身上花了錢，卻仍無法主宰這個女人的「眞實」。這三十分鐘，是振保情愛史上一次最羞恥的挫折。從此，振保下了決心要創造一個「對」的世界。（頁一三三）

接著，如柳下惠般，與初戀的「玫瑰」分手——延續著法國妓女的創傷經驗，振保覺得這個於英國求學時認識的女孩玫瑰「瘋瘋傻傻，有點隨便，娶來移植在家鄉的社會裡，那是勞身傷財，不上算的事。」（頁一三五）是以儘管感到「玫瑰的身子從衣服裡蹦出來，蹦到他身上」（頁一三六），但他以極強的自制力管住自己，堅持作「自己的主人」。事後回想起來，他對自己坐懷不亂的作爲充滿了驚奇讚嘆，在內心其實是懊悔的。

其次，爲了崇高的理智的制裁，捨棄了「紅玫瑰」——王嬌蕊是朋友的妻，彷彿是英國的玫瑰借屍還魂，「而且這女人比玫瑰更有程度了，她在那間房裡，就彷彿滿房都是朱粉壁畫，左一個右一個畫著半裸的她。」（頁一四一）振保遇見這樣的紅玫瑰，心裡著實煩惱，但是振保心裡清楚：一個任性的有夫之婦是最自由的婦人，他用不著對她負任何責任。（頁一四九）因此，占有紅玫瑰，振保有著「無恥的快樂」（頁一五一）。對這個太好的「愛匠」，到頭來，他又決絕的「爲了崇高的理智的制裁，以超人的鐵一般的決定，捨棄了她。」（頁一六三）這是因爲振保不能不對「自己」負責，而這個「自己」指向的正是他自身設限的「對」的世界：遵循著社會的評價、他人的目光，做一個模範人物。下了這個決定，佟振保自以爲展現著自我主權，並未察覺自己已經淪爲社會價值下的玩偶。直到後來，振保與嬌蕊在公車上不期而遇，對嬌蕊的「從良」，振保感到難堪的妒忌，透過搖動車身的鏡子反射，佟振保顫抖地流下了眼淚。（頁一六六）這是「完全不對的流淚」，「完全不對的演出」；「哭的不該是他」無疑宣告著「對」的世界的崩毀。

振保的婚姻是空洞白淨的。他依著母親的邏輯與社會的期待，娶了白玫瑰，而這個「籠統的白」的女人後來變成了「乏味的婦人」（頁一六二─一六三）。更沒料到婦人後來和一個卑賤、有癩痢疤的裁縫有了外遇。這個發現，徹底的逆轉了他的認知，使得向來高高在上、維護男權、頒布命令的振保由主動變成被動，振保再次失去了主導權。

在現實世界、維護對的秩序的前提下，男主人公屢次企圖鞏固「做自己主人」的主權，責任卻總是與欲望扞格矛盾。因爲生命中的「眞」和文明中的「好」，二者互相依存，然而卻不能同時被知覺。小說裡佟振保執意要創造一個「對」的世界，想做個徹頭徹尾的「好」人，卻不能遏制欲望做了「不對不好」的事，這是向本我傾斜。左支右絀、動輒得咎的結果是求「好」心切的理想淪爲一種僞善的實踐，一旦對上紅玫瑰的「漂白」，「眞」必不能容於現實，只得被強迫退縮到自己一再宣示的「對」的角落以求生存，形成屈服於超我的錯位。另者，「白玫瑰」的「染紅」出軌，更挑戰了佟振保所親手鑄造的「對」的世界。是而，無論紅玫瑰或白玫瑰的選擇或作爲，都動搖了性別統治下強加於女性的倫理秩序，摧毀振保自認爲「對」的價值設定。最後，他改過自新，收拾殘局，卻終究無法逃脫自設的好人套子，重新修復的世界有一種難堪的孤悽。

第三節　人物刻畫

張愛玲的小說多數以女主角擔綱演出。她以女人寫女人的心理，諸如曹七巧、白流蘇、葛薇龍等沉穩精巧，各具特色。而〈紅玫瑰與白玫瑰〉是一個例外，作家別啓男主人公的視角，以曲筆取譬借喻、描人繪形、鋪情敘事，呈現了小說個體人物在現代生存情境中「吾之所以有大患者，唯吾有身」的無奈的負荷與致命的偏嗜。

一、佟振保

小說中，紅玫瑰與白玫瑰的描畫固然是柳暗花明的，但他筆下的男主人公佟振保自成典型。作家使用心理分析的手法解剖人物的內心，塑造出一個「擔不起情欲的男人」[8]。

由外觀之，故事裡的佟振保是一目了然的。他的學經歷出色：正途出身，眞才實學，

8 喬向東：〈反駁與偏離——張愛玲小說對於新文學的反抗〉，收入金宏達主編：《回望張愛玲：鏡像繽紛》（北京：文化藝術出版社，二〇〇三年一月），頁一六七。

半工半讀打天下，在一家老牌的外商公司做到很高的位置；他的家庭美滿：太太大學畢業，身家清白，面目姣好、性情溫和，從不出來交際。一個女兒九歲，大學的教育費已經準備好了。在品德的天平上，更是可圈可點：他侍奉母親周到；辦公認真；待朋友熱心、義氣、克己。做人爽快，忠義俱全。整體來說，無可挑剔什麼，是個有始有終、有條有理的人物。（頁一三〇、一三一）

一旦進入佟振保的內心世界，作家借由記錄他外部行動的攀升與墮落，反襯個體精神層面的衝突與掙扎，無微不至地描寫了男性的自私：在英國讀書的時候，拒絕玫瑰的道貌岸然為他贏得了「坐懷不亂」的名聲。回國之後，卻和朋友妻紅玫瑰有染，在這場不應該發生的戀愛中，他獲得犯罪性的刺激快感，因為「他喜歡的是熱的女人，放浪一點的，娶不得的女人。」（頁一三八）而當嬌蕊真心愛上他了，卻又擺脫不了自己的邏輯，顯露鴕鳥性格：「你要是愛我的，就不能不替我著想。我不能叫我母親傷心。……社會上是決不肯原諒我的——士洪到底是我的朋友。我們的愛只能是朋友的愛。」（頁一六一）

作家在這裡以感官上無恥的快樂、豐肥的辱屈與行動上理智的制裁與盡責的犧牲，呈現出男主人公個人欲望與社會期待背道而馳的「假面人格」（**persona**）。他認為：為了情感破壞了名聲地位和事業前途，是一種奢侈。自己親手打造的事業城堡、模範形象，怎麼捨得輕易地毀於一旦呢？守著這一點自私的安全成為自我保護的盾，也成為傷害他人的劍。

白玫瑰孟煙鸝是他明媒正娶的妻，但在他心中，以社會價值爲基礎的秩序感知並不能跟他的潛藏的欲望相協調，煙鸝是不足以彌補他自以爲的「犧牲」的，因此他仍舊是「嫖」，「要嫖得精刮上算」，藉此來平衡自己。等到佟振保發現妻子有了外遇，他生起氣來——「我待她不算壞了。下賤東西，大約她知道自己太不行，必須找個比她再下賤的，來安慰她自己。」（頁一七二）這個以自我爲中心，他一手建立的「對」的世界全不對了，周遭的一切都逸出自我的掌控，男主人公自認的主權完整性、自主性崩壞殆盡，於是，崇高的、道德的「聖像」裂解。他砸不掉他自造的一切，至少，他非砸碎他自己不可！

佟振保外表自律而內心猥瑣，屢屢在情欲與現實中搖擺迷失，因而出現理性與非理性的行爲反差。這種爲了面子表現出矛盾的心理與行徑，姚玳玫稱之爲「兩棲性」，是通過他那分裂了的雙重人格得以體現。[9]他時常處於孤獨與自毀的情境中：當他摘除自我面具的情境，毋寧是痛苦的；但他重新戴上面具的情境，更是一種窘境的面臨，且倍加不堪。他矛盾著，終究無法做自己的主人，而成了被道德束縛、受情欲煎熬的奴隸。

9 姚玳玫：〈論張愛玲小說的悖反現象及其文體意味〉，收入金宏達主編：《回望張愛玲：鏡像繽紛》，頁三〇五—三〇六。

二、紅玫瑰

「紅玫瑰」是這樣從男主人公佟振保的視覺網象出場的：

已為人妻的紅玫瑰王嬌蕊是如何能牽絆男主人公佟振保，使他意亂情迷、產生非分之想？原因不外乎：其一，動人的身體所引發的肉的誘惑在作怪；其二，精神上還是發育未全的。這是振保認為最可愛的一點。（頁一四七）

「動人的身體」在紅玫瑰一出場時就端倪初露：內室走出一個正在洗頭髮的女人，「她那肥皀塑就的白頭髮下的臉是金棕色的，皮肉緊致，繃得油光水滑，把眼睛像伶人似的吊了起來。一件條紋布浴衣，不曾繫帶，鬆鬆合在身上，從那淡墨條子上可以約略猜出身體的輪廓，一條一條，一寸寸都是活的。」（頁一三八）

至於「精神上的發育未全」指的是孩子氣似的純眞。當佟振保發現「嬌蕊這樣的人，如此癡心地坐在他大衣之旁，讓衣服上的香煙味來籠罩著她，還不夠，索性點起他吸剩的香煙……眞是個孩子，被慣壞了。……畢竟，嬰兒的頭腦與成熟的婦人的美是最具誘惑性的聯合。」（頁一四九－一五〇）

對王嬌蕊而言，她是天眞熱情的癡心愛著他，也改了從前的玩弄男人的任性不羈。這樣的愛，在嬌蕊來說還是生平第一次。沒想到卻在追求眞愛、準備辦理離婚時，碰上了佟振保的猶豫和無情。紅玫瑰在現實的感情世界中摔了一跤，但仍義無反顧地走出去了，她協議離了婚。再見到佟振保時，她成了一個發胖的抱著孩子的俗艷的婦人。

傅雷說：對於普通人的錯誤弱點，張愛玲有極大的容忍。[10]張愛玲是個珍惜人性過於世情的人，以極大的同情心形塑了紅玫瑰——她曾經爲了眞愛改變，卻被棄置了。以後她學會了怎樣愛，……愛到底是好的，雖然她吃了苦，以後還是要愛的。（頁一六六）小說中紅玫瑰在追求愛情的過程中，曾特意想留下「從了良」的印象（頁一五五），固然顯示在男權主義籠罩下，女性無論是在生活上還是在思想上，仍屈居於男人的附庸。但愛情的挫敗終究導致了女性自我獨立意識覺醒，紅玫瑰往前闖了，碰到的除了男人之外總還有些別的……。（頁一六六）

三、白玫瑰

孟煙鸝給人的第一印象是籠統的白。生得寬柔秀麗的臉，細高身量，略顯單薄。家世與

10 迅雨：〈論張愛玲的小說〉，收入于青、金宏達編：《張愛玲研究資料》，頁一四六。

佟振保相當。佟振保一句「就是她罷」，煙鸝就成了他的妻，結了婚八年，還是像什麼事都沒經過似的，空洞白淨，永遠如此。

煙鸝對振保是完全的依賴與信任：他在外面嫖，煙鸝絕對不疑心到。她愛他，不爲別的，就因爲在許多人之中指定了這一個男人是她的。她時常把這樣的話掛在口邊：「等我問問振保看。」……他就是天。振保也居之不疑。（頁一六四）

這樣沒有個性的女子是無法贏得別人尊重的。她生活的價值只是努力地服侍好自己的丈夫，守住自己的依賴，這使得她孤立於人群中。而佟振保對她的身體並不怎麼感興趣，當她失去最後一點少女美之後，變成了一個乏味的婦人。佟振保開始宿娼嫖妓，在家的煙鸝只好開無線電聽新聞報告，振保認爲這是有益的，是現代主婦教育的一種，殊不知道「煙鸝聽無線電，不過是願意聽見人的聲音。」（頁一六八）

她後來得了便秘，每天在浴室裡一坐坐上幾個鐘頭。她低頭看「自己雪白的肚子，白皚皚的一片，時而鼓起來些，時而癟進去。」（頁一七〇）又玩賞著她肚臍的式樣，有時像甜淨無表情的希臘石像的眼睛；有時候是突出的怒目；有時候又似邪神眼裡一抹險惡的微笑；她不在意地吃藥看醫生，彷彿情願生著病，挾以自重。

劉紹銘說張愛玲在這個故事拿的最準的是佟門怨婦孟煙鸝。[11]事實上，因爲便秘，孟煙鸝關在浴室這個負空間裡定了心，生了根；她觀看自己的肚子，名正言順地不做事、不說話、不思想。正是這個自閉的時空反倒形成了白玫瑰自主的領地，得以操控自己的身體，也因著這點自主性，不至於被生活裡的怨憤和壓抑的寂寞作賤完了。然後，在一個黃梅天，佟振保回家拿雨衣，發現了這個活得辛苦的、被他鄙夷的女人與裁縫的姦情。

多麼熟悉的場景，就是「回家取衣」這個動作，佟振保窺知了「紅玫瑰」與「白玫瑰」內心隱藏的祕密。這個關鍵使得情節發展急轉而下，立體地呈現了紅玫瑰與白玫瑰圓形人物的形象，成為摧毀佟振保「對的世界」的最後一根稻草。

第四節　書寫技巧與語言藝術

一、語意雙關的運用

洗練的對白在張愛玲的文字書寫中處處可見，小說有許多對話問答，用得「關情」，

11 劉紹銘：〈褪色的玫瑰〉，《愛玲說》（香港：香港中文大學出版，二〇一五年），頁七十二—七十三。

饒有情趣。例如：提供男女愛情棲息的「公寓心態」——王嬌蕊說：「我的心是一所公寓房子。」振保笑道：「那，可有空的房間招租呢？」又說：「住不慣公寓房子。我要住單幢的。」嬌蕊回答：「有本事拆了重蓋！」（頁一四六）而聯繫著公寓房子，還有起起落落的「電梯心情」，勾勒出王嬌蕊提著心等待佟振保回來，與電梯上下停開同一呼息的愛憨情痴。之後，佟振保進駐嬌蕊爲他造好的房子，「『心』居誌喜」（頁一五一）揮筆落款。接著，兩人的「事情」自管自地往前進行了，當知道王嬌蕊寫信要求她的丈夫離婚給她自由時，已發展到不可救藥的階段。振保跑到街上，「回頭看那峨巍的公寓，灰赭色流線型的大屋，像大得不可想像的火車，正衝著他轟隆轟隆開過來，遮得日月無光」（頁一五九），即將壓毀模範生佟振保的前途。

相較於與白玫瑰組織的家：小小的洋式石庫門巷堂房子，淺灰水門汀牆的長方塊像棺材板，牆頭開著花的夾竹桃。街上有吹笛子的聲音，像懶蛇般的舒展，又像繡像小說插圖裡畫的夢有睡著的幻境。（頁一六六—一六七）則是從視覺、聽覺收攏出一個平凡空洞的空間，漂浮著霧數不安的空氣，是中產階級虛有其表的家。

這裡，作家採用「實體/空間」借喻「抽象/感覺」，詮釋著飲食男女的情欲流動與價值取捨，紅玫瑰公寓裡有「眞」的盲目、白玫瑰巷堂房子有「對」的清醒，交錯比況，張力十足。

此外，別有麵包上敷花生醬的要求充滿嬌媚稚氣，使得振保軟化（頁一四四—一四五）以及深夜裡接電話之後的對話：振保分明知道是他躲著她而不是她躲著他，不等她開口，先搶著說了：「怎麼這些時候都沒有看見你？我以爲你像糖似的化了去了！」嬌蕊笑道：「我有那麼甜麼？」振保放膽回答：「不知道——沒嘗過。」（頁一四八）從上述自衛的閃躲到存心的挑逗，是借用「糖的溶化到甜度嘗了方知」的特質聯想。接續的一問一答亦別有用意：從嬌蕊「不怕同一個紳士單獨在一起的」，振保回答「我並不假裝我是個紳士」，到嬌蕊接續一句「眞正的紳士是用不著裝的。」（頁一四九）諸如此類，種種調情逗弄的雙關暗示，反映著佟振保的愛情狩獵學：「男子憧憬一個女子的身體的時候，就關心到她的靈魂，自己騙自己說是愛上了她的靈魂。唯有佔領了她的身體之後，他才能夠忘記她的靈魂。」（頁一四七）這些「食色性也」的文字勾串起來，遊走於男女身體與靈魂之間，鮮活的預告了主角人物的花事闌珊。

他如：玫瑰借屍還魂，讓振保疑心是朱粉壁畫中倩身而出的半裸女子（頁一四一），使得王嬌蕊和玫瑰一而二、二而一。以及振保發現妻子與裁縫師的出軌，是借用無線電裡的無關本事的他敘語言闡述自己的猜疑，更見「諷」趣的穿梭代言。

二、感官意象的閃爍

張愛玲對日常生活懷著熱切的喜好，加上她英國式的俏皮調子，使她的意象文字別緻而且機智。以佟振保與紅玫瑰爲例，作家在以本能、非理性來詮釋二人的迷情時，都安置了戀物情結的段落，且是借著女性以及男性身體相關的物件入手，閃爍著感官意象。水晶在〈潛望鏡下一男性〉裡曾經提到振保的戀物癖深具爆炸性。[12]女人是他的獵物，在他與紅玫瑰追逐偷情的過程中，張愛玲屢屢採取由女主人公身體延伸的附件作爲物象，構成欲情萌發的火種。舉如：從嬌蕊洗頭飛濺下來的泡沫在振保手背上，當它乾了，「那一塊皮膚便有一種緊縮的感覺，像有張嘴輕輕吸著它似的」，水龍頭裡流出的溫水中藏有熱的芯子，一扭一扭都是活的情欲；浴室裡嬌蕊掉落的燙過的頭髮，像「傳電的細鋼絲」。佟振保撿起來塞到袴袋裡去，渾身熱燥。只覺得到處都是她，像鬼影子一般牽牽絆絆的。（頁一三七－一三八）黃昏裡，傳來的嬌蕊低小的聲音像吹聞耳根可及的氣息，連帶牽繫著一個動人心的身體（頁一四七），讓振保眼見心懸。接著，戀物癖的男子碰上了戀物癖的女子，她坐在他的大衣旁邊，索性點起他吸殘的香煙，看著煙灰緩緩燒燙到手指，用嘴吹一吹，似乎很滿意的依靠著他的氣味過活。而從琴鍵裡流瀉出〈影子華爾滋〉的夢境，悠悠調子終於將他和她連在一處了，獵人與獵物都陷入了橫流的欲燄。隔天，在嬌蕊床上醒來的佟振保還有暈床的感覺，他發現一彎小紅月牙，想起她養著長指甲，昨晚曾把他劃傷（頁一五〇），這眞是極高妙的情色書寫。[13]

另外還有一些意象文字，作家是採用主角人物的視角描繪一方風景，然後連結起一種感覺、心情，最後一齊都歸總於個體心靈的黑洞。比如：「街上靜蕩蕩只剩下公寓下層牛肉莊的燈光。風吹著兩片落葉踏啦踏啦彷彿沒人穿的破鞋，自己走上一程子。」（頁一四二）「藍天上飄著小白雲，街上賣笛子的人在那裡吹笛子，尖柔扭捏的東方的歌，一扭一扭出來了。像繡像小說插圖裡畫的夢，一縷白氣，從帳裡出來，脹大了，內中有種種幻境，像懶蛇一般地舒展開來，後來因爲太瞌睡，終於連夢也睡著了。」（頁一六七）前者以破鞋與落葉作喻，都是無人理會的獨行者，由此延伸出夜深人靜、生死關頭，無人相伴的寂寞；後者是寫佟振保遇到抱著兒子的嬌蕊後回家，街上吹笛子的聲音如夢如氣如幻如蛇……這是由實境入畫，又由畫中夢境進入夢中幻界，然後一睡不醒。虛虛實實的，似夢非夢，寫出了他見不

12 水晶：《張愛玲的小說藝術》（臺北：大地出版社，一九九五年），頁一〇九－一四二。

13 這段文字意象更曾被引爲中文現代文學中最高妙的色情文學。參見陳怡眞：〈到底是上海人〉，收入金宏達主編：《回望張愛玲：華麗影沉》（北京：文化藝術出版社，二〇〇三年），頁二四八。

得別人幸福的空虛。這些「場景圖」無不意蘊豐富。

又如「人物畫」亦見創意：作家描繪紅玫瑰，多提供著壓縮情緒的動作爲喻——「她的話使他下淚，然而眼淚也還是身外物」（頁一五八）以及「嬌蕊走到床前，扶著白鐵欄杆，全身的姿勢是痛苦的詢問」（頁一六〇）。又借引聯想延生象徵：如歪歪斜斜寫出的「蕊」字是借用相似律，象徵紅玫瑰的「三心二意」[14]的「本事」；復調動類比律形容煩憂和責任如蚊子般嗡嗡飛繞。至於白玫瑰，則是以「查字典」、「背生字」、「便秘」來形容一個女子乏善可陳的過去、了無新意的現在甚或可想見的一成不變、沉悶平板的未來。直到作家以繡花鞋喻擬一個不敢現形的鬼，則是運用接近律借指煙鸝「怯怯的向他走來，央求著」（頁一七七），竟是陰氣森森了。其中「鞋」音同「諧」，呈八字型，一隻前，一隻後，前後分開又暗示著不和諧的婚姻。在「鞋」的隱喻上，都分別描畫了紅白玫瑰，她描寫王嬌蕊夜半穿堂裡接電話，沒鞋的腳盲目鉤鞋的動作，曾使得振保震動興奮（頁一四八）；而白玫瑰則是通過沒腳的繡花鞋，象徵煙鸝的卑弱地位。在這裡張愛玲捨棄解說，借助隱喻暗示，營造感覺，熱烈幽冷，眞正是樂而不淫、哀而不傷。[15]

三、心理刻畫

張愛玲「處理故事」有自己的理念，長於捕捉人物角色獨特的內心活動，建構他們所屬的時代故事。觀察佟振保父親早逝，受制於家中母親的權威，因此相對弱化了振保的主體性。陳炳良在〈水仙與玫瑰〉裡曾說佟振保有依附「水仙」的自戀傾向。[16]在小說中，作家描述佟振保對待自己的身體是如同異性一般的憐惜著，包括從孤獨感引發「自憐」的悽惶，「到了夜深人靜，還有無論何時，只要是生死關頭，深的暗的所在，那時候只能有一個眞心愛的妻，或者就是寂寞的」（頁一四二）；不應該愛的自責與無恥的快樂並駕齊驅的「矛盾心理」，如「車子轟轟然朝太陽馳去，朝他的快樂馳去，他的無恥的快樂……振保的快樂更爲快樂，因爲覺得不應該」（頁一五一），以及變異心態「這次的戀愛，整個地就是不應

14 楊昌年：〈百年僅見一星明（三）——析評張愛玲〈紅玫瑰與白玫瑰〉〉，《書評》第七期（一九九三年十二月），頁二十五。

15 劉紹銘：〈褪色的玫瑰〉，《愛玲說》，頁七十二—七十三。

16 陳炳良：〈水仙與玫瑰〉，《張愛玲短篇小說論集》（臺北：遠景出版社，一九八五年），頁七十三—八十五。

該，他屢次拿這犯罪性來刺激他自己，愛得更凶些。」（頁一五三）

此外，無論對著、背著王嬌蕊，他都可以理直氣壯的「自衛」——「和她在一起的時候，根本就覺得沒有辯論的需要，一切都是極其明白清楚，他們彼此相愛，而且應當愛下去。沒有她在跟前，他才有機會想出諸般反對的理由。像現在，他就疑心自己做了傻瓜，入了圈套。」（頁一五九）

至於「自我疼惜」的陰柔化，「振保用手巾揩乾每一個腳趾，忽然疼惜起自己起來。他看著自己的皮肉，不像是自己在看，而像是自己之外的一個愛人，深深悲傷著，覺得他白糟蹋了自己」（頁一七三）；以及「洋傘敲在水面上，腥冷的泥漿飛到他臉上來，他又感到那樣戀人似的疼惜」（頁一七五），都帶著異性化的傾向。然後出乎意料的情勢驟轉：先是他在公共汽車上重逢嬌蕊驚覺流淚的不堪一擊（頁一六六），繼而發現煙鸝出軌，振保情緒扭曲，有兩個我在拉扯著，是自顧自地「自我毀滅」：他一方面對自己感到那樣戀人似的疼惜；另一方面，有一個意志堅強的自己站在戀人的對面，非砸碎他不可！（頁一七五）

後來，失控的「家暴」出現——砸碎水瓶，又揀起檯燈的鐵座子擲向煙鸝；他看著返身外逃、被打敗的煙鸝，得意之極。（頁一七六）在這當下，從他的眼裡流出來無聲的笑，靜靜地像眼淚似的流了一臉，更是映照出振保人格的裂變。這些都指向振保「想像自我」的虛幻性。末尾峰迴路轉：舊日的善良的空氣一點一點地重新包圍了他。他利用睡眠作爲修復，[17]

又成了個好人。這個收束無異是超我審查本我的模擬，「又」這個字明顯的架構出一種封閉的輪迴，主角又回到他自困的起點，那個他一直要做自己主人的世界。

四、細節描寫

張愛玲對色彩、聲音極為敏感，不喜歡採取善與惡、靈與肉的斬釘截鐵的衝突來塑造角色，她認為如果一味延續著京劇中忠奸分明的「黑白臉」，人性的繁複與多變常被省略，將使角色俱成偶像，可堪敬畏，卻距離遙遠。在她的筆下，筆觸常流連於似乎不足掛齒之點或有趣的細節來描畫人物，比如說衣服與女性身體的關係。所謂「衣服是一種言語，隨身帶著的一種袖珍戲劇」[18]，透過服裝款式、色澤調配，足可產生與被她們包覆的眞實肉體的表演或是貼身的環境的聯想。紅玫瑰與白玫瑰就是活生生的住在她們的衣服裡的。

振保初見紅玫瑰：王嬌蕊一頭雪白泡沫的波鬈在內室裡洗頭，「一件紋布浴衣，不曾繫帶，鬆鬆合在身上，從那淡墨條子上可以約略猜出身體的輪廓，一條一條，一寸寸都是

17 鍾正道：《佛洛伊德讀張愛玲》，（臺北：萬卷樓出版，二〇一二年八月），頁一三〇。

18 張愛玲：〈童言無忌〉，《華麗緣——散文集一（一九四〇年代）》，頁一二九。

活的」（頁一三七），就連吃飯時她也不換裝，沒有乾透的頭髮包著白布巾，「間或低下水來，亮晶晶綴在眉心」（頁一三九）。兩人在客室相遇，「她穿著的一件曳地長袍，是最鮮辣的潮濕的綠色，……（衣服）兩邊迸開一寸半的裂縫，用綠緞帶十字交叉一路絡了起來，露出裡面深粉紅的襯裙」（頁一四三），這樣的打扮色調刺眼，看久了，張愛玲說是使人要患色盲症的。

夜晚燈光下的王嬌蕊身穿「南洋華僑家常穿的沙籠布制的襖袴」（頁一四八），沙籠布的質料，顏色是烏金裡面綻出橘綠，印花圖樣是黑壓壓的龍蛇或是牽絲攀藤的草木。帶著異國風情，這是火車裡萍水相逢的女人，但是覺得可親。當這個佻撻的女人外出時，端凝富態，彷彿是「從了良」的裝扮，「穿著暗紫藍喬琪紗旗袍，隱隱露出胸口掛的一顆冷艷的金雞心——彷彿除此之外她也沒有別的心」（頁一五五），這一動也不動般的一顆藍寶石，讓夢幻的燈光在寶石深處引起波動的光與影，依舊魅惑力十足。最後在公共汽車上重逢，成了一個俗艷的「居家」的女人，「胖到癡肥，戴著金色的緬甸佛珠環」（頁一六五），不過抱著兒子，卻是實在的。

與白玫瑰相親：孟煙鸝一襲「灰地橙紅條子的綢衫」（頁一六一）拉出一個平凡女人的單調線條。「籠統的白」是孟煙鸝專屬的色澤，她臉上像是拉了一層白膜，很奇怪的，面容也模糊了（頁一六八）；那雪白的肚子，穿著白地小花的睡衣裡露出一截白蠶似的身軀（頁一七三）；佟振保覺得結了婚八年，她還是像什麼都沒經過似的，空洞白淨，永遠如此。（頁一六七）在張愛玲的筆下，煙鸝如同「病院裡的白屏風」把她和周圍的惡劣的東西隔開來了（頁一六二）；然而這白是會發黃的，一旦成了黃漬的舊白蕾絲茶托、沾了一圈茶污的淺淺的白碟子（頁一七五）。於是白不白，玷汙、陳舊的白成為煙鸝的底色，「聖潔」的妻變成了一粒飯黏子。出軌後的煙鸝換穿一身黑，「燈光下看得出憂傷的臉上略有皺紋，但仍有一種沉著的美」（頁一七六），至此作家更動她的色澤調配黑白反差，出現的是守寡女巫的味道。

此外，閱知主角人物所居處空間的安置與變動，可以察覺人物的情緒、個性，是掌握情節極佳的途徑。小說中紅白玫瑰所出現、占據的重要區域大多屬於浴室、餐廳、客廳到臥室等居家空間，作家自視、聽、觸、味等官覺分別規畫了她們在社會規範下所代表的位置：屬於紅玫瑰的居家空間（包括用物、食品）是濃麗繁複、香甜黏膩，別具情調的；光度偏於昏暗、曖昧不明（如黃昏與陰影）；溫度潮溼、熱氣繚繞、物影朦朧（如水氣蒸騰的浴室，如同鬼影子般成團飄逐的頭髮）。而其移動空間如上下的電梯，踽踽獨行的電車是曲折動蕩的，動作表現如夜接電話、以腳鉤鞋、小紅月牙等都暗示著情挑的浪漫神祕、愛慾的歡縱刺激。

相對的，屬於白玫瑰的空間則為緊閉狹滯，一覽無遺的。如白玫瑰專屬的白色的浴室、點了燈的淡黃的浴間、寂靜的樓房。置身其中的白玫瑰活動呆滯，態度拘謹冷感，許多線索如乏味的「性」趣、不要再生孩子了；以及寧可坐在馬桶上聽無線電、吃東西，不斷的嘮叨，都標示出「一方自囚自足的領地空洞」以及獨守空幃的苦楚。其後外遇被揭露，「煙鸝一直窺伺著他，……像兩扇緊閉的白門，兩邊陰陰的點著燈，在曠野的夜晚，拚命的拍門，斷定了門背後發生了謀殺案」（頁一七四），這益發引起振保的輕蔑、嫌惡與疏遠。走筆至此，張愛玲逕直以白色召喚了封閉空洞，連帶綿延陰森的氛圍。

在這樣的語言藝術與書寫技巧的經營下，男女主人公躍然紙上，栩栩如生：一個任性的有夫之婦是不拘束、應酬功夫好、不善治家的紅玫瑰；一個平白呆板的婚姻試驗品是遲鈍、沒有主見、作小伏低慣了的白玫瑰；而佟振保是一個生活在封建與殖民地社會、擺盪於東西方文明兩種價值觀的自我中心者。他有著外國的俗氣，周旋於「熱烈的情婦」與「聖潔的妻」間，陷溺於「屈抑的快活」與「惘惘的威脅」裡。他企圖建立「理想自我」，努力製造著好的奇蹟，維持著對的世界——實際上是一個飽受社會常規及道德秩序所操控的世界，亦即要面子的振保終究無法逃脫他那自造的戴面具的社會。

第五節　文本與劇本

如果從故事的角色內容情節上按圖索驥，與〈紅玫瑰與白玫瑰〉類似的小說有一九四〇年代東方蝃蝀的〈牡丹花和蒲公英〉[19]。箇中也以兩種植物比況熱烈的情人與平實的妻，一個如牡丹花一樣的魅惑艷麗，追求物質享受；一個是蒲公英似的端麗大方、中庸平穩。最後，生活上海中上階層的男主人公遵循婚姻實用論，選擇了務實儉樸的施清芬，是一個驗證「結婚是一個偶然的巧合，戀愛倒成了冒險」的故事。

無獨有偶的，李碧華在〈青蛇〉裡也有類似的比喻：「每個男人，都希望他生命中有兩個女人：白蛇和青蛇。同期的，相間的，點綴他荒蕪的命運。只是，當他得到白蛇，她漸漸成了朱門旁慘白的餘灰；那青蛇，卻是樹頂青翠欲滴脆爽刮辣的嫩葉子。到他得了青蛇，她反是百子櫃中悶綠的山草藥；而白蛇，抬盡了頭方見天際皚皚飄飛柔情萬縷新雪花。」[20]

19 東方蝃蝀：《傷心碧》（北京：人民文學出版社，二〇〇五年六月），頁一〇〇－一二一。

20 李碧華：〈青蛇〉，《李碧華經典小說集》（北京：新星出版社，二〇一三年十一月），頁三十一。

二者互相呼應。但在精緻纖巧的情致中，透出一種繁華中的荒涼況味。

至於改編成劇本的演出，著名的包括一九九四年十二月的電影《紅玫瑰白玫瑰》，由林奕華、劉恒編劇，包括陳沖、葉玉卿、趙文瑄等擔綱演出，導演關錦鵬以冷峻旁觀的態度意圖從人物的行動思維描述卑瑣人性與霧數人生。在第三十一屆金馬獎奪得多項獎項（包括最佳女主角、改編劇本、美術設計、造型設計、電影音樂等）。另有二〇〇七年由羅大軍編劇、田沁鑫導演，秦海璐、辛柏青、高虎等領銜演出的明星版話劇，於華麗的舞臺上同時呈現「兩個振保四朵玫瑰」，從人物心理切入，精彩的演繹了一九四〇年代舊上海平庸男女的世俗愛情，體現了張愛玲式的「殘酷」情感與「蒼涼」語境，佳評如潮。

文字與影劇的藝術表達方式是以極大的影響力、浸入性，複製著生活世界，進行全方位的大衆賞閱／悅。雖然文學作品改編成影劇在組織法上簡直可稱爲兄弟，但當影劇接手說部，把攝影機比做作家寫作用的筆，依然是各自表現概念。[21]其中值得注意的是，劇本自文本改編，很容易便牽涉到衍生關係的忠實度和敘述模式的差異性等問題。[22]其中，小說長於心理，影視則長於畫面。在敘述觀點上，影像聲畫多著重推展情節，與文字的解說斷言有別。通常小說可以一任讀者自由優遊在文字天地間，回味雋永；而影像畫面傳達的是訴求文字物化／異化後的感覺。

基於張愛玲對小說人物內心世界的重構與闡釋文字勁道極強，渲染著濃厚的文學性，[23]

比電影要精彩得多；因此，其文字所迴旋出荒涼與華麗的質地，即使是攝影機與話劇舞臺都難以拒絕，筆下所呈現的人生迴聲以及生活留影所挾帶的惘惘與蒼涼更讓人驚心動魄，是以在影像屏幕上，有以通過「原文旁白」的「插卡」使用，或以話劇舞臺被玻璃走廊一分爲二，角色人物都以分裂的自我連袂演出；加以影劇舞臺聲光效果刻意求工、畫面的同時性，無不重新盤整了張愛玲獨特的「傳奇」式的色彩。[24]

綜結〈紅玫瑰與白玫瑰〉的小說與影劇都力圖向現實人生中借火取材，生活與生活的戲劇化之間很難劃界。[25]張愛玲說：「由於現代人多是疲倦的，現代婚姻制度又是不合理的，所以有沉默的夫妻關係，有怕致負責，但求輕鬆一下的高等調情，有回復到動物的性欲的嫖

21 法國導演亞斯楚克（Alexandre Astruc）「攝影機鋼筆論」，參見劉森堯：《電影藝術面面觀》（臺北：志文出版社，一九七七年），頁九—二十七。

22 張漢良：《比較文學理論與實踐》（臺北：東大圖書出版，一九八六年），頁三一五。

23 劉森堯：《電影與批評》（臺北：志文出版社，一九九四年），頁六十八—七十二。

24 曾偉禎：〈如藕絲般相連——張愛玲小說與改編電影的距離〉，《聯合文學》第十一卷第十二期（一九九五年十月），頁三十四—三十六。

25 張愛玲：〈童言無忌〉，《華麗緣——散文集一（一九四〇年代）》，頁一二九。

妓。」[26]在〈紅玫瑰與白玫瑰〉裡，振保與旺火爆，既衝動於情欲又受困於道德，拒絕做出符合真實欲望的承諾，縱逸於放肆的男女關係。而植物玫瑰的符碼：妖冶的紅、淨純的白，則直指父權社會下女性角色的對立分類，填充出多層次符號系統——巴黎妓女、華僑姑娘、新加坡的妖女和上海傳統女子，其隱寓甚至延引到土與洋、傳統與現代的緊張對峙。到頭來，這個處於封閉的、未成熟的處男情結的男主人公，在欲望和理性的拉扯中，自私與猶豫的邊界上，所奉行的價值系統卻極脆弱的被翻轉、瓦解了。於是，張愛玲事不關己的運筆嘲諷了這個好人振保的虛偽與愚蠢，以及他背後正襟危坐的傳統，與許是渺小無恥的；同時，她迂迴的印證了「節」「烈」這兩個字是分開來講，興許是驚心動魄的；她是以冷眼漠視提問貞情，在濃墨華彩中揭示自私鄙賤的靈魂，但本質上卻是考驗著人世的智慧；生命因此變得荒謬可笑。而就在佟振保垂頭喪氣、重整旗鼓的那一刻，我們每個人彷彿看見了自己的影子——在蒼白莫測的時代裡，侷促不安的生命中，誰都一樣，每個人都是孤獨的。[27]

26 張愛玲：〈自己的文章〉，《華麗緣——散文集一，（一九四〇年代）》，頁一一八。

27 張愛玲：〈燼餘錄〉，《華麗緣——散文集一（一九四〇年代）》，頁七六八。

延伸閱讀

- 水晶：〈潛望鏡下一男性——我讀〈紅玫瑰與白玫瑰〉〉，《替張愛玲補妝》，濟南：山東畫報出版社，二〇〇四年五月。
- 姚玳玫：〈論張愛玲小說的悖反現象及其文體意味〉，金宏達主編：《回望張愛玲：鏡像繽紛》，北京：文化藝術出版社，二〇〇三年一月。
- 高全之：〈張愛玲的女性本位〉，《幼獅文藝》三十八卷二期（一九七三年八月）。
- 曾偉禎：〈如藕絲般相連——張愛玲小說與改編電影的距離〉，《聯合文學》第十一卷第十二期（總一三二期）（一九九五年十月）。
- 陳炳良：〈水仙與玫瑰〉，《張愛玲短篇小說論集》，臺北：遠景出版社，一九八五年。
- 喬向東：〈反駁與偏離——張愛玲小說對於新文學的反抗〉，金宏達主編：《回望張愛玲：鏡像繽紛》，北京：文化藝術出版社，二〇〇三年一月。
- 楊昌年：〈百年僅見一星明（三）——析評張愛玲〈紅玫瑰與白玫瑰〉〉，《書評》第七期（一九九三年十二月）。

■劉紹銘：〈褪色的玫瑰〉，《愛玲說》，香港：香港中文大學出版，二〇一五年。
■鍾正道：《佛洛伊德讀張愛玲》，臺北：萬卷樓圖書出版，二〇一二年八月。

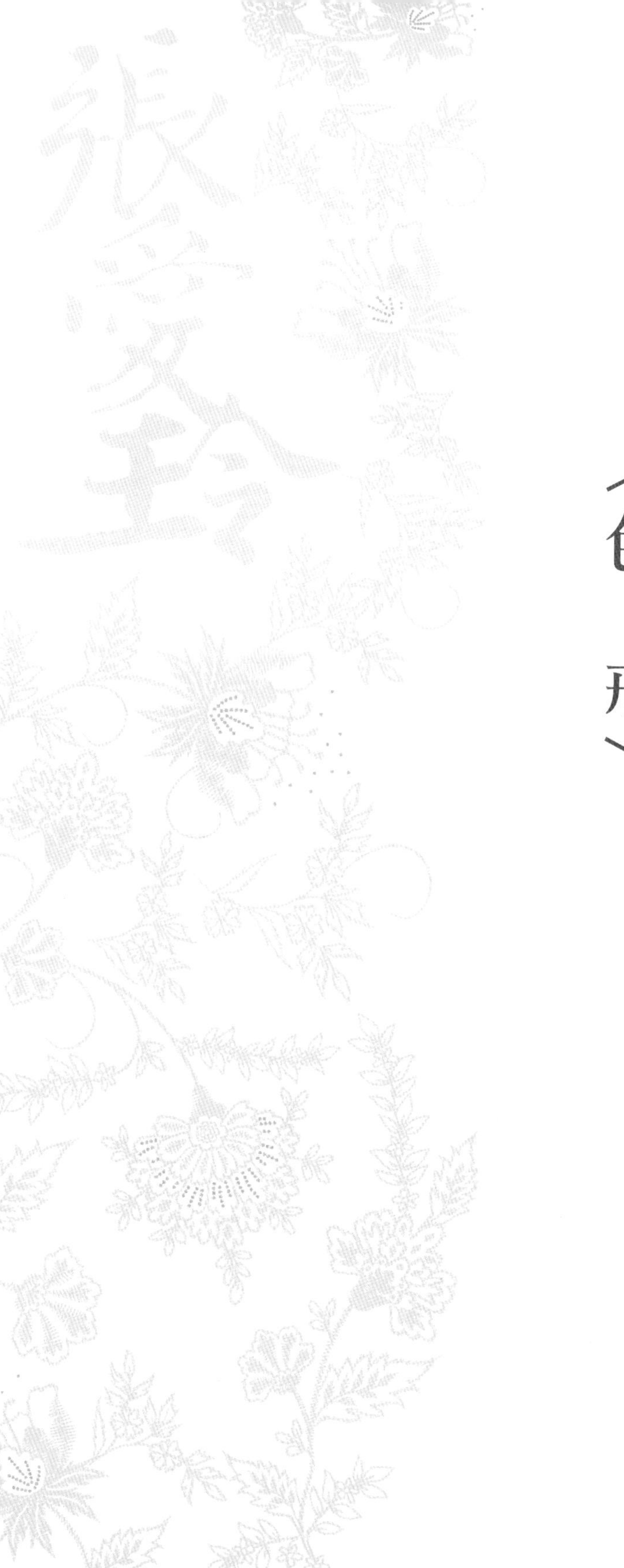

第十章 到女人心裡的路通過陰道——〈色，戒〉

〈色，戒〉並不是小說集《傳奇》的篇章，之前原也不像《傳奇》名篇受到讀者的諸多討論，但自從李安導演將之改編成電影《色｜戒》，且榮獲二〇〇七年義大利威尼斯影展金獅獎後，這篇小說瞬間洛陽紙貴，「張愛玲熱」又起，全球傳媒都是王佳芝、易先生的身影。

電影觀眾的焦點，在李安的電影藝術、逼眞的現場還原、那三場驚世駭俗假還是眞的床戲，以及如何將小說一句一句的放大而轉譯成影像；而小說讀者關心的，則是其「穿插藏閃」的晚期敘事風格、小說與史實的對照，以及張愛玲在小說中的自我情感投射。既然〈色，戒〉已然搖身一變成爲另一章「傳奇」，公認是「張愛玲學」入門者的必讀篇章了，因此也放入本書一談。

〈色，戒〉一九七七年十二月首先在臺灣版《皇冠》雜誌刊登，之後發表在一九七八年三月美國版《皇冠》。[1]當時張愛玲已經五十八歲，其實早在一九五三年張愛玲三十三歲時（甚至更早），她就已聽聞這故事了，然而卻琢磨近二十五年後方才發表。張愛玲在《惘然記》的序文表示：〈色，戒〉、〈浮花浪蕊〉、〈相見歡〉其實都是一九五〇年間寫的，不過此後屢經徹底改寫，發表後又添改多處，「這三個小故事都曾經使我震動，因而甘心一遍遍改寫這麼多年，甚至於想起來只想到最初獲得材料的驚喜，與改寫的歷程，一點都不覺得這期間三十年的時間過去了」[2]。爲何張愛玲如此戀戀於這故事？又爲何經過如此長時間的醞釀、反覆的修改？這當中是一番怎麼樣的心理過程？

一般認爲，這故事是根據抗戰時期特務頭子丁默邨（國民黨軍事委員會調查統計局特檢處處長，一九〇一—一九四七）與女間諜鄭蘋如（一九一八—一九四〇）的事件改寫而成，如蔡登山《色戒愛玲》、王一心《色，戒不了》，即以專書來挖掘歷史事件或論析史實與虛構小說間的對應關係；但根據張愛玲遺產繼承人宋以朗的說法，此故事應該是張愛玲一九五〇年代在香港聽好友宋淇描述抗戰見聞時而得知，女主人公王佳芝的原型是宋淇的同學。[3]其實，張愛玲從來沒有說過這篇小說的素材是根據哪樁史實，也否認「必有所據」，只表示是自己「一九五三年開始構思」而來——「當年敵僞特務鬥爭的內幕哪裡輪得到我們這種平常百姓知道底細？」[4]

1 本書版本採用《色，戒——短篇小說三（一九四七年以後）》（臺北：皇冠文化，二〇一〇年六月）。下文引用直標頁碼，不復作註。

2 張愛玲：〈惘然記〉，《惘然記——散文集二（一九五〇—八〇年代）》（臺北：皇冠文化出版，二〇一〇年四月），頁二〇五。

3 宋以朗：〈爲什麼〈色，戒〉的王佳芝不可能是鄭蘋如？〉，《宋淇傳奇——從宋春舫到張愛玲》（香港：牛津大學出版社，二〇一四年），頁二五九。

4 張愛玲：〈《續集》序〉，《惘然記——散文集二（一九五〇—八〇年代）》，頁二一三。

第一節　故事內容

抗戰時期，許多熱血的大學生在讀書之餘想要救國，王佳芝也不例外，她參加了嶺南大學裡的話劇社，想藉由戲劇演出來鼓舞民心士氣。在「一個姓吳的」的帶領與愛國社員的謀畫之下，王佳芝喬裝成貴婦「麥太太」，以美色去接近漢奸易先生，找到機會便暗殺之。

易先生老謀深算，防備森嚴不易接近，學生的策略是先接近易太太。易太太聽不懂廣東話，想說添購用品時有個會說廣東話的王佳芝幫著，總不致吃虧，之後王佳芝便成爲易家常客，甚至是固定牌搭子，進出易家更加方便。

爲了取得易氏夫婦與衆家太太的信任，參與謀畫的學生必須長期砸下資金去支撐麥太太輸牌的錢以及貴婦日日穿戴的行頭，其實頗爲艱難，也是一種犧牲。王佳芝也必須犧牲自己的處女之身，總不能在色誘易先生得手的時候，被易先生發現「麥太太」還是處女大學生。破處是件大事，王佳芝原來希望是由自己喜歡的學長鄺裕民來執行，但鄺裕民沒有性經驗，經由同學建議（應該是學姊賴秀金的意思），只好由嫖過妓的梁閏生來處理。後來易先生的工作遷至上海，美人計宣告失敗，王佳芝白白丟失了童貞。

過了兩年，學校在上海復學，鄺裕民等國民黨秘密工作人員意欲故技重施，王佳芝再度登上上演麥太太的舞台。王佳芝藉口在香港、上海兩地跑單幫，順理成章借住在上海易家。鑒於第一次失敗，且已經獻上了處女之身，王佳芝這次更是豁出去的演出，因爲「一切都有了個目的」。兩次與易先生的床第之歡，都像是沖掉了身上的積鬱——那白白犧牲童貞的「傻」，那同學的嘲笑與蔑視。（那目的是要報復同學的嘲笑？）

王佳芝自以爲漸漸取得了易先生的信任。這一天，王佳芝先是在易家打麻將（小說開場），易先生在易太太身後使了一個眼色給王佳芝，企圖燕好，王佳芝收到眼神，胡亂編了一個理由，說突然記起一個約會，不得不離開牌桌，引起衆家太太的不滿。

離開易家，王佳芝先到一家咖啡館打電話給鄺裕民，告知今日行程在霞飛路，是動手的好機會。離開咖啡館，王佳芝叫了三輪車，又進了另一家路角的咖啡館，等候與易先生相會。等了許久，易先生終於來了。乘車到福開森路小公館的路途上，王佳芝藉口說耳環掉了小鑽，必須去一趟珠寶店，易先生不疑有他。走進一家印度人開的珠寶店，易先生兌現之前的承諾，想送給王佳芝一顆鑽戒，印度老闆拿出一枚六克拉粉紅色大鑽戒，王佳芝感動不已，認爲易先生是愛她的。

此時狙擊手已經在附近埋伏，下一秒就能置易先生於死地，任務隨即完成；但王佳芝竟然心一軟，悄悄的跟易先生說：「快走！」易先生臉上一呆，立刻明白，奪門而出，飛衝上車離去，且立刻封鎖了街區。王佳芝等一干人全數被捕，當晚槍決。

易先生何嘗沒懷疑過王佳芝的身分？只是到了這等年紀竟還有這種艷遇，能快樂一天是一天。揭發與捉拿王佳芝的行動算是早了，易先生少了個紅粉知己，固然遺憾，卻也認為這樣才是精神上「最終極的佔有」。王佳芝遭槍決的同時，易先生在客廳與衆家太太討論「請客」的事，「喧笑聲中，他悄然走了出去」。

第二節　主題分析

〈色，戒〉描述了王佳芝走向生命終點的最後一天，展示其人生的局限——她是個平凡人，瞻前顧後，弄假成眞，成不了大氣候，被欲望沖昏了頭，混淆了現實與舞台，自戀於明星的形象中；然而，這些局限才是張愛玲所眷戀的「人」的眞實。

一、軟弱的凡人

如果王佳芝最後完成了任務，清堅決絕的殺了易先生，那麼她就成為歷史上的英雄了，整篇小說的旋律就會漸次上升為「飛揚」的調子，而無異於一般的抗戰小說；然而張愛玲是不喜歡英雄與飛揚的，相反的，她傾慕的是人生的「安穩」與「啓示」，一種人生的常態。她在散文〈自己的文章〉中認爲：「強調人生飛揚的一面，多少有點超人的氣質。超人是生在一個時代裡的。而人生安穩的一面則有著永恆的意味。……它存在於一切時代。它是人的神性，也可以說是婦人性。」[5]拒絕「超人」，不要「時代」，就因爲這樣的「婦人性」，王佳芝忽略了刺殺漢奸的任務，也不顧身分曝光的後果，而選擇了當下的眼前人——易先生。

抗日戰爭風風火火，產生了許多可歌可泣的故事，當許多作家（尤其是左派）都著眼於大時代的陽剛與「力」，張愛玲只把戰爭作爲背景，而將永恆的人性放在前面，執著於人生的「美」，一種平凡而蒼涼的美。張愛玲曾概括其小說人物的共相：「他們雖然不過是軟弱的凡人，不及英雄的有力，但正是這些凡人比英雄更能代表這時代的總量。」[6]顯然，千千萬萬的凡人、柴米油鹽的生活，才是這個世界眞正的樣子，而這才是張愛玲想描寫的。

5 張愛玲：〈自己的文章〉，《華麗緣——散文集一（一九四〇年代）》（臺北：皇冠文化出版，二〇一〇年四月），頁一一四。

6 張愛玲：〈自己的文章〉，《華麗緣——散文集一（一九四〇年代）》，頁一一六。

王佳芝本只是個一般大學生，略有姿色，無足輕重，一如〈傾城之戀〉的白流蘇「並不覺得她在歷史上的地位有什麼微妙之點」[7]，面對國家危急存亡之秋，有的只是一腔子愛國的熱情而已。她從沒受過特務或間諜的鐵一般的訓練，因而會焦慮迷惘，會信以爲眞，當然也就經不起欲望的誘惑。將國家興亡繫於這樣一個大學生，有所期待甚至責難之，應該都是苛求了；或者這麼說，國民黨特務老吳與鄺裕民諸人將王佳芝送到老奸巨猾的易先生面前，明知王佳芝是去送死，王佳芝硬著頭皮就傻傻上場去演了，她是個被害者——該責怪的應該是特務系統草菅人命，應該是鄺裕民等人輕率的拿生命當兒戲，或應該是賴秀金看不慣王佳芝搶走了鄺裕民而陷害王佳芝，怎麼能反去責怪王佳芝呢？

這是「一個美麗而蒼涼的手勢」，這是「一級一級上去，通入沒有光的所在」，這是張愛玲的美學了，難怪張愛玲在心中琢磨二十五年之久，非寫好這個故事不可。

二、色與戒的衝突

小說的主題來自彼此衝突的兩個方面：一個是「色」，偏於官能的、感性的、潛意識的活動；一個是「戒」，偏於理性的、意識的節制，符合社會認可的「應該」。

對易先生來說，「色」是王佳芝的青春正盛，她具有「秀麗的六角臉」，而且「越來越高」的「胸前丘壑」更是性感；而對王佳芝來說，「色」是易先生令人崇拜的金錢與權勢，何況易先生還「生得蒼白清秀」，且王佳芝最後認爲「這個人是眞愛我的」。

易先生享受著王佳芝年輕的胴體，王佳芝何嘗不在享受著易先生如父的親澤。在兩人的色欲互動中，除了性愛之外，彼此作爲觀者（主動）與被觀者（被動）的曖昧流動的滿足，也極爲重要。兩人並坐在車上，易先生「一隻肘彎正抵在她乳房最肥滿的南半球外緣」，王佳芝暗中銷魂蝕骨，「一陣陣麻上來」（頁一九八），當中自有愉悅之處；走進珠寶店，王佳芝「知道他在看，更軟洋洋的凹著腰」（頁一九九），宛若游龍，將柳腰的魅力發揮得淋漓盡致，滿足了被看的快感。而王佳芝凝視易先生，「睫毛像米色的蛾翅，歇落在瘦瘦的面頰上」，又具有一種「溫柔憐惜的神氣」（頁二〇五），如母親疼愛犯錯的孩子。兩人在觀者與被觀者的位置上彼此滿足，相互彌補對方的匱乏。

戰爭動盪時期，誰都不知道自己還有沒有明天，在生死交關的險境，能有個身體上與心靈上相濡以沫的人，也就格外珍惜，而更容易愛得熾烈勇敢、不顧一切。有過兩次的床第之

7 張愛玲：〈傾城之戀〉，《傾城之戀——短篇小說集一（一九四三年）》（臺北：皇冠文化出版，二〇一〇年六月），頁二三〇。

歡，王佳芝的提心吊膽總大過於身體快感，「哪還去問自己覺得怎樣」，但至少「每次跟老易在一起都像洗了個熱水澡，把積鬱都沖掉了」（頁一九六）。性愛未必帶來感官的歡愉，卻至少能宣洩積鬱，解除壓力，甚至成爲隨時犧牲生命的救贖。

中國古時傳說，被老虎吃掉的人，死後將成爲在老虎身邊的「倀」（ㄔㄤ）鬼，隨時幫助老虎尋找獵物，爲虎所役使。成語「爲（ㄨㄟˋ）虎作倀」，即比喻助人爲虐，幫助惡人做壞事。王佳芝運用美色，將易先生視爲獵物，眼看就要成功，不料最後反成易先生的獵物，且讓一夥熱血報國的青年走進虎口。易先生表面上是日本人的倀，是王佳芝的獵物，其實他也是虎，早知道麥太太是喬裝，之所以按兵不動，一方面還在跟蹤調查，一方面也有更多機會一親芳澤，不賺白不賺。王佳芝與易先生亦虎亦倀，亦是敵人亦是知己，這種「不徹底」的美學，便是張愛玲的人生觀與一生的寫作信仰。

易先生會因色欲而身陷危機，王佳芝會因色欲而前功盡棄，因此，「色」裡危機重重，必須戒除；但「色」若能戒除，百分之百的意識、理性若能得勝，就是超人了，可惜凡人大多不是超人，「色」明知該戒而無法戒，那種「尷尬的不和諧」，就成爲〈色，戒〉所要表現的主題。

「戒」除了「戒除」的意義之外，另一個所指即是戒指。戒指套在指頭上，象徵婚姻的戒律與身分，也是衆家太太競相炫富的場域。小說一開場，麻將桌上「一隻隻鑽戒光芒四射」，明指親日高官驚人的優渥生活，暗指衆家太太牌桌上下的明爭暗鬥——馬太太與易太太是否知道易先生與王佳芝的關係？馬太太之前是否也與易先生有染？馬太太的鑽戒是否是易先生的禮物？馬太太是不是先於王佳芝的前小三？易太太知道馬太太與易先生的關係嗎？易太太若知道而不說，是愚昧是睜一隻眼閉一隻眼還是世故的智慧？

王佳芝的翡翠戒指格格不入，隱喻麥太太不過是個假貨，但是當王佳芝最後成爲那六克拉粉紅大鑽戒的主人（那是易太太最想要卻得不到的），除了王佳芝逕自在鑽戒與眞愛之間畫上等號之外，在象徵意義上，王佳芝登上的是超越正宮夫人的寶座，而成爲易先生的「最愛」，她的戲演到爐火純青的地步了，完全滿足其自戀與虛榮。女人想要的，原來不是無邊無際的自由，而僅僅是一枚戒指。

讀者當然不能拿國族綱常來指責王佳芝的不忠不貞不友不義，那實在是狀況外的讀者。張愛玲以〈色，戒〉顚覆了國族大愛的神話，消解了那種拋頭顱、灑熱血的斬釘截鐵。以傾城傾國的成本去支撐一個女人的錯亂，何其眞實的體現了這本是一個奇異而荒唐的世界。神聖的大我任務原來如此脆弱而不堪一擊，眞正顚撲不破的，竟是個人的刹那一念。在張愛玲的小說中，「寂寂的一刹那」通常能穿越時空直達永恆，因此，巍巍的民族家國被一個平凡女人擊敗的故事，才會叫張愛玲如此的留戀。

三、愛就是不問值得不值得

爲了易先生而犧牲生命，王佳芝值得嗎？

張愛玲之所以如此喜歡〈色，戒〉的故事，與胡蘭成似有一些連繫。胡蘭成是張愛玲的第一任丈夫，在初識張愛玲的一九四四年初，胡蘭成有家室，因此張愛玲如同王佳芝，也成爲一名別人婚姻的介入者。胡蘭成不高，如同易先生的矮小，張愛玲將近一七〇公分算高，[8]王佳芝也是高挑子身材，「她穿著高跟鞋比他高半個頭」（頁一九九）。胡蘭成第一次見到張愛玲時，曾說：「你的身裁這樣高，這怎麼可以？」[9]意指以後妳若跟我在一起，妳還比我高，這像話嗎？胡蘭成大張愛玲十四歲，也類似中年易先生與年輕王佳芝的年齡設定。胡蘭成是汪僞政權重要人物，如同易先生，也是親日派高官。抗戰後胡蘭成逃難，處處留情，拋棄了張愛玲，張愛玲曾寫道「我將只是萎謝了」，如同易先生之置王佳芝於死地。

如此多的相似之處，也難怪張愛玲放不下這故事。就因爲嫁給胡蘭成一年，張愛玲於一九四五年抗戰勝利後就成了「漢奸夫人」，名列《女漢奸臉譜》，幾乎無法再發表小說，在文壇銷聲匿跡。易名「梁京」，以中篇《十八春》再戰文壇，文風褪盡《傳奇》的華采，也無力再掀起《傳奇》般的銷售成績。爲了胡蘭成，張愛玲值得嗎？《惘然記》的序文中，張愛玲給了答案：「愛就是不問值得不值得。」

散文〈愛〉中，張愛玲認爲人與人的相遇，「沒有早一步，也沒有晚一步」，即使是疏離到只問過一句話，卻足以溫潤一輩子，超越所有的苦痛，那就可以稱爲「愛」了，因爲那是「心酸眼亮」的一剎那，是極珍貴的「因爲相知，所以懂得」。張愛玲始終認爲「蒼涼」才是一種美的完成。散文〈夜營的喇叭〉與〈道路以目〉中提到，每晚十點聽聞附近軍營的喇叭聲，其聲輕如細線，正練習著吹奏出完整的曲調，然而卻斷斷續續，錯誤百出，亂無章法。張愛玲卻欣賞那聲音，認爲在那不純熟的手藝中，「有掙扎，有焦愁，有慌亂，有冒險」，那便是王佳芝了，一種最動人的「此中有人，呼之欲出」。

8 張愛玲的身高近一七〇公分。《對照記》圖五十，張愛玲猶記一九五五年赴美在檀香山入境檢查時，一名日裔青年誤將其身高寫爲「六呎六吋半」（約二百公分），但其實只有五呎六吋半，約一百七十公分，於是張愛玲寫道：「其實是個Freudian slip（茀洛伊德式的錯誤）。心理分析宗師茀洛伊德認爲世上沒有筆誤或是偶而說錯一個字的事，都是本來心裡就是這樣想，無意中透露的。我瘦，看著特別高。那是這海關職員怵目驚心的記錄。」張愛玲：〈對照記〉，《對照記——散文集三（一九九〇年代）》（臺北：皇冠文化出版，二〇一〇年四月），頁七十二。

9 胡蘭成：〈民國女子——張愛玲記〉，《今生今世》（臺北：遠景出版，二〇〇四年十月），頁二七四。

張愛玲在收錄〈色，戒〉出書時，特別將〈色，戒〉放在第一篇，擷取了晚唐李商隱〈錦瑟〉「此情可待成追憶，只是當時已惘然」的句子，以《惘然記》作爲書名。這樣迷亂混淆的感情，早在發生的當時就已經令人「惘然」一生了，何須要等到事過境遷之後？想必對張愛玲而言，〈色，戒〉就是這樣一個叫人迷惘一輩子的故事吧？

「這個人是眞愛我的」，愛就是不問値得不値得。

第三節　人物刻畫

一、王佳芝

(一)自戀者

如果說張愛玲與王佳芝之間具有某種程度的相似，那麼「自戀」應該是其中之一。胡蘭成在〈論張愛玲〉中說：「我可以想像，她覺得最可愛的是她自己，有如一枝嫣紅的杜鵑花，春之林野是爲她而存在。因爲愛悅自己，她會穿上短衣長褲，古典的繡花的裝束，走到街上去，無視於行人的注目，而自個兒陶醉於傾倒於她曾在戲台上看到或小說裡讀到，而以想像使之美化的一位公主，……這並不是自我戀。自我戀是傷感的、執著的，而她卻是跋扈的。」[10]胡蘭成寫下這段文字的一九四四年，正與張愛玲熱戀，是張愛玲身邊近距離的觀察者，應當是最能捕捉張愛玲的了。後來小說家李渝（一九四四—二〇一四）寫紀念張愛玲的文章，便借用「跋扈的自戀」[11]爲題，概括她對張愛玲的印象。

而王佳芝的自戀，首先展現在她作爲大學話劇社的當家花旦，下戲之後，依然陶醉於自己的丰采——「一次空前成功的演出，下了台還沒下裝，自己都覺得顧盼間光艷照人」（頁一九四），這自戀的種子，導致了王佳芝玩火自焚。自戀症（Narcissism）一詞來自納西瑟斯（Narcissus）的希臘神話，水仙花成爲過度欣賞自己而陷入泥淖的象徵，可參看本書〈茉莉香片〉一章。自戀者的終局便是自我毀滅，換言之，自我毀滅是自戀者擁抱自己的方式，理解這一點，讀者便能體會王佳芝爲何會放走易先生。納西瑟斯在水邊映照自己，一分爲

10 胡蘭成：〈論張愛玲〉，原刊於上海《雜誌》第十三卷第二、三期，一九四四年五、六月；見陳子善編：《張愛玲的風氣——一九四九年前張愛玲評說》（山東：山東畫報出版社，二〇〇四年五月），頁十九—二十。

11 李渝：〈跋扈的自戀〉，原刊於《中國時報．人間副刊》，一九九五年九月十四日；見陳子善編：《作別張愛玲》（上海：文匯出版社，一九九六年二月），頁七十八—八十二。

二，張愛玲則以鏡子、玻璃、櫥窗作爲王佳芝自我愛戀與自我分裂的場所。

鏡子是張愛玲塑造小說人物「自戀的修辭策略」[12]，張愛玲多次寫到珠寶店中的鏡子——其中一個「鏡面畫著五彩花鳥」，另一個「上畫彩鳳牡丹」，無不隱喻著王佳芝的美麗形象，尤其「牆跟斜倚著的大鏡子照著她的腳，踏在牡丹花叢中。是天方夜譚裡的市場，才會無意中發現奇珍異寶」（頁二〇二），顯然已經混淆了現實與舞台，而逕自以爲自己就是貴婦麥太太，值得擁有這只鑽戒，也值得被易先生擁有。

王佳芝戴上了這只六克拉粉紅大鑽戒，側來側去的看，此時鑽戒與王佳芝也處於一種鏡像關係——她要戴到麻將桌上，向易太太與馬太太炫耀自己的身分不可同日而語；她要戴給賴秀金、梁閏生看，報復他們的「噗哧一笑」，讓他們知道犧牲是有回報的，讓他們嫉妒或者怨恨；她要戴給鄺裕民看，讓鄺裕民深切遺憾當初不知力排眾議，錯失了女人最珍貴的時刻；她要戴給眼前的易先生看，證明自己的演技爐火純青；她更要戴給自己看，以確定自己就是這顆奇珍異寶。

當納西瑟斯在水中看見自己美麗的倒影，神魂顛倒，於是主體一分爲二，悲劇由是產生——「那沉酣的空氣溫暖的重壓，像棉被摀在臉上。有半個她在熟睡，身在夢中，知道馬上就要出事了，又恍惚知道不過是個夢」（頁二〇二）。清醒的王佳芝，是那位懷抱愛國熱忱的女大學生；而熟睡的王佳芝，是那位光艷照人的女伶，戲早結束了還不願意下戲。現實過於殘破，所以王佳芝執意進入現實的對立面——鏡像，進入「天方夜譚」的夢境中，運行於自戀的軌道，將力比多（libido）貫注於自己，以修補在現實中遇到的「不對」。然而鏡子裡的「鵬程萬里」、「開業誌喜」何其諷刺，王佳芝一方面在鏡子裡迷戀自己某一刻的丰采，「浴在舞台照明的餘輝裡」；一方面又在鏡子外急於掇拾自己的影像，手一伸入水面，便終致自我毀滅。

另外值得注意的是，王佳芝在等候易先生時，感覺「虛飄飄空撈撈的，簡直不知道身在何所」，因而在耳垂背後點抹香水，「一片空茫中只有這點接觸」，「半晌才聞見短短一縷梔子花香」（頁一九七）。王佳芝困陷在想像與現實的縫隙，混淆了在鏡中對自己的完整認識以及在現實中的無力狀態，以花香強化自我認同，這便是「自戀的疏離」（narcissistic alienation）。自戀的疏離除去明顯症候的描繪、具體的鏡像分裂修辭，而展現在人物心靈的一瞬，神遊太虛，並置深愛與痛恨，作爲潛意識向現實奔湧的欲望之門。如同〈紅玫瑰與白玫瑰〉佟振保花邊洗腳一段，「聞到一點有意無意的清香」，「像是自己之外的一個愛

12 鍾正道：〈自戀論張愛玲〉，《佛洛伊德讀張愛玲》（臺北：萬卷樓出版，二〇一一年八月），頁一三三—一四九。

人，深深悲傷著」[13]，自我把自己作爲一個超我而對立於自我的其他方面，實爲一種「內在化的」（internalized）攻擊性。這是張愛玲最隱密深入的自戀書寫。

張愛玲相當喜歡好友炎櫻說過的句子：「每一個蝴蝶都是從前的一朵花的鬼魂，回來尋找它自己。」[14]虛實影像在文本中翻飛浮動，張愛玲之創造王佳芝，大概也是如此。

(二)娼妓

〈色，戒〉中出現了多次「妓女」、「舞女」、「歡場女子」、「風塵女子」的字眼，提示了王佳芝與娼妓的類同關係。

首先，王佳芝前幾次的性關係，是跟嫖過妓的梁閏生發生的，在這一點上，王佳芝與娼妓便無異了，更何況她後來也跟易先生發生了性關係，以麥太太（諧音「賣」）的身分／身體換取了公寓與鑽石。

其次，在咖啡館久候易先生，「怕店打烊，要急死人了，又不能催他快著點，像妓女一樣」（頁一九二），有意識或無意識的賤斥妓女這個行業；王佳芝越是刻意避開變成娼妓的可能，就更說明其作爲與心態是如此的「近似於」一名娼妓。

再者，觀察咖啡館中的陌生人，思忖斜對面那位中年男子的想法，認爲自己的打扮在他眼中應該「不大像舞女」吧，她不願帶給別人舞女的感覺，這是自我安慰，顯示自己的高雅得宜；同時也是一種自我認同，有家國大愛在前，跟只出賣肉體的娼妓可不一樣。

接下來，王佳芝以理性說服自己這種「類娼妓」的行爲，憶起曾向易先生說過，是爲了「報復丈夫玩舞女」才有如此行止，這是欺騙易先生的藉口，當然也在意識上建立正當性，因此可以盡享易先生的肘彎抵在自己乳房「最肥滿的南半球外緣」而「暗中蝕骨銷魂，一陣陣麻上來」（頁一九八）的身體歡愉，並不違背良知或道德。

因此在珠寶店中，王佳芝內心的小劇場揣摩著易先生的心理狀態，她發現易先生「不在看她」，也許易先生正陶醉於自己權勢的魔力，「陪歡場女子買東西，他是老手了」（頁二〇五），如此一來，王佳芝便只是易先生群芳譜裡的其中之一。林俊男〈愛情（無）隱喻：論張愛玲的〈色，戒〉〉一文即指出：這「使得失去貞操的恥辱經驗又進一步以轉喻移置的方式，強迫衝動地跟妓女、歡場舞女的意符相連，成了王心中揮之不去的矛盾情結與自我認同」[15]。確實，王佳芝越是賤斥自己的類娼妓行爲，越是具有「奇異的自尊」，就越是要說

13 張愛玲：〈紅玫瑰與白玫瑰〉，《紅玫瑰與白玫瑰——短篇小說集二（一九四四—四五年）》（臺北：皇冠文化出版，二〇一〇年六月），頁一七三。

14 張愛玲：〈炎櫻語錄〉，《華麗緣——散文集一（一九四〇年代）》，頁一五八。

15 林俊男：〈愛情（無）隱喻：論張愛玲的〈色，戒〉〉，《中外文學》第四十卷第二期（二〇一一年六月），頁一八五。

服自己當中是可能有愛的，有愛就不會是娼妓。歡場無情，要命的是這名缺乏職業訓練的女子自己動了情，懷疑自己愛上了易先生——「難道她有點愛上了老易？」（頁二〇四）此時易先生的側影迎著檯燈的光線，目光下視，「睫毛像米色的蛾翅，歇落在瘦瘦的面頰上，在她看來是一種溫柔憐惜的神氣」（頁二〇五），這「溫柔憐惜」便是王佳芝對易先生的一種母性發揮。

王佳芝為了抗戰奉獻了自己的身體，張愛玲說，「以美好的身體取悅於人，是世界上最古老的職業，也是極普遍的婦女職業」[16]，在象徵意義上，她確是一名娼妓。前文提到「為虎作倀」，若易先生是吃人的虎，那麼王佳芝便是不敢他適的「倀」（諧音「娼」），紅粉知己，終身相隨。

張愛玲不斷強調王佳芝的娼妓特質，不是一種諷刺，倒像是一種欣賞，這必須回溯到張愛玲對娼妓的看法。在散文〈談女人〉中，張愛玲頗為欣賞「地母」精神：「神是廣大的同情，慈悲，了解，安息。像大部分所謂智識份子一樣。我也是很願意相信宗教而不能夠相信，如果有這麼一天我獲得了信仰，大約信的就是奧郝爾《大神勃朗》一劇中的地母娘娘。」[17]各民族的原始神祇中多有「地母」，《易經》亦有「坤為地，為母」的概念，正說明了大地孕育萬物相應於女人生養後代，是各民族對地母的共同想像。

美國劇作家奧涅爾（Eugene O'Neill, 1888-1953）改編希臘神話「勃朗」神的傳說，在其劇本創作《大神勃朗》（*The Great God Brown*, 1925）中塑造的「地母」，不是一般父權社會讚譽的高雅潔淨的女性，而是個妓女，「一個強壯，安靜，肉感，黃頭髮的女人，二十歲左右，皮膚鮮潔健康，乳房豐滿，胯骨寬大。她的動作遲慢，踏實，懶洋洋地像一頭獸。她的大眼睛像做夢一般反映出深沉的天性的騷動」[18]，這名妓女突出的是一般女人身體中強烈的情欲與母性，與王佳芝的形象若合符節。張愛玲極爲盛讚這個劇本，認爲是「感人最深的一齣戲」，常令人心酸落淚。

從女學生到地母到娼妓，也許是張愛玲塑造王佳芝形象的思路。地母永遠的卑微處下，讓人安居吃食，繁育萬物，代表生老病死，包容世上一切的狹隘與殘缺，這才是神。地母同情卑微與愚蠢，對凡人有著豐厚的悲憫，這是神性的寬宥，這是對生命的敬畏，這是愛。王佳芝的形象，早已顛覆了封建道德體系，超越了中國傳統父權社會對於女性識得大體、三從四德的錯誤勾畫，張愛玲認爲女性應該是有血有肉的，有物質的需要，有情欲的主

16 張愛玲：〈談女人〉，《華麗緣——散文集一（一九四〇年代）》，頁八十九。

17 張愛玲：〈談女人〉，《華麗緣——散文集一（一九四〇年代）》，頁八十六。

18 張愛玲引《大神勃朗》原文。張愛玲：〈談女人〉，《華麗緣——散文集一（一九四〇年代）》，頁八十七。

張，有掙扎，有折磨，那才是眞實。

二、易先生

易先生身形小，權力大，其形象並置於窗簾上過大的鳳尾草圖案，顯得特別矮小，這無疑是一種構圖上的諷刺，直指日本所給予的不成比例的權力。他穿著灰色西裝，額前微禿，「褪出一隻奇長的花尖，鼻子長長的，有點『鼠相』」（頁一八七），無疑是一隻處處提防、善於鑽營的老鼠。

易先生好女色，美人計方能施展。男子到了中老年紀，相對於一名年輕、美麗、豐滿的女子而言何其自卑，也因著自卑，易先生更想證明自己的優越與不同。尙有這番艷遇與激情，易先生當然感激，固然早已懷疑王佳芝的來歷，但仍按兵不動，芳澤能親近一天是一天；他亦感激王佳芝在千鈞一髮之際的一聲「快走」，這幾乎是生死與共的相濡以沫了，不過這場相救，易先生是以傲然的男性觀點將之解讀爲「她還是眞愛他的」，「不是這樣的男子漢，她也不會愛他」，其自我陶醉不言可喻。王佳芝死了固然可惜，但易先生更佩服自己的魅力與王佳芝的眼光，唯有王佳芝的死才能明白「得一知己，死而無憾」是什麼意思，也才能完成這場「最終極的佔有」。

易先生的自私、貪功、絕情、老謀深算、心狠手辣，導致了這場悲劇的終局。出手雖然早了，但這時機倒也一舉多得：一可搶功；二可不讓人發現易太太的粗心大意，以免自己也惹禍上身；三可用王佳芝的死來壓住易太太「又要跟他鬧」，不管是在出軌、性愛還是在買鑽石上面的「鬧」。

三、易太太

小說對易太太的著墨不多，但事有蹊蹺，易太太絕不是一個簡單角色。易太太究竟知不知道麥太太的假身分，張愛玲並沒有明說，但從易先生決定「提前行動」揭發王佳芝看來，優點之一竟是——「好好的嚇唬嚇唬她，免得以後聽見馬太太搬嘴，又要跟他鬧」（頁二一○），這段描述十分耐人尋味。

嚇唬易太太，一指易太太以後可得謹慎交友，別再引狼入室，招惹災禍；二指避免「又要跟他鬧」。「鬧」什麼？誰在「鬧」？為何是「又」？張愛玲在晚期的「藏閃」風格裡，埋藏了太多隱晦不明的事件與關係。

在「又要跟他鬧」這句之前，是「免得以後聽見馬太太搬嘴」，凸顯了兩種可能：一是馬太太常說人閒話，也許以後會把易先生與王佳芝的關係告訴易太太，易太太會鬧；二是易太太早知易先生習於拈花惹草，馬太太即是群芳譜其中之一，表面上馬太太與易太太保持了良好關係，還經常來家裡打麻將，然而易太太卻曾經爲馬太太向易先生「鬧」過一次，易先生沒有斬斷亂麻，而如今處死了王佳芝，確實可以嚇唬易太太，堵住易太太的口，便不會「又」鬧了。

若是易太太一概皆知，那麼易太太則可能是這篇小說中最殘酷無情的人。易太太難道可以冷眼旁觀，讓王佳芝去完成刺殺計畫？還是對易先生有信心，早明白易先生知情而狠心讓王佳芝步步身陷泥淖？這心思是何等樣的「辣子」？易先生花心，因此王佳芝的出現，一來易太太可以報復易先生愛玩，引火自焚，因此「易太太一定要留她（王佳芝）住在他們家」；二來抓到易先生的把柄，以後又可以「鬧」，向易先生討個鑽戒不成問題；三來足以牽制馬太太，易先生把心思放在年輕秀美、胸部豐滿的王佳芝身上，勢必對馬太太冷落，「佳芝疑心馬太太是吃醋」，那冷落也許便是當初馬太太出現時，易太太嘗到的滋味，現在加倍奉還。

易太太是聰明人，心裡有數，不動聲色，一切佯裝不知，對先生撒嬌，對馬太太友善，對王佳芝熱情，待人接物何等高竿世故，這是亂世的自保之道。

第四節　書寫技巧與語言藝術

一、意象

張愛玲善於經營視覺意象，以可見的外物來表現人物看不見的心性、想法、情感、處境。強光燈一開場，「無情的當頭照射」，像極了調查單位的審訊場面，白桌布「綳緊」的「縛」在桌腿上，王佳芝當然是接受逼供的那位罪犯，一切罪行將無所遁形。穿著黑斗篷的太太，一左一右如同死亡使者，預示著王佳芝一步步的走進地獄。

〈色，戒〉中的幾個重要意象如鑽石戒指、鏡子、玻璃櫥窗等，前文都已提過，無不肩負著刻畫人物的重責大任，尤其那面「落地大鏡」是塑造王佳芝形象不可或缺的道具；而塑造易先生的，則是易家「鳳尾草」圖案的大窗簾。

易先生出現時，張愛玲透過窗簾與人物的並置來暗示易先生的形象、個性、行爲：易先生出現在落地窗簾前面，窗簾上印著「特大的磚紅鳳尾草圖案」，這些鳳尾草「橫斜」著長，「一根根也有一個人高」，而易先生「映在那大人國的鳳尾草上，更顯得他矮小」。這對花的大窗簾一直是拉上的，遮蔽著窗外的日光，易先生必須深入簡出、掩人耳目，才能避免遭到暗殺。

「橫斜」著長的鳳尾草，暗示著易先生的親日傾向，不具有中通外直、寧折不屈的民族氣節；「特大」足有一個人高的形象，暗示其擔任特務頭子驚人的經濟力與權力，能隨意買下昂貴的鑽戒，能定人生死；而張愛玲沒強調的鳳尾草的鋸齒狀與其生長在陰濕蔭蔽的環境，更隱喻了易先生的時時刻刻的保持警戒與幽閉低調，更連結其陰險毒辣的作風。

〈色，戒〉成篇雖然已經是一九七〇年代，張愛玲早已褪去一九四〇年代典型「張腔」的華美機巧，取而代之的是「平淡而近自然」的文字風格了；然而，還是有一些譬喻句精彩獨出，尚有《傳奇》餘韻，如描述王佳芝在咖啡館等候易先生，越來越對刺殺計畫感到不樂觀，「一種失敗的預感，像絲襪上一道裂痕，陰涼的在腿肚子上悄悄往上爬」（頁一九三）。在珠寶店手足無措，「因為不知道下一步怎樣，在這小樓上難免覺得是高坐在火藥桶上，馬上就要給炸飛了，兩條腿都有點虛軟」（頁二〇一）。粉紅鑽戒出現之後，王佳芝進入迷離狀態，「那沉酣的空氣溫暖的重壓，像棉被捂在臉上。有半個她在熟睡，身在夢中，知道馬上就要出事了，又恍惚知道不過是個夢」（頁二〇二）。這些句子意象精準，想像尖新，能點出人物彼時的心理狀態與概括總體生命特徵，這是語言藝術，張愛玲的拿手絕活。

二、穿插藏閃的晚期風格

一九四〇年代的張愛玲，一心想著「出名要趁早」，文字風格華麗而蒼涼，好用警句與譬喻，《傳奇》是爲代表；一九五〇年代的張愛玲，愛情事業兩失意，文風丕變爲「平淡而近自然」，《秧歌》是爲典型；而一九七〇年代的張愛玲，走過賴雅過世的低潮後，又呈現嶄新的「穿插藏閃」的晚期風格。

「晚期風格」（Late Style）由德國哲學家阿多諾（一九〇三—一九六九）提出，美國文學批評家薩伊德（一九三五—二〇〇三）發揚，指的是藝術家晚年作品中的「新的語法」[19]。阿多諾在〈貝多芬的晚期風格〉一文中，認爲貝多芬的晚期音樂作品放棄了與所屬的社會秩序溝通，而與該秩序形成矛盾疏離的關係，「它們並不圓諧，而是充滿溝紋，甚至滿目瘡痍」；薩伊德延伸說明，此風格具有一種「片段性格」，支離多隙，隱晦難解，置連貫於不顧，避免被「總而言之」，那是自己加給自己的放逐，離開普遍接受的境地，復又在

19 薩伊德著，彭淮棟譯：《論晚期風格——反常合道的音樂與文學》（臺北：麥田出版，二〇一〇年三月），頁八十四。

結束後繼續生命。[20]此觀點正好詮釋了張愛玲一九七〇年代以後的作品風格——那充滿罅隙的風景，它輾轉了人物之間幽微隱晦的關係，以處處的閃避與不在場（absence），去攻擊可疑的整體，去消解宏偉的綜合，而得深厚內斂之旨，煥發生命的光彩。以下舉二例說明。

(一)哪有行客請坐客的

王佳芝不是易先生婚外的第一個女人，牌桌上的馬太太與易先生的曖昧關係，似乎有跡可循。

王佳芝在牌桌上「忽然」想起等一下約人談生意，易太太要求王佳芝「請客請客」，馬太太便向易太太說：「哪有行客請坐客的？」（頁一八八）行客，指後到的客人；坐客，指先居其地者。馬太太這話有三個層面：第一，順著話題，表面上護著王佳芝；第二，反駁易太太，哪有王佳芝請易太太的道理？實則暗指——哪有馬太太請易太太的道理？小說開場，經對話得知馬太太好幾天未造訪易公館打麻將，推說親戚家有事，易太太說：「答應請客，賴不掉的。躲起來了。」（頁一八六）可知更早之前馬太太也要請客，同時暗示在易先生的性愛史上，易太太是「坐客」，而馬太太是「行客」；第三，馬太太也同時跟王佳芝宣示，凡事有個先來後到的禮貌，自從王佳芝進了易公館，話題都以王佳芝爲中心，馬太太吃味——以王佳芝與馬太太的關係言，王佳芝是現在式的「行客」，而馬太太則是過去式的

「坐客」了。

於是王佳芝故意請易先生上桌遞補，易先生也推託有約，馬太太接著就說：「我就知道易先生不會有工夫。」（頁一八九）這話藏有兩個層面：第一，馬太太向在座女人（尤其是易太太）示威，說自己早料到如此，因爲自己是最了解易先生的；第二，馬太太以過來人的身分，酸言酸語點出易先生與王佳芝即將幽會，馬太太自己以前可能也使用過「忽然有事」這招，否則也不會招致易太太要求請客。

「這些太太們在旁邊虎視眈眈的」（頁一九〇），話中有話，著實令人費解。看似相互取笑湊趣的語言中，實則暗箭齊發，機鋒處處。

㈡胸前丘壑

在前兩次性愛中，易先生曾說「兩年前也還沒有這樣嘐」（頁一九一），主詞看似省略不明，然而從前段末句「還非得釘著他，簡直需要提溜著兩隻乳房在他跟前晃」得知，主詞指的是王佳芝的胸部，所以王佳芝才「臉上一紅」。兩年前不是這樣，而如今胸部卻如此豐

20 薩伊德：《論晚期風格——反常合道的音樂與文學》，頁八十六—九十六。

滿，原因何在？

小說一開始，強烈光影托出王佳芝的胸前丘壑，即是伏筆。王佳芝與易先生的「捫著吻著」、「頭偎在她胸前」的性愛經驗，催使動情激素分泌，胸部便越來越高，更何況易先生還是個調情聖手——兩人坐在車上，易先生的肘彎故意抵在王佳芝「乳房最肥滿的南半球外緣」，王佳芝感覺「蝕骨銷魂，一陣陣麻上來」，這是性愛的快感了，尤其易先生還「表面上端坐」，更是浪淫刺激。

坐在珠寶店裡，王佳芝想起了某位學者說的「到女人心裡的路通過陰道」，她不相信這句話，因為憶及兩年前和梁閏生的性經驗，只有嫌惡，沒有快感，更遑論動情。那麼為何和梁閏生就是無法，致使當年胸部沒有變大？讀者必須注意這句話：「像她自己，不是討厭梁閏生，只有更討厭他？」句中的「他」，所指何人？

梁閏生固然討人嫌，自慚形穢，但卻不是王佳芝最討厭的，畢竟沒有愛過怎麼會有恨？王佳芝心中過不去的「他」，指的是鄺裕民。明明可以讓鄺裕民突破處子之身的，但偏偏鄺裕民「總讓別人上前」（頁一九〇），說是沒有性經驗；在電話中，鄺裕民總說「那麼就是這樣了」、「沒什麼了」，讓人期待落空；甚至王佳芝胸部越來越高，「那些人」用一種「可憎的眼光打量著她」，且「帶著點會心的微笑」，就連鄺裕民似乎都加入了觀看並嘲笑的行列，所以「後來恨他，恨他跟那些別人一樣」（頁二〇四）。

「這個人是眞愛我的」（頁二〇五），傻傻的王佳芝以爲被愛就是愛。王佳芝也恨易先生，所以更確定是動了情——「雖然她恨他，她最後對他的感情強烈到是什麼感情都不相干了，只是有感情」（頁二一〇）。得一知己死而無憾，因爲懂得所以慈悲。這感情是未達愛的標準，或者是已經超越了愛？

王佳芝私密的愛恨，穿插藏閃在諸多破碎的段落中，讀者必須相互繫連，方能細察張愛玲的晚期風格。

延伸閱讀

■王一心：《色，戒不了》，北京，中國廣播電視，二〇〇八年一月。

■水晶：〈生死之間——讀張愛玲〈色，戒〉〉，《替張愛玲補妝》，山東：山東畫報出版社，二〇〇四年五月。

■林俊男：〈愛情（無）隱喻：論張愛玲的〈色，戒〉〉，臺北：《中外文學》第四十卷第二期（二〇一一年六月）。

■高全之：〈挫敗與失望——張愛玲〈色，戒〉的生命回顧〉，《張愛玲學》，臺北：麥田出版，二〇一一年七月。

■陳輝揚：〈歷史的迴廊——張愛玲的足音〉，鄭樹森編：《張愛玲的世界》，臺北：允晨文化出版，一九九〇年十一月。

■彭小妍主編：《色，戒——從張愛玲到李安》，臺北：聯經出版，二〇二〇年九月。

■蔡登山：《色戒愛玲》，臺北：印刻出版，二〇〇七年九月。

■艾德華・薩伊德（Edward W.Said）著，彭淮棟譯：《論晚期風格——反常合道的音樂與文學》（*On Late Style: Music and Literature Against the Grain*），臺北：麥田出版，二〇一〇年三月。

國家圖書館出版品預行編目資料

張愛玲與《傳奇》／嚴紀華，鍾正道合著.
—— 初版. —— 臺北市：五南圖書出版股份有限公司, 2021.01
面； 公分
ISBN 978-986-522-425-7（平裝）

1.張愛玲　2.現代文學　3.文學評論

848.6　　109021803

1XJJ
經典名作鑑賞

張愛玲與《傳奇》

作　　者 — 嚴紀華（416.5）、鍾正道（402.4）
發 行 人 — 楊榮川
總 經 理 — 楊士清
總 編 輯 — 楊秀麗
副總編輯 — 黃文瓊
責任編輯 — 吳雨潔
封面設計 — 姚孝慈
美術設計 — 姚孝慈
出 版 者 — 五南圖書出版股份有限公司
地　　址：106台北市大安區和平東路二段339號4樓
電　　話：(02)2705-5066　　傳　　真：(02)2706-6100
網　　址：https://www.wunan.com.tw
電子郵件：wunan@wunan.com.tw
劃撥帳號：01068953
戶　　名：五南圖書出版股份有限公司
法律顧問　林勝安律師事務所　林勝安律師
出版日期　2021年1月初版一刷
定　　價　新臺幣480元

經典永恆・名著常在

五十週年的獻禮——經典名著文庫

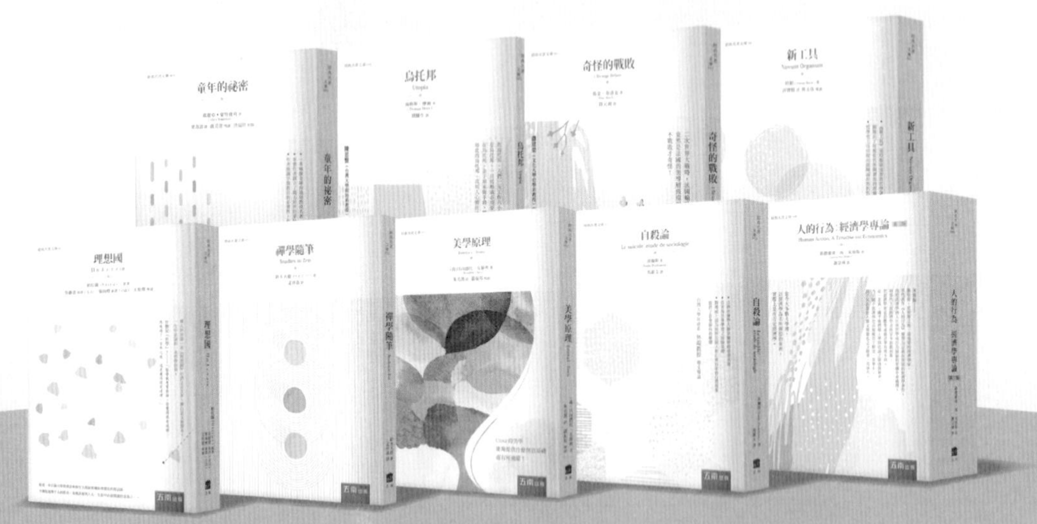

五南，五十年了，半個世紀，人生旅程的一大半，走過來了。
思索著，邁向百年的未來歷程，能為知識界、文化學術界作些什麼？
在速食文化的生態下，有什麼值得讓人雋永品味的？

歷代經典・當今名著，經過時間的洗禮，千錘百鍊，流傳至今，光芒耀人；
不僅使我們能領悟前人的智慧，同時也增深加廣我們思考的深度與視野。
我們決心投入巨資，有計畫的系統梳選，成立「經典名著文庫」，
希望收入古今中外思想性的、充滿睿智與獨見的經典、名著。
這是一項理想性的、永續性的巨大出版工程。
不在意讀者的眾寡，只考慮它的學術價值，力求完整展現先哲思想的軌跡；
為知識界開啟一片智慧之窗，營造一座百花綻放的世界文明公園，
任君遨遊、取菁吸蜜、嘉惠學子！